CÓMO
NO
MORIR
SOLO

CÓMO
NO
MORIR
SOLO

Richard Roper

HarperCollins *Español*

CÓMO NO MORIR SOLO. Copyright © 2019 por Richard Roper. Todos los derechos reservados. Ninguna porción de este libro podrá ser reproducida, almacenada en algún sistema de recuperación, o transmitida en cualquier forma o por cualquier medio—mecánicos, fotocopias, grabación u otro—excepto por citas breves en revistas impresas, sin la autorización previa por escrito de la editorial. Para información, contáctese con HarperCollins Publishers, 195 Broadway, New York, NY 10007.

Los libros de HarperCollins Español pueden ser adquiridos para propósitos educativos, de negocio o promocionales. Para información escriba un correo electrónico a SPsales@harpercollins.com.

Título original *How Not to Die Alone*
en Nueva York en 2019 por Putnam's Son.

PRIMERA EDICIÓN

Jefe de edición: Edward Benitez
Traducción: Gabriel Pasquino

Se han solicitado los registros de catalogación en publicación de la Biblioteca del Congreso.

ISBN 978-0-06-293115-3

19 20 21 22 23   LSC   10 9 8 7 6 5 4 3 2 1

Para mamá y papá

Ley de Salud Pública (Control de Enfermedades) de 1984, sección 46: *(1) Será el deber de la autoridad ocuparse de enterrar o cremar el cuerpo de cualquier persona que haya muerto o haya sido encontrada muerta en su área, en todo aquel caso en que sea evidente a la autoridad que nadie más que esta ha hecho o está haciendo arreglo pertinente alguno a fin de disponer del cuerpo.*

– CAPÍTULO 1 –

Andrew miró el ataúd e intentó recordar quién estaba dentro. Era un hombre, de eso estaba seguro. Pero —¡horror!— el nombre no le venía. Cuando pensó que ya lo había reducido a la alternativa *John* o *James*, apareció *Jake* como posibilidad de último momento. Era inevitable, supuso, que ocurriera alguna vez: había estado en tantos de estos funerales que tenía que pasarle. Pero no por eso dejó de sentir una furiosa punzada de autodesprecio.

Si pudiera recordar el nombre antes de que el vicario lo dijera, valdría. No había programa del servicio, pero podía chequearlo en el teléfono del trabajo. ¿Era hacer trampa? Probablemente. Además, habría sido ya bastante difícil en una iglesia llena de deudos, pero aquí era casi imposible: el único otro asistente era el vicario. El director de pompas fúnebres habría debido estar allí, pero se había excusado alegando enfermedad.

Para su desasosiego, el vicario, que se hallaba a solo unos pasos, casi no había dejado de mirarlo a los ojos desde el comienzo del servicio. Nunca antes había tratado con él. Tenía un aspecto juvenil y hablaba con un temblor nervioso, amplificado impiadosamente por el eco de la iglesia. Andrew no podía decir si se debía realmente a los nervios. Intentó con una sonrisa tranquilizadora, pero no pareció tener efecto alguno. ¿Sería apropiado levantar el pulgar? Decidió que no.

Miró el ataúd de nuevo. Quizás *se llamaba* Jake, aunque el hombre tenía setenta y ocho años cuando murió y no se consiguen muchos Jakes septuagenarios. No todavía. Sería raro dentro de cincuenta años, cuando todos los asilos estuvieran llenos de Jakes y Waynes, Tinkerbells y Appletisers, con tatuajes desvaídos en la espalda que se podrían interpretar, más o menos, como "camino en construcción en los próximos 50 metros".

Por Dios, concéntrate, se regañó. Todo el sentido de estar allí era actuar como respetuoso testigo de la partida de un alma hacia su travesía final y proveer compañía a falta de familia o amigos. Dignidad: esa era su consigna.

Desgraciadamente, la dignidad había sido escasa en el caso de John, o James, o Jake. Según el informe del forense, había muerto en el retrete mientras leía un libro sobre zopilotes. Para añadir insulto a la injuria, Andrew descubrió después, de primera mano, que no era un muy *buen* libro sobre zopilotes. Cierto, él no era un experto, pero dudaba de que el autor —quien, según se desprendía hasta de los pocos pasajes que Andrew había leído, era un gruñón extraordinario— hubiera debido dedicar una página entera a hablar mal de los cernícalos. El difunto había doblado la esquina de esa página para marcarla, así que quizás le había parecido bien. Mientras se quitaba los guantes de látex, Andrew se había recordado insultar a un cernícalo o a cualquier otro miembro de la familia falconiforme la próxima vez que viera uno, a modo de tributo.

Más allá de unos pocos libros sobre aves, la casa carecía de pistas sobre la personalidad del hombre. No había ni discos, ni películas, ni imágenes en las paredes, ni retratos en los estantes. Lo único peculiar era la gran cantidad de Fruit 'n Fibre que había en las alacenas de la cocina. Así que, aparte de un ornitólogo con digestión de primera, era imposible adivinar qué clase de persona había sido John o James o Jake.

Andrew había sido tan diligente como siempre en la inspección domiciliaria. Había registrado la casa —un *bungalow* imitación Tudor que se alzaba como una suerte de interludio incongruente y desafiante en medio de la calle residencial— hasta asegurarse de que no había pasado por alto ninguna evidencia de que el hombre tuviera parientes con los que aún estuviera en contacto. Había preguntado a los vecinos, pero, o el muerto les resultaba indiferente, o no sabían siquiera de su existencia o que esta hubiera acabado.

El vicario entró, vacilante, en terreno de Jesús y demás, y Andrew supo, por experiencia, que el servicio llegaba a su fin. *Tenía* que recordar el nombre, era cuestión de principios. Realmente se esforzaba por ser un deudo modelo incluso cuando no había nadie, por ser tan respetuoso como si hubiera allí cientos de familiares desolados. Hasta se quitaba el reloj antes de entrar a la iglesia, porque sentía que la travesía final del difunto debía ser eximida del indiferente tic tac del segundero.

El vicario ya estaba en la recta final. Debía tomar una decisión.

John, resolvió. Era definitivamente John. "Y aunque creemos que John —*¡Sí!*— luchó con algunas dificultades en sus últimos años y, desgraciadamente, partió del mundo sin familia o amigos a su lado, podemos encontrar consuelo en que, con Dios esperándolo con los brazos abiertos y llenos de amor y bondad, este es el último viaje que hará solo".

———————

Andrew no solía demorarse después de los funerales. En las pocas ocasiones en que sí, había tenido que sostener una conversación incómoda con el director de pompas fúnebres, o con curiosos de último minuto. Increíble cuántos aparecían afuera de la iglesia, eructando lugares comunes. Andrew había adquirido práctica en eludir esos encuentros; pero hoy, apenas distraído por un aviso en la cartelera de la iglesia que promocionaba el perturbadoramente alegre "¡Festival de la Locura de Verano!", sintió que alguien le tocaba el hombro con la impaciente insistencia de un pájaro carpintero. Era el vicario. De cerca parecía aún más joven, con sus ojos azules de bebé y sus rubias cortinas partidas prolijamente al medio, como si lo hubiera peinado su mamá.

—Ey, Andrew, ¿verdad? ¿Del Concejo, cierto?

—Así es.

—¿No hubo suerte con la familia, entonces?

Andrew negó con la cabeza.

—Qué pena, eso. Una verdadera pena.

El vicario parecía inquieto, como si poseyera un secreto que estuviera desesperado por revelar.

—¿Puedo preguntarle algo?

—Sí —replicó Andrew, decidiendo rápido qué excusa daría para no asistir a la "Locura de Verano".

—¿Qué le pareció?

—¿Quiere decir... el funeral? —preguntó Andrew, tirando de una hilacha de su abrigo.

— Sí. Bueno, más específicamente, mi parte. Porque, para ser honesto, fue mi primera vez. Sinceramente, fue un alivio empezar con este porque no había nadie, lo sentí como una especie de ensayo. Con algo de suerte, ahora estoy totalmente preparado para cuando haya uno apropiado, con una iglesia llena de familia y amigos, no con tan solo un tipo del Consejo. Sin ofender —añadió, poniendo una mano en el brazo de Andrew, quien se forzó a no apartarlo. Odiaba que la gente hiciera eso. Soñaba con un mecanismo de defensa como el de los calamares, con el que pudiera disparar tinta a los ojos.

—Así que sí —continuó el vicario—. ¿Cómo le parece que estuve?

¿Qué quieres que te diga?, pensó Andrew. *Veamos: no tumbaste el ataúd, ni llamaste Hitler al muerto por error, así que yo diría que diez puntos.*

—Estuvo muy bien.

—Qué bien. Gracias, amigo —dijo el vicario, mirándolo con intensidad renovada—. Realmente lo agradezco.

Le extendió la mano. Andrew la estrechó y quiso marcharse, pero el vicario no lo soltaba.

—En fin, mejor me voy —dijo Andrew.

—Sí, sí, por supuesto —dijo el vicario, liberándolo al fin.

Andrew emprendió su camino con un suspiro de alivio por haber escapado del interrogatorio.

—Espero verlo pronto —le gritó el vicario.

– CAPÍTULO 2 –

Esos funerales han recibido distintos calificativos a lo largo de los años: "De Salud Pública", "Por Contrato", "De Servicio Social", "De Sección 46". Pero ninguno ha logrado reemplazar el original. Cuando Andrew descubrió la expresión "Funeral de Pobres", le pareció evocativa, incluso romántica, a lo Dickens. Imaginó un pueblo remoto, barro y gallinas cluecas, y alguien que sucumbía a un espectacular caso de sífilis a la bella edad de veintisiete años, embutido alegremente en una fosa para regenerar el terreno. En realidad, era algo deprimentemente clínico, una obligación legal para los concejos en todo el Reino Unido, un servicio para los olvidados, cuyas muertes solo eran advertidas por el olor de la descomposición o alguna factura impaga. En muchas ocasiones, Andrew había comprobado que el difunto tenía suficiente dinero en el banco para pagar sus cuentas hasta meses después de fallecido, es decir que la casa se mantenía lo suficientemente caliente como para acelerar la podredumbre del cuerpo.

Después de la quinta, horrorosa repetición de lo mismo, consideró mencionarlo en la sección de "Otros Comentarios" de su encuesta anual sobre satisfacción con el trabajo. Al final, optó por preguntar si podían tener otra tetera en la cocina común.

Otra frase con la que se había familiarizado era "El Trote de las Nueve". Cameron, su jefe, le había explicado el origen de la frase mientras acuchillaba violentamente la cubierta de plástico de un *biryani* listo para microondas. "Si mueres solo —puñalada, puñalada, puñalada—, probablemente seas enterrado solo —puñalada, puñalada, puñalada—, de modo que la iglesia puede liquidar el funeral para las nueve, con la tranquilidad de que si cancelan los trenes —puñalada— o se embotellan las rutas —puñalada—, no va a hacer diferencia alguna". Puñalada final. "Porque nadie va a ir".

El año anterior, Andrew había organizado veinticinco funerales (su marca más alta hasta el momento). También había asistido a todos ellos, aunque técnicamente no estaba obligado a hacerlo. Se decía que era un gesto pequeño pero significativo, si uno no había sido forzado por ley a realizarlo. Pero, cada vez más se encontraba contemplando cómo enterraban los simples ataúdes sin barniz en un lote sin marca alguna, sabiendo que serían desenterrados tres o cuatro veces más para encajar otros, como en un macabro Tetris, y pensando que su presencia no importaba en absoluto.

———————

En el autobús, camino a la oficina, inspeccionó su corbata y sus zapatos. Habían conocido tiempos mejores. Ahora había en la corbata una mancha de origen desconocido que se negaba a marcharse. Los zapatos estaban bien lustrados, pero comenzaban a mostrar el desgaste. Demasiados cortes por la grava que rodeaba a la iglesia, demasiadas veces que había estirado el cuero con los tensos dedos del pie cuando un vicario cometía un traspié en su homilía. Realmente debía cambiarlos cuando cobrara.

Ahora que el funeral había pasado, se tomó un momento para archivar a John (de apellido Sturrock, según descubrió después de encender su teléfono). Como siempre, trató de resistir la tentación de obsesionarse con cómo John había terminado en una situación tan desesperante. ¿De veras no existía una sobrina, o un ahijado, con quien intercambiara tarjetas de Navidad? ¿O algún viejo compañero de la escuela que lo llamara aunque fuera por su cumpleaños? Era un terreno resbaloso, tenía que mantenerse lo más aséptico posible, por su propio bien, aunque más no fuera para preservar la fuerza mental necesaria para lidiar con el siguiente infeliz con un final similar. El autobús se detuvo ante el semáforo en rojo. Para cuando se puso verde, Andrew ya se había obligado a decir adiós.

Llegó a la oficina y correspondió el saludo entusiasta de Cameron con un gesto más apagado. Mientras se dejaba caer en el gastado sillón de cuero, que con el tiempo había terminado por adquirir su forma exacta, soltó un gruñido tristemente familiar. Había pensado que, a los cuarenta y dos, faltarían años antes de que comenzara a acompañar cualquier mínimo esfuerzo físico con un ruido, pero al parecer era el modo gentil del universo de anunciarle que se dirigía oficialmente hacia la mediana edad. Pensó que, en no mucho más, comenzaría a lamentarse desde la mañana por qué fáciles eran los exámenes escolares en estos días y a comprar al por mayor pantalones color crema.

Mientras esperaba a que su computadora encendiera, espió por el rabillo del ojo cómo Keith, su colega, devoraba un gran trozo de pastel de chocolate y luego chupaba metódicamente los restos del glaseado de sus dedos regordetes.

—Estuvo bien, ¿no? —dijo Keith, sin apartar los ojos de su pantalla que, muy probablemente, según sabía Andrew, le estaba mostrando una galería de actrices que se habían atrevido a envejecer, o tal vez algo pequeño y peludo en una patineta.

—Estuvo OK —respondió Andrew.

—¿Algún mirón? —preguntó una voz a sus espaldas. Andrew se sobresaltó; no había visto llegar a Meredith.

—No —respondió, sin molestarse en volver la cabeza—. Solo el vicario y yo. Era su primer funeral, aparentemente.

—Mierda, qué manera de perder la virginidad —dijo Meredith.

—Mejor que un cuarto lleno de lloronas, a decir verdad —observó Keith, con una chupada final a su meñique—. Tú te estarías cagando encima, ¿o no?

Sonó el teléfono de la oficina. Los tres se quedaron sentados, sin atender. Andrew estaba por ceder, pero la frustración de Keith lo venció antes.

—Hola, Administración de la Muerte. Sí. Seguro. Sí. De acuerdo.

Andrew se colocó sus auriculares y revisó su *playlist* de Ella Fitzgerald. Había descubierto Spotify hacía muy poco, para deleite de Keith, que había pasado un mes entero llamándolo "abuelo". Tenía ganas de comenzar con un clásico, algo reconfortante. Eligió *"Summertime"*. Pero apenas habían pasado tres compases cuando descubrió que Keith estaba parado delante de él, el rollo de la barriga asomándole entre los botones de la camisa.

—Holaaaa. ¿Hay alguien?

Andrew se quitó los auriculares.

—Era el forense. Tenemos uno nuevo flamante. Bueno, no un cuerpo flamante, obviamente; estiman que ha muerto hace semanas. Ningún pariente a la vista y los vecinos jamás le dirigieron la palabra. Han trasladado el cuerpo, así que quieren una inspección de domicilio lo más pronto posible.

—OK —Keith tironeó de una costra que tenía en el codo—. ¿Mañana está bien para ti?

Andrew revisó su agenda. —Puedo a primera hora.

—Sí que eres aplicado —comentó Keith, regresando con pasos de pato hacia su escritorio. *Y tú eres un trozo de tocino que olvidaron al sol*, pensó Andrew. Se colocó de nuevo sus auriculares, pero en ese momento Cameron salió de su oficina y aplaudió para llamar la atención de todos.

—Reunión de todo el equipo, gente —anunció—. Y sí, sí, no se preocupen, la actual señora Cameron ha provisto el pastel, como se debe. ¿Vamos a la sala de recreo?

Los tres respondieron con el entusiasmo que tendría una

gallina si se le pidiera que vistiera un bikini de jamón y se metiera en la guarida de un zorro. La "sala de recreo" consistía en una mesa ratona flanqueada por dos sofás que apestaban a sulfuro. Cameron había deslizado la idea de añadir unos pufs, pero había sido ignorada, al igual que su sugerencia de rotar de escritorios los martes, o de colocar un frasco para el negativismo ("Es como el frasco en que depositas un dólar cada vez que dices una mala palabra, pero ¡para el negativismo!"), o trotar todos juntos en el parque. ("Estoy muy ocupado", había bostezado Keith. "Pero no les he dicho qué día", había replicado Cameron, la sonrisa entrecortada, como una llama en plena corriente de aire). Imperturbable pese la completa falta de entusiasmo, su más reciente sugerencia había sido una caja de sugerencias —que también había sido ignorada—.

Se congregaron en los sofás. Cameron repartió té y pastel, e intentó interesarlos en una conversación trivial. Keith y Meredith se habían encajado juntos en el sofá más pequeño; Meredith reía por algo que Keith le había susurrado al oído. Así como los padres son capaces de reconocer las diferentes variaciones en los gritos de su recién nacido, Andrew había comenzado a entender qué significaba cada una de las diversas risas de Meredith. En esta ocasión, la risita aguda indicaba una broma cruel sobre alguien. Y visto que lo miraban de reojo, parecía probable que se tratara de él.

—Y bien, damas y caballeros —dijo Cameron—. Primero lo primero: no olviden que tenemos una nueva principianta mañana: Peggy Green. Sé que no ha sido fácil desde que Dan y Bethany se fueron, así que es súper *cool* tener otro par de manos.

—Mientras no se "estrese" como Bethany —apuntó Meredith.

—O resulte ser un tonto como Dan —murmuró Keith.

—En cualquier caso —prosiguió Cameron—, de lo que realmente quería hablarles hoy es de mí... ¡Tuuu! ¡Tuuu!' —sopló un cuerno imaginario— ¡Idea divertida de la semana! Recuerden, es algo en lo que todos podemos participar, sin importar qué loco sea. La única condición es que tiene que ser divertido.

Andrew se estremeció.

—Entonces —continuó Cameron—, mi idea divertida de la semana es, redoble de tambores, por favor, que cada mes tengamos una reunión en una de nuestras casas y cenemos. Una onda *Ven a cenar conmigo*, pero sin juzgar a nadie. Comemos un poco, yo diría que habrá algo de vino, y nos dará la chance de establecer una relación fuera de la oficina, conocernos un poco mejor, y a las familias y todo eso. Yo estaría súper contento con ser el que empiece. ¿Qué me dicen?

Andrew había dejado de escuchar después de "familias". —¿No hay alguna otra cosa que podamos hacer? —preguntó, tratando de controlar la voz.

—Oh —dijo Cameron, inmediatamente desinflado—. Pensé que era realmente una de mis mejores ideas.

—No, no, ¡lo es! —se apresuró Andrew, exagerando—. Es que... ¿no podríamos ir a un restaurante?

—Muuuuuy caro —objetó Keith, desparramando migas de pastel por todas partes—. ¿Y qué tal otra cosa? No sé, Laser Quest o algo así. ¿Todavía se hace?

—Yo veto Laser Quest, porque no soy un niño de doce

años —intervino Meredith—. Me gusta la idea de la cena. Soy un poco Nigella en la cocina —Se volvió hacia Keith—. Te apuesto a que te volvería loco mi pierna de cordero —Andrew sintió que la bilis le burbujeaba en el estómago.

—Vamos, Andrew —insistió Cameron, con la confianza renovada por la bendición de Meredith. Intentó un amistoso puñetazo en el brazo, que hizo que Andrew se volcara el té en la pierna—. ¡Será muy divertido! No hay presión para cocinar nada especial. Y me encantaría conocer a Diane y a los niños, por supuesto. Así que, ¿qué dices? ¿De acuerdo, amiguito?

Andrew pensaba a toda velocidad. Tenía que haber algo que pudiera proponer como alternativa. Dibujo con modelo vivo. Caza de tejones con perros. *Lo que fuera*. Los demás lo miraban; tenía que decir algo.

—Mierda, Andrew, parece que hubieras visto un fantasma —dijo Meredith—. No puedes cocinar tan mal. Además, estoy segura de que Diane es una chef fabulosa, encima de sus muchos otros talentos, así que te puede ayudar.

—Mm-hmm —murmuró Andrew, chocando la punta de sus dedos.

—Es abogada, ¿no? —preguntó Keith. Andrew asintió. Quizás habría alguna catástrofe mundial en los días siguientes, una vieja y hermosa guerra nuclear que los haría olvidarse de su estúpida idea.

—Tienes una hermosa casa por Dulwich, ¿no es cierto? —agregó Meredith, maliciosa—. ¿Cinco cuartos?

—Cuatro —replicó Andrew. Odiaba cuando ella y Keith se ponían así. Un escuadrón de burla.

—Aun así —prosiguió Meredith—. Una hermosa casa de cuatro cuartos, niños listos, según se dice, y Diane, tu esposa talentosa que paga las cuentas. ¿Quién lo hubiera dicho?

Más tarde, cuando Andrew se preparaba para irse —demasiado distraído para hacer trabajo alguno durante el día—, Cameron apoyó las ancas en su escritorio. Parecía uno de esos gestos que había aprendido en un curso.

—Escucha —dijo en voz baja—, sé que no te atrae la idea de la cena, pero solo dime que lo vas a pensar. ¿OK?

Sin necesidad, Andrew se puso a ordenar papeles. —Oh, o sea... No quiero arruinar nada, es solo que... OK, lo pensaré. Pero si al fin no lo hacemos, estoy seguro de que podemos pensar otra, ya sabes, otra idea divertida.

—Ese es el espíritu —dijo Cameron, enderezándose y dirigiéndose a todos—. Eso va para todos nosotros, espero. Vamos, equipo, tengamos nuestro encuentro más temprano que tarde. ¿Sí?

Andrew había despilfarrado dinero recientemente en unos auriculares antiruido para su viaje diario al trabajo, así que, aunque podía ver el horrible estornudo del hombre sentado enfrente y a un niño que gritaba en el vestíbulo contra la total injusticia de haber sido obligado a calzar no uno, sino dos zapatos, todo le parecía parte de una película muda con la tranquilizadora voz de Ella Fitzgerald como banda de sonido. No duró mucho, sin embargo, antes de que la conversación de la oficina comenzara a repetirse en su cabeza, compitiendo con Ella.

"Diane, tu mujer que paga las cuentas... niños listos... hermosa casa". La mueca socarrona de Keith. La malicia de Meredith. La conversación lo persiguió hasta la estación y todavía lo seguía cuando se detuvo a comprar comida para la cena. Se descubrió parado en la tienda de la esquina junto a bolsas de patatas fritas con nombres de la farándula, tratando de no gritar. Después de coger y dejar las mismas cuatro comidas congeladas, incapaz de elegir una, se fue con las manos vacías. Con el estómago rugiendo, caminó hacia su casa bajo la lluvia.

Se detuvo tiritando frente a la puerta de la calle. Cuando el frío se tornó insoportable, sacó las llaves. Ocurría así un día por semana: se detenía con la llave en la cerradura, conteniendo la respiración. Quizás esta vez. Quizás esta vez encontraría la vieja casa encantadora detrás de la puerta y Diane empezaría a preparar la cena. El olor del ajo y el vino tinto. Steph y David riñendo o lanzando preguntas sobre sus tareas para la escuela, luego los gritos de bienvenida cuando abriera la puerta porque ¡papá llegó, papá llegó!

Cuando entró, el olor a humedad lo golpeó más de lo usual. Y las familiares marcas de lucha en las paredes del pasillo, y la lechosa, amarillenta, intermitente barra de luz. Subió trabajosamente las escaleras, los zapatos mojados chirriando a cada paso, y deslizó la segunda llave por el anillo de su llavero. Se estiró para enderezar el número 2 torcido en la puerta y entró. Como en los últimos veinte años, solo el silencio salió a su encuentro.

– CAPÍTULO 3 –

Cinco años antes

Andrew llegaba tarde. No sería tan calamitoso si en el currículum que había enviado para la entrevista no hubiera afirmado que era "extremadamente puntual". No puntual: *extremadamente* puntual. ¿Existía eso siquiera? ¿Había puntualidades extremas? ¿Cómo se podía medir semejante cosa?

Era su culpa, por estúpido. Estaba cruzando la calle cuando una bocina extraña lo distrajo y miró al cielo. Un ganso pasaba a toda velocidad, el blanco vientre anaranjado por el sol de la mañana; con sus graznidos y sus movimientos erráticos, parecía un herido avión de combate que luchaba por regresar a su base. Cuando Andrew logró enderezarse y retomar su curso, se resbaló en el hielo. Hubo un breve instante en que sus brazos se agitaron como molinetes y sus pies se aferraron a la nada, como un personaje de historieta que ha corrido sin detenerse hacia un precipicio y queda pataleando sobre el vacío antes de dar contra el fondo con un desagradable ¡pum!

—¿Estás bien?

Andrew solo pudo resollar en respuesta a la mujer que lo había ayudado a levantarse. Sentía como si le hubieran dado un mazazo arriba de la cintura. Pero no era el dolor lo que le impedía darle las gracias, sino que algo en la forma en que lo miraba —la media sonrisa en su cara, cómo se ponía el pelo detrás de las orejas— era tan sobrecogedoramente familiar que lo dejaba sin aliento. La mujer parecía estudiar su cara, como si también ella hubiera sentido un reconocimiento súbito y pena. Solo cuando dijo: "Bueno, entonces. Adiós", y se marchó, Andrew comprendió que ella había estado esperando que le agradeciera. ¿Debía correr tras ella e intentar reparar la situación? Pero justo en ese momento oyó una melodía familiar en su cabeza. *"Blue moon, you saw me standing alone"*. Tuvo que concentrar todas sus fuerzas para callarla, apretando los ojos y masajeándose las sienes. Para cuando volvió a abrirlos, la mujer ya no estaba.

Se quitó el polvo, súbitamente consciente de que la gente lo había visto caerse y estaba disfrutando de la desgracia ajena. Evitó las miradas y retomó su camino con la cabeza baja y las manos en los bolsillos. Gradualmente, la vergüenza dio paso a algo más. Era después de traspiés como estos que lo sentía extenderse desde bien adentro —denso, frío, como si caminara por arenas movedizas—. No tenía con quién compartir la anécdota. Nadie que lo ayudara a reírse. La soledad estaba siempre alerta, siempre allí para burlarse de cada uno de sus tropiezos.

Aunque un poco conmocionado por el resbalón, solo había sufrido un rasguño en la mano. Ahora que se acercaba a los cuarenta estaba más que consciente de que había un pequeño punto en el horizonte en el que un resbalón tan común como este se convertiría en "sufrir una pequeña caída" (en secreto, le agradaba la idea de que una amable desconocida lo cubriera con su abrigo mientras esperaban la ambulancia, sosteniéndole la cabeza y estrechando su mano). Pero si él se había salvado del daño, no se podía decir lo mismo de su camisa, alguna vez blanca y ahora totalmente salpicada de agua marrón. Por un momento, consideró la posibilidad de impresionar a su entrevistador con el rasguño y las manchas. "¿Qué? ¿Esto? Oh, camino hacia aquí me demoré zambulléndome enfrente de un/a autobús/bala/tigre para salvar a un bebé/cachorro/dignatario. En cualquier caso, ¿mencioné que trabajo tan bien solo como en equipo?". Decidió que lo más sensato sería correr al Debenhams más cercano y conseguir una camisa nueva. El desvío lo dejó sudoroso y sin aliento, y así se anunció a la recepcionista en la catedral de cemento que albergaba las oficinas del Concejo.

Tomó asiento, como le indicaron, y respiró hondo. Necesitaba el trabajo. Mucho. Había tenido empleos administrativos en el concejo de un distrito vecino desde los veintipico, hasta que encontró un puesto en el que se quedó durante ocho años antes de ser declarado redundante sin ceremonias. Su jefa, Jill, una mujer de Lancaster amable y de mejillas rosadas, de las que abrazan primero y hacen preguntas después, se había sentido tan culpable de tener que despedirlo que aparentemente había llamado a todas las oficinas de concejos de Londres preguntando por vacantes. Esta era la única entrevista que le había conseguido, y el correo en que le había descrito el trabajo era frustrantemente vago. Por lo que podía deducir, era similar a lo que había hecho antes, en su mayor parte administrativo, aunque incluía algo relacionado con inspeccionar propiedades. Lo más importante era que pagaba exactamente lo mismo y que podía empezar al mes siguiente. Diez años antes, tal vez habría considerado empezar de nuevo. Viajar, quizás, o algún audaz cambio de carrera. Pero ahora, el solo hecho de salir de la casa le causaba ansiedad, así que escalar a Machu Picchu o aprender a domar leones ya no eran una opción.

Se tiró de un pedacito de piel suelta del dedo con los dientes mientras movía nerviosamente una rodilla, luchando por calmarse. Cuando Cameron Yates apareció por fin, estaba seguro de que lo había visto antes. Estuvo a punto de preguntarle de dónde —quizás podría usarlo en su favor—, pero se dio cuenta de que era una exacta réplica del joven Wallace en *Wallace y Gromit*. Tenía ojos saltones y demasiado juntos, grandes paletas que caían en forma despareja como estalactitas. Las únicas cosas que lo diferenciaban eran su penacho de pelo negro y su acento de los *home counties* de las afueras de Londres.

Conversaron de trivialidades, incómodos en un ascensor del tamaño de un ataúd. Andrew no podía apartar los ojos de las estalactitas. *Deja de mirar sus putos dientes*, se dijo mientras miraba fijamente los putos dientes.

Esperaron a que alguien les trajera dos minúsculos vasos azules con agua tibia antes de empezar la entrevista en serio. Cameron comenzó por recitar los requerimientos del trabajo, sin siquiera detenerse a respirar mientras detallaba cómo —si obtenía el puesto— tendría que lidiar con las muertes contempladas en la Ley de Salud Pública. "Así que ello implica comunicarse con los directores de funerales para organizarlos, escribir avisos fúnebres para el periódico local, registrar las defunciones, rastrear familiares, compensar los costos con bienes del fallecido. ¡Hay un montón de papeleo inútil, como podrás imaginar!".

Andrew se aseguró de asentir todo el tiempo, mientras intentaba retenerlo todo y maldecía a Jill por olvidarse de mencionar el asunto de la muerte. Pero, antes de darse cuenta, era su turno de hablar. Para su desconcierto, Cameron lucía tan nervioso como él, saltando de preguntas simples y amigables a otras alambicadas y abstrusas, enunciadas en un tono más duro, como si estuviera jugando a policía bueno y policía malo consigo mismo. Cuando al fin le concedió un segundo para responder, Andrew se descubrió tartamudeando; y cuando logró hilar una frase, su entusiasmo sonaba a desesperación y sus intentos de bromear solo parecían confundir a Cameron, cuya mirada se perdió más de una vez por encima del hombro de Andrew para seguir a alguien que pasaba por el corredor. Llegó a tal punto que Andrew, sintiéndose fatal, consideró renunciar y marcharse. Aun en medio de su depresión, lo distraían esos dientes.

Para empezar, se preguntaba si eran estalactitas o estalagmitas. Advirtió entonces que Cameron le acababa de preguntar algo —no tenía la menor idea de qué— y esperaba una respuesta. Sumido por el pánico, se inclinó hacia delante.

—Ermm —dijo, con la esperanza de que el tono sonara como si estuviera apreciando cuán sesuda era la pregunta y considerando debidamente la respuesta. Pero, a juzgar por el ceño fruncido de Cameron, estaba cometiendo un error: la pregunta debía ser muy simple—. Sí —espetó, optando por lo breve. El alivio lo inundó cuando la sonrisa aplastada de Wallace reapareció en el rostro de Cameron.

—Maravilloso. ¿Cuántos?

Esta era más difícil, aunque Andrew captó una ligereza en el tono de la pregunta, así que esta vez se inclinó por una respuesta vaga y divertida.

—Bueno, supongo que a veces pierdo la cuenta —dijo, esbozando una sonrisa culpable. Cameron soltó una risa falsa, como si no pudiera decidir si Andrew estaba realmente bromeando. Andrew decidió contraatacar para sonsacar información—. ¿Le molesta si le hago la misma pregunta?

—Por supuesto que no. Yo tengo uno solo —contestó Cameron, entusiasta.

Comenzó a rebuscar en su bolsillo. Andrew pensó por un momento que su entrevistador estaba a punto de exponer un testículo solitario —como si preguntara lo mismo a todos los hombres que conocía, en el desesperado afán de hallar un igual—. Pero, en lugar de un testículo, Cameron sacó su billetera. Solo cuando extrajo de ella la fotografía de un niño enfadado en un equipo de nieve con esquíes comprendió qué le había preguntado en verdad. Repasó la conversación desde el punto de vista de Cameron:

—*¿Tienes hijos?*

—*Ermm... Sí.*

—*Maravilloso. ¿Cuántos?*

—*Bueno, supongo que a veces pierdo la cuenta.*

Por Dios. ¿Acababa de dar la impresión a su posible jefe de que era una especie de prolífico Don Juan que se había pasado la vida acostándose con todo el mundo y dejando detrás una ristra de mujeres embarazadas y hogares rotos?

Todavía miraba la foto del niño de Cameron. *¡Di algo!*

—Encantador —dijo—. Qué niño... encantador.

Qué bien, ahora suenas como el atrapaniños. Caerá muy bien. ¡Empiezas el lunes, Don Pedófilo!

Apretó su vaso de plástico, vacío desde hacía rato, y lo sintió crujir. Era un puto desastre. ¿Cómo logró arruinar todo tan pronto? En la expresión de Cameron veía que ya había pasado el punto de no retorno. No estaba seguro de qué diría si admitiera haber mentido por accidente sobre tener niños, pero no parecía probable que pudiera enderezar las cosas. Decidió que su mejor opción era seguir con la entrevista hasta el final tratando de salvar las papas cuanto pudiera —como seguir con espejo, señal, maniobra en un examen de conducir después de haber atropellado a la mujer que guiaba a los niños de la escuela—.

Al dejar el vaso de plástico, notó el arañazo en la mano y pensó en la mujer que lo había ayudado esa mañana. El cabello castaño ondulado, la sonrisa inescrutable. Podía sentir que la sangre le latía en los oídos. ¿Cómo sería eso: poder fingir por un momento? Actuar una fantasía personal. ¿Qué daño podía haber? ¿Qué daño había, en verdad, en pasar un brevísimo momento imaginando que todo había resultado bien?

Carraspeó.

¿Iba a hacerlo?

—¿Qué edad tiene? —preguntó, devolviéndole la foto.

—Acaba de cumplir siete —dijo Cameron—. ¿Y los suyos?

¿Realmente iba a hacerlo?

—Bueno... Steph tiene ocho y David seis —dijo.

Aparentemente, sí.

—Ah, qué bien. Recién cuando Chris cumplió cuatro empecé a percibir qué clase de persona iba a ser" —comentó Cameron—. Aunque Clara, mi mujer siempre dijo que pudo saberlo antes incluso de que dejara su vientre.

Andrew sonrió. —Mi esposa, Diane, decía exactamente lo mismo.

Y, así de fácil, tuvo una familia.

Hablaron sobre sus esposas y niños por un rato más, pero muy pronto Cameron condujo la entrevista de nuevo hacia el trabajo y Andrew sintió que la fantasía se le deslizaba como agua entre los dedos y, no mucho después, se había acabado. Para su desconcierto, en lugar de la frase usual de si Andrew tenía alguna pregunta para él, Cameron le preguntó si tenía "unas últimas palabras", como si se lo estuvieran por llevar a la horca. Logró rascar del fondo alguna pavada sobre qué interesante parecía el puesto y cuánto disfrutaría de la oportunidad de trabajar en el equipo de Cameron, que sonaba tan dinámico.

—Estaremos en contacto —le dijo este, con la sinceridad de un político que finge gustar de una banda *indie* durante una entrevista de radio. Andrew se forzó a sonreír y recordó hacer contacto visual mientras estrechaba la mano de Cameron, que estaba fría y húmeda, como si hubiera estado acariciando una trucha.

—Gracias por la oportunidad —dijo.

Encontró un café y usó el wifi gratis para buscar empleo, pero estaba demasiado distraído para hacerlo realmente. Cuando había agradecido "la oportunidad", nada tenía que ver con el trabajo: era porque había podido permitirse, no importa cuán brevemente, la fantasía de tener una familia. Qué excitante y aterrador había sido sentirse tan normal. Trató de olvidarlo, de concentrarse a la fuerza. Si no iba a conseguir otro trabajo en un concejo, debía ampliar la búsqueda; pero la sentía como una tarea tremenda. No encontraba cosa alguna para la que pareciera cualificado. La mitad de los requerimientos era ya de por sí desconcertante. Contempló sin esperanzas el enorme *muffin* que se había comprado, pero no comido, y que en cambio había pellizcado hasta dejar como un nido de topos. Quizás consiguiera hacer madrigueras de animales con comida y competir por el *Turner Prize*.*

Se quedó sentado en el café durante el resto de la tarde,

---

* NdT: El Turner Prize, o Premio Turner, es un importante premio anual destinado a las artes plásticas en Inglaterra.

mirando a importante gente de negocios tener sus importantes reuniones de negocios y a turistas que hojeaban sus guías con excitación. Permaneció allí hasta mucho después de que todos se fueran, apretándose contra el radiador y tratando de que no lo viera el joven camarero italiano que apilaba las sillas y barría. Finalmente, el camarero le preguntó si podía irse, abandonando su sonrisa de disculpas al ver las migas del *muffin* desparramadas sobre la mesa.

El teléfono de Andrew sonó justo cuando salía. Número desconocido.

—¿Andrew? —preguntó la persona al otro lado de la línea—. ¿Me escuchas?

—Sí —respondió Andrew, aunque apenas podía lidiar con la combinación de un vendaval y el aullido de la sirena de una ambulancia que pasaba.

—Andrew, es Cameron Yates. Quería llamarte para decirte qué bueno fue conocerte hoy. Realmente pareces captar la cultura positiva que estoy tratando de construir aquí. Así que, para hacerla corta, estoy muy contento de decirte que me encantaría que te sumaras.

—¿Qué? —preguntó Andrew, metiéndose un dedo en su otro oído.

—¡Te estamos ofreciendo el trabajo! —gritó Cameron—. Habrá las formalidades usuales, por supuesto, pero no veo problema alguno, amigo.

Andrew se quedó paralizado, mientras el viento lo cacheteaba.

—¿Andrew? ¿Escuchaste?

—Dios. Sí. Escuché. Guau. Es... fantástico. Estoy... estoy encantado.

Lo estaba. Tan encantado, de hecho, que le sonrió al camarero a través de la ventana. Este le devolvió una sonrisa irónica.

—Andrew, escucha, me estoy yendo a un seminario, así que le pediré a alguien que te envíe un correo con todos los detalles. Estoy seguro de que habrá alguna que otra cosa para hablar, pero no te preocupes por eso ahora. Ve a casa y dale las buenas noticias a Diane y a los niños.

– CAPÍTULO 4 –

Resultaba difícil creer que apenas hacía cinco años que había estado parado en esa calle barrida por el viento tratando de entender lo que Cameron acababa de decirle. Parecía una vida entera atrás.

Revolvió con desánimo los frijoles que saltaban en la sartén portátil sobre el hornillo, antes de depositarlos sobre una corteza de harina integral que había cortado con el único cuchillo todavía afilado que tenía, cuyo mango de plástico estaba retorcido y quemado. Miró con intención al cuadrado de azulejos partidos que se hallaba detrás de la cocina, fingiendo que contenía una cámara. "Lo que hice fue combinar los frijoles y el pan, y ahora le añadiré un toque de kétchup —utilizo Captain Tomato, pero cualquier marca está bien— para obtener un trío delicioso. No puede congelar las sobras, pero con suerte se las habrá devorado en unos nueve segundos y estará tan ocupado odiándose que no se hará problemas por ello".

Podía oír a su vecina tarareando un piso más abajo. Era relativamente nueva: los inquilinos anteriores se habían ido apenas unos meses atrás. Una pareja joven, de veinte y pico, de impactante atractivo, puros pómulos y brazos bien definidos. La clase de aspecto que implicaba no tener que disculparse por nada, jamás. Andrew se obligaba a mirarlos a los ojos y a conjurar algún saludo despreocupado cuando se cruzaban en el pasillo, pero nunca se molestaron en contestarle. Solo se dio cuenta de que alguien se había mudado al oír ese tarareo. No había visto a su nueva vecina, pero, extrañamente, ya la había olido. O al menos su perfume, tan fuerte que flotaba permanentemente en el pasillo. Intentó imaginarla, pero en lugar de su rostro lograba solo evocar un óvalo liso y vacío.

En ese momento, su teléfono se encendió en la mesada. Vio el nombre de su hermana y se le hundió el corazón. Comprobó la fecha en la esquina de la pantalla: 31 de marzo. Tendría que haberlo sabido. Imaginó a Sally revisando su calendario, advirtiendo el círculo rojo alrededor del 31 y maldiciendo, porque era hora de su llamado trimestral.

Bebió un trago de agua para reunir fuerzas y tomó el llamado.

—Hola —dijo.

—Ey —dijo Sally.

Pausa.

—Bueno. ¿Cómo estás, hermanito? —le preguntó—.

¿Todo bien? —*Por Dios, ¿por qué tenía que hablar como si fueran adolescentes?*— Oh, ya sabes, lo usual. ¿Y tú?

—No me puedo quejar, viejo, supongo. Carl y yo haremos un retiro de yoga este fin de semana, para que aprenda a enseñarlo y toda esa vaina.

Carl. Su marido. Usualmente tragando batidos de proteínas y levantando objetos pesados.

—Suena... bien —dijo Andrew. Después de uno de esos cortos silencios que indican que es hora de pasar a la cuestión—: ¿Y cómo vas con tus exámenes y todo eso?

Sally suspiró.

—Tuve un montón más el mes pasado. Todos resultaron no concluyentes, lo que significa, esencialmente, que no saben un carajo. Aun así, me siento mucho mejor. Creen que probablemente no sea algo del corazón, así que no es probable que haga lo de papá y estire la pata sin aviso. Siguen diciéndome las mamadas usuales, ya sabes. Más ejercicio, menos alcohol, bla, bla, bla.

—Qué bueno que no estén preocupados sin motivo —comentó Andrew, y pensó que Sally no debería hablar como una adolescente y probablemente él no debería hablar como un reprimido catedrático de Oxford. Habría creído que después de tantos años no se sentirían como extraños. Pero era siempre esa lista de tópicos: Trabajo, Salud, Familia (bueno, y Carl, lo único parecido a un pariente en común). Excepto que esta vez Sally decidió sorprender.

—Así que, estaba pensando... quizás deberíamos encontrarnos pronto. Después de todo, ya han pasado como cinco años.

Siete, se dijo Andrew. *Y la última vez fue durante el funeral del tío Dave en un crematorio frente a SnappySnaps, en Banbury. Y estabas drogada.* Pero, admitió, tampoco era que él hubiera estado inundándola con invitaciones.

—Eso... eso estaría bien —dijo—. Siempre que tengas el tiempo, claro. Quizás podríamos encontrarnos a mitad de camino, o algo así.

—Sí, sería *cool, man*. Aunque nos mudamos, ¿recuerdas? Estamos en Newquay ahora, el trabajo de Carl y todo eso... Así que, mitad de camino es en algún otro lado. Pero voy a estar en Londres para ver a una amiga en mayo. ¿Podemos vernos entonces, quizás?

—Sí. OK. Solamente avísame cuando estés viniendo.

Andrew escaneó el cuarto y se mordió el labio. En los veinte años desde que se había mudado al apartamento, casi nada había cambiado. Como resultado, no parecía desgastado, sino francamente destruido. Había una mancha oscura en la juntura de la pared con el cielorraso, sobre el rincón que pretendía ser una cocina. Además, estaban el apaleado sofá gris, la alfombra deshilachada y el empapelado de un marrón amarillento que se suponía sugiriera el otoño, pero asemejaba unas galletas digestivas. A medida que se desvanecía el color, también se desvanecían las chances de que Andrew hiciera algo al respecto. Su vergüenza por el estado del sitio era solo equiparable al terror que sentía ante la idea de cambiarlo o, peor, de vivir en cualquier otro lugar. Al menos había un beneficio en estar solo: nadie podía juzgarlo.

Decidió cambiar de tema. Recordó algo que Sally le había dicho la última vez que hablaron.

—¿Cómo van las cosas con tu... persona?

Oyó el chisporroteo de un encendedor y el leve sonido de Sally exhalando el humo.

—¿Mi persona?

—La persona que ibas a ver. Para hablar de cosas.

—¿Quieres decir la terapeuta?

—Sí.

—La abandoné cuando nos mudamos. Para ser honesta, *man*, estaba feliz de tener una excusa. Insistía en hipnotizarme, y no funcionaba. Le dije que era inmune, pero no escuchaba. He encontrado una nueva en Newquay. Es más una sanadora espiritual, supongo. Me la crucé cuando estaba poniendo un aviso junto al de la clase de yoga de Carl. Increíble la casualidad.

Bueh..., pensó Andrew.

—Oye, *man* —dijo Sally—. Hay algo más de lo que quería hablarte.

—Sí —dijo Andrew, de inmediato receloso. *Primero arreglar para encontrarnos, ahora esto.* Mi Dios, ¿y si quería hacerle pasar tiempo con Carl?

—Es decir... y yo normalmente no haría esto, porque sé que... bueno, no es algo de lo que hablamos. Pero de todos modos, recuerdas a mi viejo amigo, Sparky ¿verdad?

—No.

—Claro que sí, *man*. Es el que tiene el *bong shop** en Brighton Lanes.

Obviamente.

---

* NdT: Tienda que vende artículos para fumar marihuana o hachís.

—OK…

—Tiene una amiga. Julia. Vive en Londres. Para el lado de Crystal Palace, así que no muy lejos de ti. Tiene treinta y cinco. Y hace unos dos años pasó por un divorcio aparentemente de mierda.

Andrew alejó el teléfono de su oreja. *Si va adonde creo…*

—Pero está saliendo de todo eso, y por lo que me dice Sparky, está tratando de, ya sabes, volver al ruedo. Así que estaba pensando, tipo, que quizás podrías…

—No —dijo Andrew—. Absolutamente no. Olvídate.

—Pero Andrés, ella es súper encantadora por lo que sé, además linda, por las fotos que vi. Te apuesto a que te gustaría.

—Eso es irrelevante —replicó Andrew—. Porque no quiero… eso. No es para mí, por ahora.

—"No es para mí". Jesús, *man*, estamos hablando de amor, no de pizza con ananá. No puedes simplemente desecharlo.

—¿Por qué no? ¿Por qué no puedo? No lastimo a nadie, ¿no? En todo caso, garantiza que nadie saldrá lastimado.

—Pero esa no es forma de vivir, *man*. Tienes cuarenta y dos años, todavía estás en la plenitud. Tienes que mentalizarte en salir; de otro modo, estás como negándote tu posible felicidad. Sé que es duro, pero tienes que mirar al futuro.

Andrew podía sentir que el corazón empezaba a latirle más rápido. Tuvo un horrible presentimiento de que su hermana estaba reuniendo el coraje para preguntarle algo de lo que jamás habían hablado, y no por falta de intentos por parte de ella. No era el elefante en el cuarto, sino más bien como un brontosaurio en un armario. Decidió cortar por lo sano.

—Te agradezco la preocupación, pero no hace falta. De verdad. Estoy bien como estoy.

—Lo entiendo, pero, en serio, un día vamos a tener que hablar... Ya sabes... de cosas.

—No, no tenemos por qué —contestó Andrew, fastidiado de que su voz sonara como un susurro. Mostrar cualquier tipo de emoción parecería una invitación a que Sally prosiguiera con este interrogatorio, como si en realidad quisiera hablar de *cosas* —lo que definitiva y absolutamente, no quería—.

—Pero *man*, en algún punto tenemos que hacerlo. ¡No es sano!

—Sí, pero bueno, tampoco lo es fumar marihuana toda tu vida, así que no creo que estés en posición de juzgar, ¿no?

Andrew se avergonzó. Oyó a Sally exhalar el humo.

—Lo siento. No tenía derecho a decir eso.

—Todo lo que digo —prosiguió Sally, ahora con decisión en la voz—, es que pienso que sería bueno para ti hablar las cosas.

—Y todo lo que *yo* digo —replicó Andrew—, es que realmente no siento que quiera hacerlo. Mi vida amorosa, o la falta de ella, no es un tema del que me sienta cómodo hablando. Y respecto de las *cosas*, no hay nada que decir.

Pausa.

—Bueno, OK, *man*. Es decisión tuya, supongo. Es decir, Carl me dice siempre que deje de molestarte con esto, pero es difícil no hacerlo, ¿sabes? ¡Eres mi hermano, *man*!

Andrew sintió una familiar punzada de autodesprecio. No por primera vez, su hermana había intentado acercarse y básicamente él la había sacado corriendo. Quería disculparse como era debido, decirle que por supuesto le importaba mucho que ella se preocupara, pero las palabras se le atoraron en la garganta.

—Oye —dijo Sally—. Creo que vamos a cenar. Así que... ¿hablamos luego?

—OK —dijo Andrew, cerrando con fuerza los ojos por la frustración—. Por supuesto. Y gracias, por la llamada, y todo.

—Seguro. No hay problema, hermano. Cuídate.

—Sí. Lo haré. Totalmente. Y tú también.

———

Mientras recorría la corta distancia de la *kitchenette* a su computadora, casi tropezó con la Flying Scotsman, que siguió andando sin prestarle atención. De todas sus locomotoras, la Scotsman parecía conducirse con la más alegre despreocupación (comparada con la InterCity British Rail, por ejemplo, que siempre se mostraba petulante ante la mera posibilidad de ser obligada a moverse). Había sido también la primera que tuvo, así como la primera pieza de su colección. La había recibido como regalo en su adolescencia y se había enamorado de inmediato. Quizás había sido por el inesperado origen del regalo más que por la cosa en sí, pero con el tiempo había empezado a apreciar cuán perfecta era. Le llevó años poder pagar otra. Y otra. Y una cuarta. Y luego vías y vallas y plataformas y cajas de señales, hasta que finalmente todo el piso del apartamento quedó tomado por un complicado sistema de vías interconectadas y el variado paisaje que las acompañaba: túneles que parecían penetrar montañas, vacas que pastaban junto a arroyos, trigales, fincas con hileras de pequeños repollos atendidos por hombres con sombreros de ala ancha. Pronto tuvo suficiente como para reflejar las cuatro estaciones. Era emocionante sentir el cambio en el aire. Una vez, durante un funeral al que asistieron solo los compañeros de copas del difunto, el vicario hizo una torpe metáfora en su elegía con la imagen de atrasar los relojes y Andrew tuvo que esforzarse por no saltar de alegría ante la perspectiva de un fin de semana entero reemplazando el verde paisaje con algo más otoñal.

Era adictivo construir esos mundos. También costoso. Los magros ahorros de Andrew se habían esfumado en comprar la colección y, con excepción de la renta, su salario se iba casi totalmente en mantenerla y mejorarla. Ya no le alarmaban todas las horas, o a veces días enteros, que pasaba navegando Internet en busca de formas de mejorar su configuración. No podía recordar cuándo había descubierto, y se había registrado, en el foro de *Locos por los trenes de colección*, pero, desde entonces, había estado allí cada día. La mayoría de la gente que posteaba hacía que su interés sonara *amateur*. Andrew admiraba totalmente a cada uno de ellos. Para él, cualquiera pero cualquiera que fuere, que pensara en entrar al foro a las 2.38 a. m. para postear el mensaje: POR FAVOR AYUDEN A UN NOVATO: Stanier 2-6-4T Chasis ROTO. SOCORRO?? era un héroe, así como las otras *treinta y tres* personas que le respondían minutos después con consejos, soluciones y palabras de aliento. En verdad, entendía un diez por ciento de lo que decían en las conversaciones más técnicas, pero siempre las leía, posteo tras posteo, y sentía una genuina alegría cuando alguna consulta, a veces dormida durante meses, era finalmente resuelta. Él posteaba cada tanto en el foro principal mensajes de buena onda, pero el punto de inflexión ocurrió después de que comenzara a chatear regularmente con otros tres usuarios, que lo invitaron —¡vía mensaje privado, nada menos!— a unirse a un subforo exclusivo. Este pequeño paraíso era liderado por BamBam67, uno de los miembros más antiguos del sitio, que recientemente había recibido derechos de moderador. Los otros dos eran TinkerAl —por lo visto, un joven y apasionado entusiasta— y el más experimentado BriadGauge-Jim, que una vez había posteado la foto de un acueducto que había construido sobre un arroyo, tan hermoso que Andrew había tenido que recostarse.

BamBam67 había montado el subforo para ostentar sus nuevos privilegios como moderador, y a Bam *sí* que le gustaba ostentar: a menudo acompañaba sus posteos con fotos de sus trenes que parecían más destinadas a dejarles ver el tamaño de su preciosa casa. Descubrieron pronto que todos vivían en Londres —con excepción de BriadGauge, el entusiasta y paternal miembro del grupo, que había estado viviendo "una vida decente" en Leatherhead durante más de treinta años—, pero jamás había surgido la idea de encontrarse en la vida real. Esto le iba bien a Andrew, que usaba el apodo Tracker. En parte porque implicaba que podía adecuar su personaje en línea para ocultar sus falencias reales —ese, había comprendido pronto, era todo el sentido de Internet—, pero también porque estos eran los únicos y, por tanto, mejores amigos que tenía y habría sido una pena conocerlos realmente y descubrir que eran unos idiotas.

Había una gran diferencia entre lo que ocurría en el foro general y lo que ocurría en el subforo. En el primero había un delicado ecosistema: la conversación tenía que ajustarse estrictamente al tema y cualquier usuario que ignorara las reglas era debidamente castigado, a veces con severidad. El más famoso ejemplo ocurrió cuando TunnelBotherer6 había persistido en postear sobre zócalos cuando se hablaba de equipamiento y había sido calificado como un "desperdicio de espacio" por el moderador. Pavorosamente, TB6 jamás volvió a postear. Pero en el subforo, lejos de los metiches ojos del moderador del foro principal, lentamente se produjo un cambio. No mucho después, se convirtió en el lugar donde se hablaba de temas personales. Al principio, fue aterrador. Como si fueran parte de la Resistencia, estudiando mapas bajo un bombillo en un sótano polvoriento, mientras los soldados enemigos bebían en el bar del piso superior. Fue BriadGaugeJim el primero que introdujo un asunto explícitamente no relacionado con trenes.

Oigan, amigos, escribió, por lo general no los molestaría con algo como esto, pero para ser completamente sincero no sé a quién más preguntar. Básicamente, mi hija Emily fue atrapada haciéndole *"cyberbullying"* a alguien de su escuela. Mensajes maliciosos. Imágenes retocadas. Cosas horribles, por lo poco que he visto. Ella dice que no es la líder y que se siente mal al respecto (le creo), pero igualmente me parece que tendría que asegurarme de que entienda que no puede ser parte de algo así nunca más, aun si le cuesta algunos amigos. Me preguntaba si alguno podía darle algún consejo a un chambón como yo. ¡No hay problema si no pueden!

Se le habían enfriado los huevos revueltos mientras esperaba para ver qué ocurría. TinkerAl respondió primero, y el consejo era simple, sensato y patentemente sentido: Tanto que Andrew se sintió abrumado. Trató de escribir, pero no se le ocurría nada mejor que decir. En cambio, respaldó la sugerencia de Tinker con un par de líneas y resolvió, quizás en forma un poco egoísta, ser de más ayuda la siguiente vez.

Andrew entró en el subforo, oyó el tranquilizador sonido del Scotsman corriendo detrás de él y aguardó con ansia la pequeña brisa que causaba al pasar. Ajustó su monitor. Había comprado la computadora como regalo para su cumpleaños número treinta y dos. En esa época parecía una máquina elegante y poderosa, pero ahora, una década más tarde, era absurdamente enorme y lenta comparada con los últimos modelos. No obstante, sentía afecto por la vieja y torpe bestia, lo que significaba que se aferraría a ella mientras todavía arrancase, con su farfullar.

Hola a todos, escribió. ¿Hay alguien para el turno noche?

Mientras esperaba la respuesta que sabía llegaría en diez minutos, como máximo, maniobró cuidadosamente por encima de las vías hasta su tocadiscos y se puso a pasar uno por uno sus discos. Los tenía en una pila torcida en lugar de ordenados en pulcras hileras en algún estante —lo que le hubiera quitado parte de la gracia—. Con este orden destartalado, todavía podía sorprenderse. Había algunos otros artistas y álbumes —Miles Davis, Dave Brubeck, Dizzy Gillespie—, pero Ella los superaba ampliamente en número.

Deslizó *The Best Is Yet To Come* fuera de su funda, pero cambió de idea y lo volvió a guardar. Cambiaba los paisajes que rodeaban al tren según el paso de las estaciones, pero no había una lógica igual de simple y directa para elegir qué disco de Ella escuchar. Era más una cuestión de qué sentía adecuado para el momento. Había una sola excepción: su interpretación de *"Blue Moon"*. No había podido ponerla en veinte años, aunque eso no impedía que la melodía se le metiera en la cabeza a veces. En cuanto reconocía las primeras notas, le dolían las sienes, se le nublaba la vista y llegaba el lacerante ruido de un acople y gritos, mezclados con la música, y la pavorosa sensación de unas manos aferrándole los hombros. Y luego desaparecía como si nada, y estaba mirando fijo a un cajero perplejo, o se daba cuenta de que se había pasado de su parada de autobús. En un ocasión, años atrás, había caminado hasta una tienda de discos en Soho y advertido que la canción salía por los parlantes. Se había marchado tan rápido que había terminado en un tenso encuentro con el dueño del negocio y un policía fuera de servicio que pasaba por allí. Más recientemente, había estado cambiando de canales y se había puesto a ver un partido de fútbol. Minutos después, estaba buscando desesperadamente el control remoto para apagarlo: aparentemente a los hinchas del Manchester City les gustaba cantar *"Blue Moon"*. Oír la canción era suficientemente malo, pero cincuenta mil personas aullándola fuera de compás lo elevaba a otro nivel. Trató de decirse que era una de esas afecciones que la gente está obligada a tolerar, como ser alérgico a la luz del sol o sufrir terrores nocturnos, pero le quedó la idea de que en algún momento tendría que hablar con alguien al respecto.

Deslizó sus dedos por la despareja pila de discos. Esta noche era *"Hello Love"*. Dejó caer la púa cuidadosamente y volvió a su computadora. BamBam67 había sido el primero en responder.

> Buenas noches a todos. Turno noche para mí también. Toda la casa es mía, por suerte. ¿Vieron que están repitiendo lo de la BBC del año pasado? James May sentado en su cobertizo reconstruyendo una locomotora de vapor Graham Farish 372-311 N Gauge. Aparentemente lo hicieron en una sola toma. De todos modos, ni se molesten. Es horrible.

Andrew sonrió y refrescó la página. Ahí estaba TinkerAl, justo para seguirla:

> ¡JAJA! ¡Sabía que no sería para ti! Me temo que ¡me encantó!

Refrescar. Aquí llegaba BriadGaugeJim:

Turno nocturno para mí también, caballeros. Vi lo
de May cuando lo dieron la primera vez. Después
de que argumentó en favor de una base de corcho
en lugar de una de grava, ya no podía tomarme en
serio el resto.

Andrew giró lentamente su cabeza de un lado a otro y
se hundió en su silla. Ahora que los cuatro habían posteado,
que Ella estaba cantando y había un tren traqueteando por
la habitación, derrotando al silencio, podía relajarse al fin.

Este era el momento en que todo se componía.

Esto era todo.

– CAPÍTULO 5 –

En lo que respectaba a sus paquetes de almuerzo, este era un ejemplar de libro —aunque fuera él mismo quien lo dijera—. "Jamón y queso", se ufanó ante la cámara. "Un toque de pepinillos en el centro, que luego esparciremos hacia cada esquina. Me gusta imaginar que son las partes del cuerpo de un traidor que están siendo enviadas a las cuatro puntas de Inglaterra, pero pueden imaginar la metáfora que prefieran. Momento: ¿es esto un pedazo de lechuga? Pueden apostar a que sí. ¿Y con quién viene? ¿Un sobre de sal y vinagre de la bolsa? Tildado. ¿Y qué tal una satsuma de The Big Red Net? Ídem. Pero comprueben cuidadosamente que no sea uno de esos sibilinos que fingen estar bien, aunque tengan la parte de abajo completamente mohosa. Siempre me imagino a un joven soldado presumido que reclama ir de patrulla pese a tener el peroné roto. Pero, de nuevo, escojan su propia metáfora".

Estaba por lanzarse a una explicación de su sistema de Tupperware cuando se detuvo y miró fijo hacia delante, como si el *teleprompter* se hubiera roto: vino a su mente el recuerdo, para nada bienvenido, del equipo de interrogatorios Keith-Meredith.

Sentado en el tren camino al trabajo, encajado contra el apoyabrazos por un hombre cuyas piernas estaban tan abiertas que solo se podía pensar que hacía algún tipo de representación bailada acerca de qué *gran tipo* era, se encontró rememorando su primer día en la oficina. Después de una momentánea excitación por haber conseguido el puesto, había pasado los días siguientes en pánico, pensando en cómo iba a aclarar con Cameron el asuntillo de su familia inventada. Concluyó que lo mejor sería congeniar con Cameron muy, muy pronto: ir contra todos sus instintos y buscar activamente ser su amigo. Unas pocas charlas ilícitas en el corredor despellejando a otra gente, una cerveza después del trabajo algún viernes —así es como lo hacían los demás, ¿no?— y luego confesaría, diría que había sido un momento de locura entre tú y yo, hermano, y dejarían todo el asunto de lado como una de esas mentiras inocentes que se dicen en las entrevistas.

Desafortunadamente, no sería así. Como es de rigor según la ley británica, Andrew había saludado brevemente a sus nuevos colegas antes de cerrar por accidente su correo electrónico —incapaz de volver a ingresar—, y quedarse en silencio durante una hora porque estaba demasiado avergonzado para pedir ayuda.

Fue entonces que Cameron apareció. Era su primera gran chance de entablar un trato amistoso. Estaba planeando una ingeniosa apertura sobre su crisis con el correo cuando, tras interrumpirlo para desearle un feliz primer día de trabajo, Cameron le preguntó en voz suficientemente alta como para que todos pudieran escuchar: —¿Cómo está la familia? ¿Steph y David están bien?

Quedó tan descolocado que respondió con un: —Parecen estar bien, gracias.

Hubiera sido una respuesta apropiada para un óptico que preguntase qué tal eran las lentes nuevas, pero no tanto para referirse a la propia sangre. Aturullado, farfulló algo sobre que tenían montañas de tarea de la escuela.

—Bien —dijo Cameron, cuando al fin Andrew terminó de divagar—. Pronto se vienen los feriados de Pascua. ¿Diane y tú van a algún lugar bonito?

—Em... Francia —respondió Andrew.

—Oh, la *creme* de la *creme* —comentó Cameron—. ¿Adónde?

Andrew pensó. —El sur —dijo—. El sur de Francia. —Y eso fue todo.

En esos primeros días, cada vez que la conversación viraba hacia el tema de la familia, se veía obligado a pensar a toda velocidad. Aprendió pronto que podía fingir estar distraído por su computadora o pedir que le repitieran una pregunta para ganar tiempo, pero sabía que necesitaba una estrategia de más largo plazo. En su segunda semana, hubo unos pocos días en que no hubo más menciones del asunto, en que se preguntó si estaba a salvo. En retrospectiva, había sido increíblemente ingenuo. Se trataba de *la familia*. De eso era de lo que hablaba la gente normal. No ayudó el que Meredith parecía alimentarse de una dieta de chisme y metiche, y presionaba constantemente a Andrew en pos de información específica. Un buen ejemplo había sido cuando ella, Keith y Bethany, una nerviosa universitaria recién recibida, se pusieron a hablar sobre bodas.

—Oh, qué tormento —dijo Meredith, regodeándose con el casamiento de un amigo del fin de semana anterior—. Estaban allí parados, frente al altar, y no lograban encajar el anillo en el dedo enorme de él.

—Mi papá piensa que es un poco sentimentaloide que los hombres lleven anillo de casados —apuntó Bethany, con una voz temblorosa que la hacía sonar como si estuviera siendo arreada por la grilla metálica para el ganado.

—¿Veeeees? —comentó Keith, abriendo bien los brazos para enfatizarlo y mostrando las manchas de sudor en sus axilas—. Es lo que siempre dije.

—Oh, no sé —dijo Meredith—. Si mi Graham no se pusiera el suyo, estoy segura de que un montón de zorras se le echarían encima.

Estiró el cuello para tratar de espiar por encima de la pantalla de Andrew.

—¿Tú llevas uno, Andrew?

Se miró el dedo estúpidamente antes de contestar que no.

—¿Por alguna razón en particular?

Mierda.

—No, no —dijo—. Solo que... pensé que no me gustaría cómo se sentiría.

Nadie cuestionó esta idea, pero podía sentir que el cuello le ardía de vergüenza. Comprendió que no era suficiente con saber los hechos básicos, contar con una perspectiva general. Tenía que acentuar las grandes pinceladas con otras más finas. Y así, esa misma noche, con Ella como fondo, abrió una planilla y comenzó a llenarla con la historia de su familia. Empezó por establecer tantos puntos "fácticos" como le fue posible: segundos nombres, edades, colores de cabello, alturas. Luego, en las semanas siguientes, añadió detalles más sutiles, recordando trozos de conversaciones de extraños, o preguntándose cómo habría manejado su propia familia los asuntos de otros. No mucho después, tenía una respuesta preparada para casi cualquier pregunta. Si se elegía un lugar de la planilla al azar, se podía descubrir que a David le gustaba el rugby, pero que recientemente se había torcido el tobillo. Era tímido y prefería jugar solo que con amigos. Había estado rogando durante meses por un par de zapatillas con tacos que se iluminaban al caminar, hasta que Andrew finalmente había cedido.

Steph tenía terribles cólicos cuando bebé, pero aparte de algún ocasional caso de conjuntivitis cada tanto, rara vez tenían que llevarlo al médico en estos tiempos. Hacía preguntas aterradoramente inteligentes en público que a menudo los dejaban embarazosamente sin respuesta. Había actuado como pastora en un retablo de Navidad. Sus compañeros la habían criticado, pero por supuesto que ellos jamás habían estado más orgullosos.

La de *ellos* —Diane y él— era la parte más difícil. Se había sentido bien al fantasear al respecto en la entrevista, pero esto era algo completamente diferente. No obstante, todos los detalles estaban allí: Diane había sido promovida recientemente a socia de un bufete de abogados (su especialidad eran los derechos humanos) y, aunque trabajaba mucho, jamás dejaba de chequear su temible BlackBerry los fines de semana. Su aniversario de bodas era el 4 de septiembre, pero también tenían una minicelebración el 15 de noviembre, el aniversario de su primer beso (parados en la nieve, después de una fiesta improvisada en la residencia universitaria de un amigo). Su primera cita propiamente dicha había consistido en ver *Pulp Fiction*. Visitaron a los padres de ella para Navidad y tendían a vacacionar en Francia durante el verano, y en los centros de vacaciones Center Parcs en el receso de otoño. Habían viajado a Roma para su décimo aniversario. Cuando conseguían niñera, iban al teatro, pero nada demasiado moderno, porque habían decidido que su tiempo y su dinero eran demasiado valiosos como para freírlos en algo que no contara con al menos uno de los actores principales que hubiera sido parte de un drama de época. Diane jugaba al tenis todos los domingos por la mañana con su amiga Sue y estaba en el comité de padres de la escuela de Steph. Solía usar anteojos de marco naranja brillante antes de arriesgarse a la cirugía láser. Tenía una pequeña cicatriz sobre una ceja, donde la había golpeado la manzana lanzada por un niño de la escuela llamado James Bond.

Todo esto había sido tal trabajo de tiempo completo que Andrew apenas si había tenido tiempo de pensar adónde se dirigía con su auténtico rol. Había asistido ya a dos funerales y efectuado difíciles llamados telefónicos a diversos parientes. Incluso había acompañado a Keith en su primera inspección domiciliaria y visto el cuarto en que una mujer había exhalado su último suspiro. Pero todo eso era como un paseo en comparación con mantener el engaño. Estaba constantemente sobre ascuas, esperando el momento en que se enredara o contradijera. Pero pasó un mes, y otro, y lentamente comenzó a relajarse. Sus esfuerzos empezaban a dar frutos.

El momento que casi cambió todo llegó durante un almuerzo de viernes. Andrew había pasado la mañana entera buscando alguna pista de parientes de un muerto en una caja llena de papeles recuperados durante una inspección. Estaba mirando sin pensar cómo unos macarrones con queso daban vueltas en el microondas y hablando de nada con Cameron, cuando surgió el tema de las alergias.

—Esa es la parte difícil —decía Cameron—. Tienes que estar completamente preparado. Implica estar con los nervios de punta. Especialmente con las nueces y demás. Con Chris, tenemos que estar extraatentos, ¿sabes?

—Mmmm —respondió Andrew, pelando distraídamente la filmina del paquete y pinchando la pasta con un tenedor—. Steph es alérgica a las picaduras de abeja, así que entiendo totalmente.

Solo cuando ya estaba de regreso en su escritorio y a mitad de su almuerzo pensó en la conversación. No necesitaba más repasar la planilla o improvisar: había ofrecido con calma esa información sobre Steph sin siquiera pensarlo, como si saliera de su inconsciente.

Que un detalle así hubiera aparecido tan fácil lo dejó profundamente inquieto. Podría haber ayudado a su causa, era otro dato para ponerle carne al asunto, pero era la primera vez que realmente había perdido de vista por qué había tenido que inventar todo esto. Tanto que al llegar a casa esa noche, en lugar de actualizar su planilla, se puso a buscar otro trabajo.

Una semana después, salía de la iglesia después del funeral de un exinstructor de manejo de setenta y cinco años que se había ahogado en su tina, cuando, al encender su teléfono, encontró un mensaje de un empleado de Recursos Humanos que lo convocaba a una entrevista para uno de los trabajos a los que se había presentado. Ordinariamente, esto lo habría puesto en pánico, pero siempre se sentía curiosamente insensibilizado después de un funeral, así que permaneció suficientemente calmado como para responder de inmediato y organizar la entrevista. Era su oportunidad de escapar y terminar con las mentiras.

Una semana más tarde, subía las escaleras de la oficina del Consejo sintiéndose terriblemente sin aire y tratando de convencerse de que se debía a alguna enfermedad

—posiblemente fatal— y no a que no había hecho ejercicio en dos décadas, cuando su teléfono sonó de nuevo. Unos segundos después estaba jadeando que sí, estaría muy contento de tener una segunda entrevista. Pasó el resto de la tarde sentado en su escritorio e imaginando cómo se sentiría diciéndole a Cameron que renunciaba.

—¿Vas a hacer algo lindo con la familia este fin de semana, Andrew? —preguntó Bethany.

—Asado el sábado, si el tiempo está bueno —respondió Andrew—. Steph decidió que es vegetariana, así que no estoy seguro de qué habrá en el menú para ella.

—¡Oh, yo también soy vegetariana! Está bien, haz un poco de queso a la parrilla y unas salchichas vegetarianas. Le encantará.

Todavía estaban discutiendo sus planes del fin de semana cuando le llegó un correo de Adrián, la persona de reclutamiento que lo había llamado, para confirmar qué días estaba libre para la segunda entrevista. Andrew se excusó y buscó un cubículo libre en el baño. No quería admitirse a sí mismo lo reconfortado que se sentía después de momentos como este que había tenido con Bethany y con los demás en los que hablaba de la familia. Volvió a pensar: ¿qué daño hago? No estaba molestando a nadie. La gente tenía familias *reales* que hacían cosas diabólicas *reales* para lastimar a las personas que querían de toda clase de formas horribles. Nada de lo que hacía era comparable con eso, ¿no?

Para cuando regresó a su escritorio, ya se había decidido. Haría las paces con lo que hacía. No iba a retroceder.

———

Hola, Adrián:

   Me alegra haber tenido la oportunidad de reunirme con Jackie, pero después de reflexionarlo, he decidido quedarme en mi empleo actual. Gracias por tu tiempo.

   Desde entonces, todo fue más fácil. Podía unirse a una conversación sobre familias sin sentirse culpable y, por primera vez en mucho tiempo, se sentía más veces feliz que solo.

– CAPÍTULO 6 –

Andrew salió de la estación y —porque todo lo malo ocurrirá— se encontró caminando justo detrás de Cameron. Se detuvo, fingiendo mirar su teléfono. Para su sorpresa, tenía un nuevo mensaje; para su decepción, era de Cameron. Lo leyó y maldijo. Quería que Cameron le cayera bien, de verdad lo quería, porque sabía que tenía buenas intenciones. Pero era difícil apreciar a alguien que a) iba al trabajo en uno de esos *miniscooters* que se habían vuelto aceptables para mayores de cinco años, y b) estaba tratando de arruinar su vida sin saberlo, ya que había esperado apenas doce horas antes de enviarle un mensaje en que le preguntaba si había pensado en la idea de la cena.

La idea de perder a su familia era insoportable. Sí, todavía había algún momento difícil en una conversación que le daba vértigo, pero valía la pena. Diane, Steph y David *eran* su familia ahora, su felicidad y su fortaleza y lo que le daba impulso. ¿No los convertía eso en una familia tan real como la de cualquier otro?

———————

Se hizo una taza de té, colgó su abrigo en el gancho de siempre y se volvió justo para ver que había una mujer sentada en su silla.

No podía ver su rostro, porque estaba tapado por la computadora, pero podía ver sus piernas bajo el escritorio, cubiertas con medias de un verde oscuro. Estaba balanceando uno de sus zapatos de tacón en los dedos del pie. Algo en la forma en que lo movía para adelante y para atrás le hizo pensar en un gato jugando con un ratón. Se quedó allí parado, taza en mano, sin saber qué hacer. La mujer giraba en la silla y tamborileaba con una lapicera —una de *sus* lapiceras— contra sus dientes.

—Hola —dijo, y advirtió que hasta para él era un récord sentir que se le enrojecían así las mejillas cuando ella le sonrió y le ofreció un alegre *hola* en respuesta—. Perdón, pero estás, mmm, sentada en... ese es técnicamente mi asiento.

—Oh, Dios, lo siento —dijo la mujer, poniéndose de pie de un salto.

—Está bien —dijo Andrew, y añadió, sin necesidad, otro "lo siento".

Tenía el cabello de un rojo oscuro y oxidado, atado hacia arriba y atravesado por lo que parecía un lápiz, como si quitarlo lo hubiera hecho caer en cascada, a lo Rapunzel. Andrew calculó que era unos pocos años más joven que él, de treinta y pico a cuarenta.

—Qué buena primera impresión doy —dijo ella. Al notar la confusión de Andrew, agregó—: Soy Peggy. Este es mi primer día.

Justo en ese momento apareció Cameron, saltando como un presentador de un programa de preguntas y respuestas en un canal digital ya cerrado. —Excelente, excelente, ¡ya se presentaron!

—Y ya robé su silla —añadió Penny.

—Ja, ja, "robé su silla" —se rió Cameron—. En todo caso, Pegs... ¿te importa si te llamo Pegs?

—Emmm... ¿no?

—Bueno, Pegs, Peggy, ¡la Peggita! Vas a ser la sombra de Andrew por un tiempo para ponerte al día. Me temo que te toca ir a lo difícil esta mañana, porque creo que Andrew tiene una inspección domiciliaria. Pero bueno, nada mejor que el ahora para meterse en la cosa, supongo.

Alzó sus pulgares violentamente y Andrew observó que Peggy retrocedía automáticamente, como si Cameron hubiera sacado un cuchillo. —Perfecto —dijo Cameron, sin percatarse—. Te dejo en las muy capaces manos de Andrew.

———

Andrew había olvidado que alguien nuevo empezaba ese día y se sintió incómodo ante la perspectiva de que lo siguieran. Entrar a la casa de un fallecido era siempre extraño y perturbador, y lo último que quería era tener que ocuparse de alguien más. Tenía sus propios métodos, su propia forma de hacer las cosas. No quería tener que estar deteniéndose para explicar cada cosa. Cuando él empezó, Keith había sido el que le había mostrado cómo hacerlo. Parecía que lo tomaba con cierta seriedad al principio, pero muy pronto comenzó a sentarse en un rincón y a jugar juegos en su teléfono, haciendo una pausa solo para hacer bromas de mal gusto sobre el difunto. Andrew habría tomado a bien un poco de humor negro, aunque no era su estilo, pero Keith no parecía tener ni una pizca de empatía. Finalmente, lo había encarado en la cocina de la oficina y le había sugerido que podía hacer las inspecciones solo. Keith había murmurado que estaba de acuerdo, casi sin advertir, al parecer, lo que le había dicho —aunque esto podía deberse, en parte, a que estaba luchando por sacar su dedo de la lata de bebida energizante en que lo había encajado—.

Desde entonces, Keith se había quedado con Meredith en la oficina registrando los fallecimientos y arreglando los funerales. Andrew prefería, por mucho, hacer las inspecciones solo. El único problema de no tener compañía era que las noticias viajaban rápido cuando alguien moría. Y así, una persona que había expirado en completa soledad adquiría de pronto unos conocidos llenos de buenos deseos y unos queridos, *queridos* amigos que llegaban durante las inspecciones —gorras en mano, los ojos revisando ávidamente el lugar— para presentar sus respetos y, solo por las dudas, confirmar si ese reloj que les había prometido el muerto en caso de su fallecimiento, o las cinco libras que les debía, estaban por ahí. Ahuyentar a esta gente era la peor parte; la amenaza de violencia quedaba flotando en la habitación hasta mucho después de que se fueran. Al menos, con la novata a su lado tendría algún refuerzo, admitió.

—Quería decirte... —le dijo Peggy—. Antes de que nos fuéramos, Cameron me arrinconó y me dijo que intentara persuadirte de que tener "cenas para conectarnos" era una buena idea. Dijo que fuera sutil, pero, bueno, no soy experta en eso...

—Ah —dijo Andrew—. Bueno, gracias por decírmelo. Creo que lo ignoraré por ahora.

Esperaba que *eso* dejara cerrado el asunto.

—Lo bien que haces —replicó Peggy—. En lo que me concierne, probablemente es lo mejor: cocinar no es lo mío. Me las arreglé para llegar a los treinta y ocho sin saber que pronunciaba mal *"bruschetta"*. No es "brusheta", según mi vecina. Pero ella usa un jersey rosa atado a los hombros como si viviera en un yate, así que no estoy muy segura de seguir sus consejos.

—Ya —dijo Andrew, ligeramente distraído, después de haberse dado cuenta de que les faltaban provisiones para la inspección.

—Supongo que se debe al tema de trabajo en equipo, ¿no? —preguntó Peggy—. En verdad, prefiero eso antes que el tiro al disco, o cualquiera de las cosas que se le ocurren a estos gerentes.

—Algo así —respondió Andrew, revisando su mochila para ver si faltaba algo.

—Así que vamos a, mmhh, ¿ir a la casa de alguien que acaba de morir?

—Así es. —Mierda, *necesitaban* provisiones. Tendrían que hacer un desvío. Se dio vuelta justo para advertir que Peggy estaba resoplando y se dio cuenta de lo poco amable que había sido. Sintió la familiar ola de autodesprecio, pero las palabras requeridas para arreglar la situación se negaron a aparecer, así que ambos caminaron en silencio hasta el supermercado.

—Tenemos que hacer una parada rápida —explicó.

—¿Un tentempié de media mañana? —preguntó Peggy.

—Me temo que no. Bueno, no para mí. Pero siéntete libre de comprarte algo. Quiero decir, no necesitas mi permiso. Obviamente.

—No, no, no hace falta. En verdad, estoy haciendo dieta. Es una en que comes un brie entero y luego lloras un poco. ¿La conoces?

Esta vez, Andrew se acordó de sonreír.

—Será solo un minuto —dijo, mientras entraba. Cuando volvió con todo lo que necesitaba, encontró a Peggy en una góndola llena de libros y DVD.

—Solo mira a esta chica —dijo, mostrándole la tapa de un libro en la que una mujer sonreía a la cámara, al parecer en medio de preparar una ensalada—. Nadie debería mostrarse tan feliz con un aguacate en la mano. —Puso el libro de nuevo en el estante y examinó el desodorante de ambiente y la loción para después de afeitar que Andrew llevaba en la canasta.

—Tengo la horrible sensación de que no sé en qué me metí —dijo.

—Te lo explicaré cuando lleguemos allí —respondió Andrew. Se dirigió a las cajas y observó a Peggy dirigirse hacia la salida. Tenía una curiosa forma de caminar, con los brazos pegados a los costados, pero los puños ligeramente apretados y apuntando a cada lado, como si tuviera pegadas dos claves de sol. Mientras digitaba su clave en el lector de la tarjeta, la melodía de *"Would you Like to Take a Walk?"*, interpretada por Ella y Louis Armstrong se le metió en la cabeza.

Estaban parados en un cruce. Andrew comprobaba en el teléfono que estaban yendo en la dirección correcta. Peggy llenaba el silencio contando un episodio de televisión especialmente conmovedor que había visto la noche anterior.

—Tengo que confesar que no recuerdo el nombre del programa, o del protagonista, o cuándo o dónde ocurre la historia, pero si puedes encontrarla, es espectacular.

—Seguro de que iban en la dirección correcta, Andrew estaba a punto de arrancar cuando se produjo un estrépito detrás suyo. Se dio vuelta para averiguar cuál era el origen y vio a un obrero inclinándose sobre un andamio, a punto de arrojar un montón de escombros a un contenedor.

—¿Todo bien? —preguntó Peggy. Pero Andrew estaba paralizado, incapaz de quitar sus ojos del obrero mientras este dejaba caer otro montón de ladrillos, con un estrépito aún mayor. Comenzó a quitarse el polvo de las manos, pero advirtió que Andrew lo observaba y se detuvo.

—¿Algún problema, hermano? —preguntó, inclinándose sobre el andamio. Andrew tragó con dificultad. Podía sentir cómo el dolor crecía en sus sienes; el sonido del acople se filtraba lentamente en su cabeza. Debajo de esa estática se oían los tenues compases de *"Blue Moon"*. Con gran esfuerzo, logró mover las piernas y, para su alivio, tras cruzar la calle y caminar un poco más, tanto el dolor como el ruido habían disminuido. Avergonzado, buscó a Peggy con la mirada, preguntándose cómo iba a explicarse, pero ella seguía parada junto al contenedor hablando con el obrero. Por la expresión de sus caras, parecía que Peggy estaba tratando pacientemente de enseñarle a un perro estúpido cómo hacer una gracia. Abruptamente, se alejó de allí.

—¿Estás bien? —le preguntó ella cuando lo alcanzó.

Andrew carraspeó. —Sí, bien —dijo—. Creí que estaba por tener una migraña, pero por suerte no. —Cabeceó en dirección al obrero—. ¿De qué hablaban?

—Oh —dijo Peggy, que todavía parecía preocupada por Andrew—, hizo algunos comentarios no requeridos sobre mi apariencia, así que me tomé el tiempo para explicarle que veía una profunda e insaciable tristeza en sus ojos. ¿Estás seguro de que estás bien?

—Sí, bien —repitió Andrew, advirtiendo demasiado tarde que tenía los brazos rígidos a los costados, como un soldado de juguete.

Arrancaron de nuevo y, aunque se preparó con anticipación, el distante estrépito de los escombros lo sobresaltó de nuevo.

El apartamento del fallecido era parte de la finca Acorn Gardens. El nombre estaba escrito en blanco en un cartel verde que contenía los nombres de varios edificios dentro de ella: Huckleberry House, Lavender House, Rose Petal House. Debajo, alguien había pintado con aerosol: "Por el culo a los policías" y, debajo, el bosquejo de una verga y unas pelotas.

—Caramba —dijo Peggy.

—No hay problema. Ya he estado aquí. Nadie me molestó, así que estoy seguro de que no va a haber problemas —la tranquilizó Andrew, en parte para tranquilizarse a sí mismo.

—Oh, no, seguro que no. Solo me refería a eso —Peggy señaló el dibujo—. Impresionante el detalle.

—Ah, claro. Sí.

Mientras caminaban por la finca, Andrew notó que la gente cerraba las ventanas y que los padres gritaban a sus hijos que entraran, como si fuera un wéstern y él fuera un forajido desaforado. Solo deseó que su intento de sonrisa transmitiera que lo que llevaba en su bolsa era solo un impermeable y un desodorante, no una escopeta.

El apartamento estaba en el primer piso de la Huckleberry House. Andrew se detuvo al pie de la escalera de cemento y se volvió hacia Peggy.

—¿Qué tanto te contó Cameron sobre lo que ocurre en las inspecciones domiciliarias? —preguntó.

—No mucho —respondió ella—. Sería bueno si pudieras contarme algo más. Porque, te seré sincera, Andrew, estoy un poco, apenas, completamente aterrorizada. —Se rio nerviosamente. Andrew bajó la mirada. Una parte de él quería reírse para tranquilizarla, pero al mismo tiempo sabía que, si había vecinos o amigos del difunto mirando, no sonaría profesional. Se agachó y buscó en el bolso.

—Toma —dijo, dándole a Peggy un par de guantes y una máscara quirúrgicos—. El nombre del fallecido es Eric White. Tenía sesenta y dos años. El forense nos derivó el caso porque, de lo que pudieron inferir de la búsqueda inicial de la policía, no había evidencia de pariente alguno. Así que tenemos dos objetivos hoy: primero, reunir cuanta información podamos sobre Eric y confirmar que realmente no hay un pariente; y, segundo, averiguar si tiene suficiente dinero para pagar por el funeral.

—Guau. OK —dijo Peggy—. ¿Y cuánto cuesta un funeral por estos días?

—Depende —respondió Andrew—. El precio promedio es de unas cuatro mil libras. Pero si el difunto no tiene patrimonio y no hay parientes o persona alguna dispuestos a pagar, el Concejo está legalmente obligado a enterrarlo. Sin lujos —sin lápida, flores, lote privado, etc.—, cuesta unos mil.

—Uf —comentó Peggy, calzándose un guante—. ¿Ocurre a menudo?

—Desafortunadamente —dijo Andrew—. En los últimos cinco años, más o menos, ha habido un doce por ciento de aumento en los funerales de salud pública. Más y más gente fallece sola, así que tenemos trabajo todo el tiempo.

Peggy se estremeció.

—Lo siento. Sé que es algo desolador —se excusó Andrew.

—No, es esa expresión: "fallecer". Sé que se usa para suavizar el golpe, pero parece, no sé, blandengue.

—Estoy de acuerdo —replicó Andrew—. Usualmente no la utilizo. Pero a veces la gente prefiere que uno lo haga.

Peggy hizo sonar sus nudillos. —Todo bien, Andrew. No soy fácil de impresionar... ¡Ja! Corte a una imagen de cómo me voy corriendo de aquí en cinco minutos. —Por el par de soplos de aire que Andrew había olido ya a través de la puerta, no se habría sorprendido para nada de que lo hiciera. ¿Cuál era el protocolo en ese caso? ¿Tendría que perseguirla?

—¿Qué más dijo el forense sobre este pobre hombre? —preguntó ella.

—Bueno, los vecinos notaron que no lo habían visto por un buen tiempo, así que llamaron a la policía, que entró a la fuerza y encontró el cuerpo. Estaba en la sala de estar, y había estado allí por un buen tiempo, así que se hallaba en estado de descomposición avanzada.

Peggy jugueteó con uno de sus aretes.

—¿Significa que puede estar un poco...? —Se tocó la nariz.

—Me temo que sí —respondió él—. Habrá tenido tiempo de ventilarse un poco pero no se puede... Es difícil de explicar, pero... es un tipo de olor muy particular.

Peggy comenzó a palidecer.

—Pero allí es donde interviene esto —agregó Andrew rápido, levantando la loción para después de afeitar y sonando, sin quererlo, como un comercial de televisión. Sacudió el pote y roció su máscara con generosidad. Hizo lo mismo con la de Peggy, que se la puso sobre nariz y boca.

—No estoy totalmente seguro de que sea lo que había imaginado Paco Rabanne —dijo su voz en sordina. Esta vez, Andrew sonrió de verdad, y aunque la boca de Peggy estaba tapada, podía ver en sus ojos que ella le sonreía también.

—He tratado todo tipo de cosas a lo largo de los años, pero solo lo caro funciona. —Extrajo las llaves del interior de un sobre en su bolso—. Iré primero y echaré una mirada, ¿OK?

—Por mí, adelante —replicó Peggy.

Tras colocar la llave en la cerradura, Andrew, por lo común, se tomaba un momento para recordarse por qué estaba allí: que debía tratar el lugar con el mayor respeto posible, sin importar qué tan mal estuviera. No era una persona espiritual en sentido alguno, pero trataba de asegurarse de ejecutar su tarea como si el mismo difunto lo observara. En esta ocasión, como no quería que Peggy se sintiera aún más incómoda de lo que ya estaba, cumplió con su ritual —que incluía silenciar su teléfono— después de entrar y cerrar la puerta delicadamente detrás de sí.

Cuando Peggy le preguntó por el olor, se alegró de ser capaz de reprimirse. En verdad, lo que estaba por experimentar la cambiaría para siempre. Porque, como Andrew había descubierto, una vez que uno la huele, la muerte ya no te deja. Poco después de su primera inspección, había caminado por un túnel y percibido el mismo olor de descomposición que había sentido en la casa. Al mirar a un lado, divisó entre las hojas y la basura del piso un pequeño trozo de cinta policial. Se estremecía al pensar en ello: sentirse tan en sintonía con la muerte.

Era difícil decir desde el pequeño pasillo en qué condición estaría el apartamento. Según su experiencia, los lugares caían en dos categorías: inmaculadamente limpios —sin polvo ni telarañas, ni una sola cosa fuera de lugar— o abrumadoramente sucios. Los primeros eran más perturbadores para Andrew, porque jamás le parecía que se debiera simplemente a que el muerto amara su casa. Parecía más probable que hubieran sabido que, al morir, serían hallados por desconocidos y no hubieran tolerado la idea de dejar todo hecho un lío. Era una versión extrema de la gente que pasaba la mañana ordenando frenéticamente antes de que llegase la persona de limpieza. Por supuesto que había cierta dignidad en ello, pero lo que le rompía el corazón era pensar que a algunos los preocupaba en forma más urgente el lapso después de su muerte en lugar del que les quedaba por vivir. El caos, en cambio —el desorden y la mugre y la podredumbre—, jamás le causaba tanta angustia. Quizás, simplemente los muertos no habían estado en condiciones de ocuparse de sus cosas en sus últimos días, pero a Andrew le gustaba pensar que en realidad se mofaban de las convenciones. Nadie se había molestado en ocuparse de ellos, así que ¿por qué carajo debían darle alguna importancia? No se puede entrar dócilmente en esa gentil noche cuando uno se está riendo a carcajadas al imaginar a una careta del Concejo resbalándose sobre la mierda que quedó en el piso del baño.

Verse obligado a hacer fuerza para abrir la puerta de la pequeña sala sugería que sería el segundo de los escenarios posibles, y así fue: el olor lo golpeó con su abrumadora intensidad, buscando ávidamente su nariz. Por lo general, se abstenía de usar el desodorante de ambiente cuanto fuera posible, pero para pasar algún tiempo allí tendría que hacerlo. Esparció una cantidad generosa en cada rincón, pisando con cuidado a través del desorden, y reservó la rociada mayor para el centro del cuarto. Habría abierto la ventana mugrienta, pero la llave debía estar perdida en algún lugar de ese caos. El piso estaba cubierto por un océano de bolsas azules de tienda llenas de latas de sodas y paquetes vacíos de patatas fritas. En una esquina, un montículo de ropa. En otra, periódicos y correo, en su mayoría sin abrir. En medio del cuarto había una silla de acampar verde con una lata de Coca de cereza en cada portavaso, enfrentada a la televisión, que se alzaba sobre una pila despareja de guías telefónicas, por lo que se inclinaba hacia un lado. Se preguntó si Eric había sufrido una torcedura de cuello de tanto mirar en ángulo esa pantalla escorada. En el piso, frente a la silla, se había volcado una porción de comida para microondas, el arroz amarillo esparcido en derredor. Probablemente allí era donde había ocurrido. En esa silla. Estaba a punto de comenzar a apilar el correo, cuando recordó a Peggy.

—¿Qué tal está? —le preguntó ella cuando salió.

—Es un buen lío, y el olor no es… ideal. Puedes quedarte afuera, si lo prefieres.

—No —dijo Peggy, cerrando y abriendo las manos a sus costados—. Si no lo hago la primera vez, jamás lo haré.

Lo siguió hasta la sala. Más allá de apretarse la máscara contra la cara tan fuerte que los nudillos se le pusieron algo blancos, no parecía tan descompuesta. Examinaron juntos la sala.

—Guau —masculló Peggy a través de la máscara—. Hay algo... no sé... *estático* en todo esto. Es como que el lugar murió con él.

Andrew jamás lo había visto así. Pero era cierto: *tenía* algo de espantosamente inmóvil. Reflexionaron en silencio por unos segundos. Si Andrew hubiera sabido alguna cita profunda sobre la muerte, este habría sido el momento perfecto para recitarla. Un camión de helados pasó por la calle, haciendo sonar alegremente "Popeye el marino soy" a todo volumen.

———

Por indicación de Andrew, comenzaron a revisar los papeles.

—¿Qué buscamos? —preguntó Peggy.

—Fotos, cartas, tarjetas de Navidad o de cumpleaños, cualquier cosa que pueda indicar que hay un pariente, o su número de teléfono, o un remitente. Ah, y recibos de cuentas de banco, así podemos darnos una idea del estado de sus finanzas.

—¿Y un testamento también?

—Sí, también. Por lo general, depende de si tiene un pariente. La mayoría de la gente que no lo tiene tampoco tiene testamento.

—Tiene sentido, supongo. Aquí voy en busca de tu efectivo, mi viejo Eric.

Trabajaron metódicamente. Peggy imitaba a Andrew: despejaba lo mejor posible un lugar en el piso y organizaba los papeles en pilas separadas según contuvieran información útil o no. Había recibos de servicios y un recordatorio de un pago de la televisión junto con un catálogo de la tienda oficial del Fulham Football Club, montones de menús para ordenar por teléfono, la garantía de una tetera y un pedido de dinero de la ONG Shelter.

—Creo que encontré algo —dijo Peggy, después de veinte minutos de búsqueda infructuosa. Era una tarjeta de Navidad con risueños monos con gorros navideños y la leyenda: "¡Chimplemente pasándola bien en Navidad!". Adentro, en una letra tan pequeña que parecía que quien escribía *trataba* de permanecer anónimo, decía:

Al tío Eric,
Feliz Navidad
Cariños de Karen.

—Tiene una sobrina, entonces —concluyó Peggy.

—Así parece. ¿Alguna otra tarjeta por allí?

Peggy revolvió, haciendo su mejor esfuerzo por no estremecerse cuando una mosca horriblemente pesada se despertó y voló cerca de su cara.

—Aquí hay otra. Una tarjeta de cumpleaños. Veamos. Sí, Karen otra vez. Espera, hay algo más escrito: *Si alguna vez quieres llamarme, aquí va mi nuevo número.*

—Eso es —aprobó Andrew. De ordinario, hubiera llamado al número en ese mismo momento, pero se sentía un poco cohibido con Peggy allí, así que decidió esperar a volver a la oficina.

—¿Terminamos, entonces? —preguntó Peggy, moviéndose sutilmente hacia la puerta.

—Todavía necesitamos averiguar su situación financiera —respondió Andrew—. Sabemos que tenía una pequeña cantidad en una cuenta corriente, pero podría haber algo más aquí.

—¿Efectivo? —preguntó Peggy, mirando el caos a su alrededor.

—Te sorprenderías —replicó Andrew—. En general, el dormitorio es el mejor lugar para empezar.

Peggy contempló desde la puerta cómo Andrew se dirigía a la cama de una plaza y se ponía de rodillas. La luz que entraba por la ventana capturaba el polvo del aire. Cada vez que Andrew se movía por el piso, se alzaba más polvo, que a su vez sacudía al resto. Trató de no gesticular. Era la parte que le resultaba más difícil, porque sentía todavía más invasivo revolver un cuarto ajeno.

Se aseguró de encajar sus mangas dentro de los guantes antes de meter la mano bajo el colchón y moverla lentamente a todo lo ancho.

—Digamos que tiene unos diez mil guardados en alguna parte —planteó Peggy—, pero que *no* tiene un pariente. ¿Adónde va a parar el dinero?

—Bueno —dijo Andrew, reacomodándose—, efectivo y bienes se destinan primero a pagar el funeral. Lo que queda se deja en una caja fuerte en la oficina. Si no surge nadie con derecho sobre el dinero, parientes lejanos, etc., va a la Corona.

—¿Qué? ¿La vieja Betty Windsor* le echa el guante?

—Emm, algo así —respondió Andrew, estornudando, después de que un poco de polvo le entró en la nariz. No halló nada en la primera revisión, pero, tras reunir coraje y meter la mano más adentro, tocó algo suave y abultado. Era una media, con etiqueta del Fulham FC, y adentro había un montón de billetes, en su mayoría de veinte, atados con una banda elástica. Por alguna misteriosa razón, esta había sido pintada con bolígrafo azul. No podía decir si indicaba algo de importancia vital o un mero capricho. Era el tipo de detalle que le quedaba incluso mucho después de realizada una inspección: pequeños elementos extraños de una vida olvidada, cuya razón de existencia era imposible de conocer y que le dejaban una sensación sutil de tensión irresuelta, como leer una pregunta escrita sin el signo de interrogación.

Por la cantidad de billetes, supo que Eric tendría lo suficiente para cubrir los costos de su funeral. Tocaría a su sobrina, por su parte, decidir con cuánto quería colaborar.

—¿Entonces, esto es todo? —preguntó Peggy. Andrew se percató de cuánto deseaba salir y respirar aire fresco de nuevo. Recordaba lo que había sentido la primera vez, ese primer trago de aire polucionado de Londres había sido como volver a nacer.

—Sí, ya estamos.

---

* NdT: En referencia a la reina Isabel II del Reino Unido.

Echó una última mirada al lugar por si habían pasado algo por alto. Ya se alistaban para irse cuando oyó movimientos junto a la puerta del frente.

A juzgar por su sorpresa y por el hecho de que dio de inmediato dos pasos atrás hacia la puerta cuando los vio, el hombre en el pasillo no esperaba que hubiera alguien allí. Era rechoncho y transpiraba en forma notable; tenía una bola de boliche por vientre, que trataba de escapar de su camiseta polo. Andrew se preparó para la confrontación —bien sabía Dios cómo despreciaba los cruces con esos oportunistas cínicos y desesperados—.

—¿Policía? —preguntó el hombre, observando sus guantes.

—No —replicó Andrew, obligándose a mirarlo a los ojos—. Somos del Concejo Municipal.

Verlo relajarse por ello —hasta dio un paso adelante— bastó a Andrew para saber por qué estaba allí.

—¿Conocía al fallecido? —preguntó Andrew, tratando de erguirse, en un vano intento de que el hombre lo tomara por un luchador en lugar de alguien que se quedaba sin aliento con solo presenciar una partida de pool.

—Sí, así es. Eric.

Una pausa.

—Una verdadera pena, ya sabe, su fallecimiento y todo eso.

—¿Es usted amigo o pariente? —preguntó Peggy.

El hombre la examinó de arriba abajo y se rascó el mentón, como evaluando un carro de segunda mano.

—Amigo. Cercano. Muy cercano. De largo tiempo.

Andrew notó que le temblaba la mano mientras se alisaba el pelo grasiento que le quedaba en la cabeza.

—¿Qué tan largo? —insistió Peggy.

Andrew estaba feliz de que ella tomara la batuta. El modo en que hablaba, la dureza en el tono, expresaba mucha más autoridad que la suya.

—Oh, caramba, es una buena pregunta. Mucho tiempo —contestó el hombre—. Uno pierde la cuenta, ¿no?

Aparentemente confiado en que con Peggy y Andrew no había de qué preocuparse, se distrajo tratando de pispear la sala detrás de ellos. Dio otro paso adelante.

—Justo estábamos por cerrar —dijo Andrew, mostrando la llave que tenía en la mano. El hombre la miró con una usura apenas disimulada.

—Claro, sí —dijo—. Quería presentar mis respetos y demás. Como dije, éramos buenos amigos. No sé si encontraron un testamento o algo...

Aquí vamos, se dijo Andrew.

—...pero en verdad él me dijo que, si *fuera* a morir, ¿no?, de pronto o así, querría que yo recibiera un par de cosas.

Andrew estaba a punto de explicarle, tan calmado como pudiera, que la herencia de Eric debía permanecer intacta hasta que se aclarase todo, pero Peggy se adelantó.

—¿Qué le iba a dejar el señor Thompson?

El hombre se removió un poco y se aclaró la garganta.

—Bueno, la TV y, en verdad, me debía un poco de efectivo también. —Mostró sus dientes amarillos al sonreír—. Para compensar por todos los tragos que le pagué a lo largo de los años, sabe.

—Curioso —replicó Peggy—. Su nombre era Eric White. No Eric Thompson.

La sonrisa se desvaneció.

—¿Qué? Sí, lo sé. White. Qué... —Miró a Andrew y le habló por el costado de la boca, como si Peggy no pudiera oírlo—. ¿Por qué hizo eso, tratar de entramparme, cuando un hombre acaba de morir?

—Creo que usted debe saber por qué —respondió Andrew, calmado.

Una súbita tos se apoderó del hombre.

—Ufff, no tiene idea —escupió—. Ni idea —repitió, abriendo la puerta de un tirón.

Esperaron un poco antes de salir. El hombre había bajado las escaleras y estaba ya a mitad de camino hacia la salida de la finca con las manos en los bolsillos. Se volvió brevemente, ralentizando el paso mientras levantaba la mirada y les mostraba el dedo mayor. Andrew se quitó la máscara y los guantes, y Peggy lo imitó, después de secarse el sudor de la frente.

—Entonces, ¿qué te pareció tu primera inspección? —preguntó Andrew mientras miraba cómo el hombre desaparecía en una esquina tras hacer una vez más el gesto con el dedo.

—Creo —dijo Peggy—, que necesito un buen trago.

– CAPÍTULO 7 –

Andrew pensó que Peggy estaba bromeando, incluso mientras lo hacía entrar en el primer pub que encontraron cerca. Pero, para cuando se dio cuenta, ella había ordenado una Guinness y le preguntaba qué quería. Miró su reloj. Era apenas la una.

—Ah, ¿de veras? No debería... No estoy... emmm... OK. Supongo que una cerveza. Por favor.

—¿Una pinta? —preguntó el barman.

—Media —respondió Andrew. De pronto se sentía de vuelta en la adolescencia. Solía casi esconderse detrás de Sally mientras ella pedía las cervezas en el pub del barrio. Se tenía que aferrar a la jarra con las dos manos, como un bebé tomando leche de un biberón.

Peggy tamborileó impacientemente sobre la barra mientras el barman esperaba que la Guinness a medio llenar se asentara. Parecía lista para saltar y tomar directamente del grifo.

Aparte de un par de parroquianos que parecían tan enraizados en el sitio como si la estructura del edificio dependiera de su presencia, eran los únicos clientes. Andrew todavía estaba colgando el saco en el respaldo de la silla cuando Peggy chocó los vasos y se tomó tres buenos sorbos.

—Mi Dios, mucho mejor —dijo—. No te asustes, no soy una borracha. Es mi primer trago en un mes. Fue bastante intenso para una primera mañana de trabajo. Por lo general, se trata solo de comprobar dónde están los baños y olvidar el nombre de la persona que te presentaron. Pero supongo que es mejor encararlo como es debido. Como meterse en el agua fría, ¿no? Tengo suficientes recuerdos de entrar centímetro a centímetro en el mar, como si se pudiera engañar al cuerpo, para que no supiera que hay que hacerlo de una vez.

Andrew tomó un sorbo tentativo. No podía recordar cuándo había tomado alcohol por última vez, pero estaba bastante seguro de que no había sido un miércoles durante el almuerzo.

—¿Qué tan a menudo aparecen oportunistas como ese para tratar de rascar algo de dinero?

—Es muy común —explicó Andrew—. El cuento suele ser más o menos el mismo, aunque a veces te toca alguien mejor preparado, más creíble.

Peggy se limpió la espuma del labio. —No estoy segura de qué es peor. Quizás los que inventan una buena historia son los auténticas mierdas, no un idiota como este.

—Creo que tienes razón —dijo Andrew—. Al menos en el caso de Eric tenemos algo que parece un pariente. Por lo común, eso arregla las cosas. Cuando hay familia, no intentan meter mano.

Uno de los clientes habituales comenzó a tener un impresionante ataque de estornudos, ignorado por completo por los otros. Finalmente, se recuperó lo suficiente como para inspeccionar con una mezcla de sorpresa y orgullo lo que fuera que había largado sobre su pañuelo, antes de volver a encajarlo en su manga.

—¿Son siempre hombres los que terminan, ya sabes, así? —preguntó Peggy, examinando al estornudador como si pudiera ser el próximo.

—Casi siempre, sí. Solo tuve una mujer —Andrew enrojeció antes de poder contenerse—. Ya entiendes, una muerta. —*¡Oh, Dios!*— Quiero decir...

Peggy estaba haciendo un verdadero esfuerzo por no sonreír. —Está bien, entiendo. Solo has hecho *una* inspección domiciliaria en la que la persona fallecida era una mujer —dijo, con mucha precisión.

—Así es —dijo Andrew—. A decir verdad, fue mi primera inspección.

La puerta del pub se abrió para que entrara una pareja mayor, también clientes habituales, a juzgar por la forma en que el barman los saludó con un cabeceo y comenzó a servir una pinta y media de una *bitter* sin necesidad de que se lo pidieran.

—¿Cómo fue esa primera? —preguntó Peggy.

El recuerdo permanecía nítido en su memoria. La

mujer se llamaba Grace y había muerto a los noventa años. La casa estaba tan inmaculada como si la hubiera matado el esfuerzo de limpiarla. Recordaba el intenso alivio que había sentido al entrar en la casa con Keith. Quizás siempre sería así: ancianas que habían tenido buenos momentos y fallecido mientras dormían; ahorros en una alcancía de Mrs. Tiggywinkle y el vídeo de *Retorno a Brideshead* en la videocasetera; un amable vecino que hacía las compras y reemplazaba las bombillas.

Pero eso fue antes de que encontrara la nota bajo la almohada.

En caso de que muera: asegúrense de que la perra de al lado no se quede con nada. Estará detrás de mi anillo de bodas, ¡ya verán!

Se dio cuenta de que Peggy lo miraba, expectante.

—Estuvo bastante bien —dijo, tras decidir que agregar otra historia siniestra a esa mañana no ayudaría.

Bebieron. Andrew advirtió que debía preguntarle algo sobre ella. Pero tenía la mente en blanco. Ese era el problema cuando uno había pasado toda la vida adulta tratando la conversación social como si fuera kriptonita. Por suerte, Peggy tenía la rara cualidad de tornar confortable el silencio. Después de un rato, lo rompió. —¿Entonces, no hay nadie en el funeral si no encontramos un pariente?

—Bueno —respondió él—, aunque no es estrictamente parte del trabajo, si parece que no se va a presentar nadie, ni vecinos, ni excolegas, nada, voy yo.

—Es muy amable de tu parte. Hacer mucho más de lo que se espera, así.

—Oh, no, no necesariamente, replicó rápido Andrew, retorciéndose de vergüenza—. Es muy común en este trabajo, creo. Seguro que no soy el único.

—Debe ser duro, sin embargo —observó Peggy—. ¿Están bien, tan bien como pueden estar, esos funerales? ¿No ocurre nada angustiante?

—Angustiante, no —dijo Andrew—. Pero hay momentos extraños.

—¿Cómo cuáles? —preguntó Peggy, inclinándose levemente hacia delante.

Andrew recordó de inmediato al hombre del sillón.

—Una vez, un hombre apareció con un sillón azul —contó—. Yo no había logrado encontrar ni amigos ni familia, así que no esperaba a nadie. Resultó que este hombre, Phillip, había estado de vacaciones cuando su amigo murió. Era el único autorizado a entrar en la casa. El difunto estaba obsesionado con la posibilidad de que el sillón se dañara de algún modo, aunque ya estaba descolorido. Phillip no estaba seguro de por qué estaba tan apegado a él, pero suponía que la esposa, ya fallecida, solía usarlo. Al final, lo convenció de que le permitiera llevárselo y restaurarlo, pero para cuando volvió para recogerlo, después de las vacaciones del lugar donde lo restauraron, el hombre había muerto. Cuando vio el aviso que yo había hecho publicar en el diario local, fue directamente al funeral y llevó el sillón, que estuvo con nosotros durante toda la ceremonia.

—Guau —dijo Peggy—. Te rompe el corazón.

—Sí —dijo Andrew—. Pero... —Se detuvo de golpe.

—¿Qué?

Andrew carraspeó.

—Bueno, fue lo que me convenció de seguir yendo a los funerales.

—¿Por qué?

—Bueno, no estoy seguro, exactamente... —contestó—. Solo sentí que... tenía que hacerlo.

La verdad —y no creía que hiciera ningún bien decírselo a Peggy en su primer día— era que lo que había visto era que todo aquel que moría solo tenía su propia versión de ese sillón: uno u otro drama, sin importar cuán común hubiera sido el resto de su existencia. Y la idea de que no tendrían a alguien acompañándolos al final, para confirmar que habían sido alguien que había sufrido y amado y todo lo demás, no podía soportarlo.

Advirtió que había estado dándole vueltas a su vaso sin decir nada. Se detuvo y el líquido continuó girando en remolino por un momento, antes de aquietarse en una suave rotación. Al mirar a Peggy, notó que ella parecía estudiarlo, como si estuviera recalibrando algo.

—Bueno, qué primera mañana —dijo.

Andrew tomó un gran trago de cerveza, disfrutando el hecho de que tirarse líquido en la cara lo liberara brevemente de la carga de hablar.

—En cualquier caso —continuó Peggy, aparentemente consciente de su incomodidad—, deberíamos hablar de algo más alegre. Como, ¿a quién voy a odiar en la oficina?

Andrew se relajó un poco —esto parecía territorio

firme—. Sopesó la cuestión: si era profesional, tenía que apegarse a la línea oficial y decir que, aunque por supuesto podía ser un ambiente difícil, lo que implicaba algún choque personal, todo el mundo tiraba para adelante al final. Pero acababa de tomarse media pinta a la 1 p. m. de un miércoles, así que, a la mierda.

—Keith.

—¿Keith?

—Keith.

—Creo que lo recuerdo de la entrevista. Estaba con Cameron. Se metía el dedo en la oreja y se quedaba mirando lo que sacaba.

Andrew hizo una mueca de asco. —Sí, es como la punta del iceberg de su higiene personal.

Todavía sintiéndose audaz, se puso a exponer su teoría de que había algo entre Keith y Meredith. Peggy se estremeció.

—Lamentablemente, Keith me recuerda un poco a un chico con el que tuve algo en la adolescencia. Olía a ropa de gimnasia sin lavar y tenía el pelo largo y grasiento, pero yo estaba muerta por él. Desearía poder decir que se debía a que era increíblemente amable y encantador, pero era un completo idiota. Sí, era el guitarrista principal de una banda, en la que a renglón siguiente empecé a tocar las maracas.

Andrew se sintió inmediatamente transportado de regreso a su adolescencia, a la primera —y última— actuación de Sally y Driftwood, la banda de su novio de entonces, Spike, en la que masacraron canciones de Joni Mitchell para una audiencia compuesta por el propio Andrew y veinte sillas vacías. Sally parecía excepcionalmente vulnerable esa noche, recordó, con súbito afecto por su hermana.

—¿Cómo se llamaba tu banda? —preguntó.

Ella lo miró con inequívoca malicia. —Consigue otra ronda y te digo.

———

Resulta que si uno no ha bebido durante largo tiempo, dos medias cervezas al cuatro por ciento tienen un fuerte efecto en el estómago vacío. No se sentía exactamente borracho, pero sí abombado y entibiado por dentro, y consciente de que mataría por unas patatas fritas.

Como había prometido, Peggy reveló el nombre de la banda (Magic Merv's Death Banana) y se pusieron a hablar de anteriores trabajos. También a ella la habían echado de su anterior puesto en una sección del Concejo y empujado hacia otras.

—Yo era "funcionaria de apoyo a la empresa, Equipo de Acceso, Inclusión y Participación", que era tan divertido como suena —contó.

Andrew había estado tratando de identificar su acento. Pensó que probablemente era del Noreste. ¿Sería de mala educación preguntar? Se restregó los ojos. Por Dios, era ridículo. Deberían haber ido directamente a la oficina. No que tuviera deseo alguno de hacerlo. Pero dos cervezas... ¡Dos! ¡En el almuerzo! ¿Qué iba a hacer a continuación, arrojar un televisor por la ventana? ¿Arrojarse en motocicleta a una piscina?

Justo en ese momento la quietud se acabó. Un grupo de mujeres entró hablando en voz alta una sobre otra. Contrastaba completamente con la atmósfera del lugar, pero no parecían avergonzarse de ello en absoluto, como le hubiera pasado a él. Intuyó por la forma en que se dirigían a una mesa en particular sin siquiera pensarlo, que debía ser algo fijo, una tradición de mitad de semana quizás. *¿Por qué nos resultan reconfortantes las tradiciones?*, pensó, ahogando un eructo. Miró a Peggy y súbitamente se prometió hacerle esta pregunta increíblemente profunda. Inevitablemente, sonó menos inteligente cuando la formuló.

—Mmm —reaccionó Peggy, sin desconcierto aparente, para alivio de Andrew—. Supongo que probablemente es porque se trata de un momento específico en que sabes exactamente qué va a ocurrir, así que no hay sorpresas desagradables. No sé, quizás es una forma un poco pesimista de verlo.

—No, entiendo lo que quieres decir —contestó Andrew. Se imaginó a Sally mirando el calendario y advirtiendo que era momento de hacer su llamado trimestral. Quizás había algún solaz, algo reconfortante en la regularidad de esa interacción—. Supongo que se trata de mantener un equilibrio —dijo—. Necesitas seguir inventando tradiciones para no terminar odiando las anteriores.

Peggy levantó su jarra. —Tengo que brindar por eso. Por las nuevas tradiciones.

Andrew la miró tontamente por un minuto antes de aferrar rápido su jarra y chocarla torpemente con la de ella, con un desagradable tintineo.

Surgió un murmullo colectivo del rincón de las mujeres. Peggy las vio por encima del hombro de Andrew. Después se inclinó y lo miró con complicidad. —Sé sutil —dijo—, pero ¿no te encanta ver las reacciones cuando alguien cuenta que se ha comprometido para casarse? Andrew se dio la vuelta.

—¡Ey, ey, dije sutil!

—Perdón.

Andrew dio media vuelta a su silla y fingió examinar la caricatura de un jugador de cricket borracho colgada en la pared. Espió al grupo fingiendo tanto desinterés como pudo antes de volverse. —¿Había algo específico que debía observar? —preguntó.

—Mira sus sonrisas. Se ve todo en los ojos.

Andrew estaba perdido.

—La mayoría está genuinamente feliz por ella, pero hay al menos un par que no cree que sea buena idea —explicó Peggy. Iba a tomar un trago, pero decidió que lo que tenía que decir era más importante—. Yo y mi amiga Agatha, ¿OK? Por años teníamos un juego en que, cada vez que nos enterábamos de que alguien que conocíamos se iba a casar y no nos parecía bien, apostábamos sobre cuál iba a ser el motivo de su primera pelea.

—Eso es... es un poco...

—¿Malvado? ¿Horrible? Claro. Aprendí mi lección después de que me comprometí con el mío, Steve. Cuando me encontré con Agatha, la hice adivinar, en broma, sobre por qué había ocurrido nuestra primera pelea. Desgraciadamente, el tiro salió por la culata, de manera terrible.

—¿Qué pasó?

—Dijo que había sido porque Steve me había dicho que no estaba seguro de seguir.

—¿Y por qué había sido?

—Por una espátula mal lavada.

—Ah.

—Sí. Resultó que a ella nunca le había gustado él. Pero al final nos reconciliamos. Solo costó cinco años de no hablarnos. Hasta que nos tropezamos, las dos borrachas, en un puesto de kebab y nos dedicamos a resolver los problemas del mundo. Incluso me compró una espátula para nuestro décimo aniversario de bodas. Lo divertido es que fue lo primero que encontré para arrojarle a la cabeza la otra noche, cuando Steve volvió de una borrachera de dos días después de haber salido "para tomar un traguito rápido". Mi Dios, la vida es extraña a veces. —Peggy se rió en forma forzada y Andrew se sumó, inseguro. Luego, ella tomó un largo trago de su Guinness y dejó el vaso sobre la mesa con un golpe seco—. Quiero decir —prosiguió—, salir, emborracharse, a todos nos pasó, ¿verdad?

Afortunadamente, Andrew supuso que era una pregunta retórica y se quedó callado.

—Pero no *mientas* al respecto, ¿no?

—Absolutamente —confirmó Andrew—. Es lo que no debes hacer.

Peggy suspiró.

—Perdón, no es para nada profesional esto de dar la lata con mis problemas matrimoniales.

—Para nada, está todo bien —dijo Andrew. De pronto

comprendió a qué cosa acababa de abrir la puerta. Podía ver la pregunta viniendo a kilómetros de distancia.

—¿Estás casado?

—Ajá.

—Así que *no* puedo dejar de preguntarte ahora cuál fue tu primera pelea.

Pensó un momento. ¿Qué podía haber sido? Tenía la sensación de que debía ser algo tan trivial como lo de Peggy.

—A quién le tocaba sacar la basura, creo.

—Clásico. Ojalá todas las peleas fueran por tareas domésticas, ¿no? En fin... me escapo al baño.

Durante un espantoso momento, Andrew estuvo a punto de pararse también, por cortesía. *Cálmate, don Caballero*, se dijo, mirando cómo Peggy desaparecía en busca del baño. Vio a su alrededor y accidentalmente cruzó miradas con un hombre sentado en la barra, quien le hizo un leve gesto de asentimiento. *Aquí estamos*, parecía decir, *solos. Como siempre*.

Bueno, yo esta vez no, pensó Andrew, sintiendo un pinchazo de rebeldía. Cuando Peggy volvió, miró al hombre con un aire más bien petulante.

Hubo un aullido de risas en la otra mesa. Sin importar cuán falsas fueran sus amigas, la futura novia parecía brillar de felicidad.

—Mierda —comentó Peggy—. La última vez que sonreí así fue después de encontrar un billete de veinte libras en mi bata. Grité tan fuerte que el perro se echó un pedo.

Andrew rió. Quizás era la cerveza en el estómago vacío,

o que no había tenido que ir derecho a la oficina a enfrentar otra tarde con Keith y los otros, pero se sentía realmente feliz y relajado. Tomó nota mentalmente de cómo se sentía no tener los hombros tan tensos que prácticamente le tocaban las orejas.

—Perdón de nuevo por arrastrarte a este pub —dijo Peggy.

—No, no, está bien. La verdad es que la estoy pasando bien —replicó Andrew, deseando no haber sonado tan sorprendido. Si a Peggy le había parecido extraño, no se notó en su rostro.

—Por cierto, ¿qué tal eres para los concursos de preguntas de pub? —preguntó ella, medio distraída por un hombre que avanzaba lentamente hacia la puerta con un andador y guiado por el barman.

—¿Concursos de preguntas de pub? No... Realmente no sé —respondió Andrew—. ¿Normal?

—Con unos amigos, conseguimos niñeras y vamos al de Rising Sun, en el South Bank. Terminamos últimos todas las veces y Steve suele terminar a las trompadas con el maestro de ceremonias, pero siempre es divertido. Deberías venir.

Antes de lograr contenerse, Andrew dijo: —Me encantaría.

—Maravilloso —dijo Peggy con un bostezo y haciendo rotar su cabeza—. Y odio ser la que lo diga, pero son casi las dos. Supongo que es mejor que volvamos, ¿no?

Andrew miró su reloj, deseando que hubiera algún tipo de agujero en el tiempo para que dispusieran de unas horas más. Desafortunadamente, no.

Pero incluso cuando se acercaban a la oficina y trepaban los escalones mojados por la lluvia, que parecían especialmente decididos a hacerlo resbalar, no pudo dejar de sonreír. Qué inesperadamente placentero había sido el fin de esa mañana.

—Espera un segundo —dijo Peggy, cuando salían del ascensor—. Recuérdame: Keith, Cameron... ¿Melinda?

—Meredith —dijo Andrew—. La que he decidido que tiene algo con Keith.

—Ah, sí. ¿Cómo pude olvidarme? ¿Una boda de fin de verano, quizás?

—Mmm, primavera, creo —replicó Andrew, y en ese momento le pareció perfectamente natural hacer una semiteatral reverencia mientras sostenía la puerta y hacía un gesto para que Peggy entrara primero.

Cameron, Keith y Meredith estaban sentados en uno de los sofás del sitio de descanso. Todos se pararon cuando Andrew y Peggy entraron. El rostro de Cameron lucía ceniciento.

Carajo, pensó Andrew. *Nos descubrieron. Saben sobre el pub.* Quizás Peggy era una impostora, contratada para investigar prácticas inapropiadas. La excursión al pub había sido una puta treta. Se lo merecía por atreverse a fingir que podía ser feliz. Pero con una rápida mirada a Peggy, vio que ella estaba tan sorprendida como él.

—Andrew —dijo Cameron—, hemos estado tratando de contactarte. ¿Alguien logró ubicarte por teléfono?

Andrew extrajo su teléfono del bolsillo. Había olvidado quitar el silenciador después de dejar el apartamento de Eric.

—¿Está todo bien? —preguntó.

Keith y Meredith se intercambiaron una mirada incómoda.

—Alguien llamó más temprano con noticias —dijo Cameron.

—¿Qué?

—Es sobre tu hermana.

– CAPÍTULO 8 –

Andrew tenía tres años y Sally ocho cuando su padre murió de un ataque cardíaco. En lugar de que esto los uniera, los primeros recuerdos de Andrew de su hermana tendían a mostrarla dándole portazos en la cara, gritándole que la dejara en paz y sus eventuales peleas a golpes cuando él reunía el valor para enfrentarla. A veces se preguntaba cómo podría haber sido su relación si su padre hubiera vivido. ¿Se habrían vuelto más cercanos? ¿O su padre habría tenido que intervenir para que dejaran de pelear? ¿Se habría enojado con sus riñas constantes o habría utilizado una estrategia más suave: decirles en voz baja que estaban perturbando a mamá? Su madre jamás había estado a mano para detenerlos. "Está de cama", le oyó decir a un vecino, quien hablaba sin saber que él estaba tirado junto a la verja del jardín, recuperándose de la última golpiza de Sally. La expresión lo dejó confundido; no podía comprender entonces que la pena había dejado inválida a su madre. Nadie se lo explicó. Todo lo que sabía era que si ella abría las cortinas de su cuarto sería un buen día, y que en los buenos días cenaba salchichas con puré. A veces, le permitía meterse en su cama.

Ella yacía en dirección opuesta, con las rodillas contra el pecho. Tarareaba melodías y Andrew se acostaba con la punta de la nariz contra su espalda, sintiendo la vibración de su voz.

Para cuando Sally cumplió trece años, ya era quince centímetros más alta que el niño más alto de su escuela. Se le ensancharon los hombros, las piernas se le pusieron carnosas. Parecía que una gran parte de ella disfrutaba de ser diferente, de asolar los corredores en busca de gente a la que intimidar. En retrospectiva, comprendía que era un claro mecanismo de defensa, una forma de anticiparse a eventuales *bullies* y de descargar su malestar. Podría haber sido más comprensivo si ella no lo hubiera elegido tan a menudo como saco de boxeo.

Cuando, después de las vacaciones, algunos de los muchachos regresaron más altos y fuertes, los más valientes se animaron a burlarse de Sally, a provocarla para que los persiguiera por el patio con un brillo maníaco en los ojos y golpeara con los brazos en molinete a quien fuera que lograba arrinconar.

Un día, poco después de cumplir once años, Andrew esperó a que se fuera abajo para colarse en su cuarto y quedarse allí parado, oliendo su aroma, deseando desesperadamente practicar alguna clase de embrujo que la cambiara y la hiciera quererlo. Las lágrimas se empozaron detrás de sus párpados cerrados; entonces, oyó que Sally subía de prisa por las escaleras. Quizás lo había logrado; quizás ella había sentido la necesidad de buscarlo y decirle que todo iba a estar bien. Solo le tomó un segundo comprender que Sally no venía a abrazarlo sino a pegarle en el estómago. Más tarde, ella le concedió una disculpa hosca —no supo si por culpa o porque acaso su madre, en una de las pocas excepciones, había intervenido—. En cualquier caso, solo tuvo unos días de respiro antes de la siguiente pelea.

Pero entonces llegó de la nada Sam "Spike" Morris y todo cambió. Spike había entrado en la escuela recién en sexto grado, pero tenía una tranquila seguridad con la que pronto hizo amigos. Era alto, con el pelo negro por los hombros y, para celos de sus pares, a los que apenas les crecía una pelusa, poseía una barba llena de cantante folk. Casi de inmediato corrió el rumor de que Spike había causado la ira de Sally y que lo esperaba el molinete si se la cruzaba.

Andrew advirtió las señales de que se venía una pelea cuando los otros niños —como siguiendo un instinto, al igual que los animales que buscan las alturas antes de un tsunami— comenzaron a ir de prisa hacia las casetas. Llegó a tiempo para ver a Spike y su hermana saldar cuentas. Cada uno daba vueltas en torno al otro con cuidado. Andrew notó que Spike llevaba una insignia con el símbolo de la paz.

—Sally —dijo Spike, en un tono inesperadamente suave—, no sé por qué estás enojada conmigo, pero no voy a pelear, ¿OK? Como dije, soy pacifista. —Sally lo tumbó al piso antes de que terminara de decir "ista". En ese momento,

Andrew quedó atrapado en el caos a su alrededor y cayó al piso, así que solamente oía los rugidos de aprobación a medida que la pelea continuaba, fuera de su vista. Pero los rugidos dieron súbito paso a silbidos y burlas. Cuando al fin logró pararse, se encontró con que Sally y Spike se abrazaban con pasión y se daban un beso casi violento. Se separaron apenas y Spike sonrió. Sally le devolvió la sonrisa y luego le dio un duro rodillazo en los testículos. Se marchó con las manos en alto en señal de victoria, pero cuando se volvió y vio a Spike retorciéndose en el piso, Andrew estaba seguro de haber vislumbrado en ella una preocupación que le aguaba el triunfo.

Según resultó, Sally sentía algo más profundo que mera preocupación por el bienestar de Spike Morris y, contra todo pronóstico, se convirtieron en pareja. Si esto ya le resultaba sorprendente, nada lo había preparado para el efecto que tuvo en Sally. El cambio fue instantáneo. Fue como si Spike hubiera tocado una válvula de presión en alguna parte y toda la furia se hubiera disipado. En la escuela eran inseparables, yendo de aquí para allá de la mano, sus cabellos balanceándose suavemente en la brisa, regalando pitadas de marihuana a los demás, sobre los que se alzaban enormes, como benévolos gigantes que hubieran bajado de las montañas. La voz de Sally comenzó a cambiar, convirtiéndose al fin en algo lento y arrastrado. En casa, comenzó no solo a hablarle, sino incluso a invitarlo a salir con ella y Spike por las noches. Jamás admitió su anterior reino de terror, pero permitirle pasar tiempo con ellos, mirar películas y escuchar discos parecía ser su forma de compensarlo.

Al principio, Andrew, como la mayoría de los otros chicos de la escuela, pensó que era una suerte de psicótica táctica de largo plazo: Sally lo metía a escondidas en los pubs y lo invitaba a ver películas de horror en malos videocasetes para tornar inesperadas y más brutales las posteriores, inevitables golpizas. Pero no. Spike, según parecía, la había suavizado con amor. Eso y la marihuana. Todavía se producía el ocasional arranque de furia, usualmente dirigido a su madre, cuyo torpor Sally consideraba holgazanería. Pero siempre se disculpaba después, y por propia iniciativa.

Más sorprendente aún, poco después de que Andrew cumplió trece años, Sally hizo un esfuerzo por conseguirle novia. Él estaba en lo suyo, leyendo *El Señor de los Anillos* en su sitio habitual, junto a la caseta donde ocurrían las peleas, cuando Sally apareció al otro lado del patio con otras dos chicas, que jamás había visto, una de la edad de ella y otra más cerca de la de Andrew. Sally las dejó y caminó hasta él.

—Ey, Gandalf —dijo.

—Hola... Sally.

—¿Ves a esa chica allí? ¿Cathie Adams?

Ah, sí, ahora la reconocía. Estaba un año más abajo.

—Sí.

—Le gustas.

—¿Qué?

—Como que quiere salir contigo. ¿No quieres salir con ella?

—No sé. ¿Tal vez?

Sally suspiró. —Por supuesto que quieres. Así que ahora tienes que ir y hablar con su hermana, Mary. Quiere ver si lo aprueba. No te preocupes, ¡yo estoy haciendo lo mismo con Cathie! —Y tras decir esto, levantó el pulgar como una señal para Mary y dio un brusco empujón a Andrew. Trastabilló hacia delante al mismo tiempo que Mary empujaba a Cathie hacia él. Se encontraron a mitad del patio e intercambiaron sonrisas nerviosas, como espías que son canjeados en tierra de nadie.

Mary lo interrogó con rapidez y en algún punto se acercó y lo olió. Aparentemente satisfecha, lo tomó por los hombros, le dio vuelta y lo empujó de regreso hacia el sitio del que había venido. A todas luces, un proceso similar ocurría entre Sally y Cathie. Como resultado, las siguientes semanas parecieron dedicadas exclusivamente a pasear con Cathie de la mano, en tácita aceptación, mientras la exhibía por toda la escuela en los recreos, la cabeza en alto frente a las burlas y las risitas. Andrew comenzaba a preguntarse cuál era el objeto de todo esto cuando una noche, después de una obra de teatro en la escuela y dos botellas y media de sidra Woodpecker, Cathie lo apretó contra una pared y lo besó, antes de que él vomitara puntualmente en el suelo. Fue la mejor noche de toda su vida.

Pero, así son las crueles vuelta del destino, apenas dos días más tarde Sally lo sentó para darle la terrible noticia, transmitida por Mary, de que Cathie había decidido terminar. Antes de que Andrew tuviera tiempo de procesarlo, Sally lo estaba abrazando violentamente y le explicaba que todo ocurría por una razón y que el tiempo era la mejor cura. No tenía idea de cómo se sentía respecto de la decisión de Cathie Adams, pero, con la cabeza en el hombro de Sally, disfrutando el dolor de su abrazo feroz, pensó que, fuera lo que fuere lo que había ocurrido, probablemente valía la pena.

El sábado siguiente, Andrew regresó arriba después de haber sido despachado a hacer palomitas de maíz y vio a través de un resquicio en la puerta a Sally y Spike arrodillados, frente contra frente, susurrando. No tenía idea de que su hermana fuera capaz de algo tan tierno. Podía haber besado a Spike él mismo por obrar ese milagro. Al fin había conseguido una hermana mayor. No sabía que esa sería la última noche en que la vería por varios años.

No tenía idea de cómo habían logrado escurrirse de sus respectivos hogares y llegar al aeropuerto, y mucho menos cómo habían podido pagar el vuelo a San Francisco, pero después se supo que cuando Spike cumplió los dieciocho había recibido una gran suma de dinero legada por sus abuelos. Andrew encontró una nota de Sally en el cajón de las medias en la que le explicaba que se habían "ido a los Estados Unidos por un tiempo. No quiero causar un drama, hermanito", añadía, "así que ¿podrías explicárselo a nuestra querida madre, pero no antes de mañana?".

Andrew obedeció. Su madre reaccionó desde la cama con una suerte de pánico afectado y dijo: "Oh, Dios. Qué cosa. Realmente, es increíble. No puedo creerlo".

A ello le siguió un encuentro surrealista con los padres de Spike, que llegaron en un VW Campervan bajo una nube de marihuana. Su mamá pasó la mañana preocupándose por qué tipo de galletitas debía ofrecerles y Andrew, aterrado de que se hubiera vuelto completamente loca, se rascó tan fuerte los granitos en las mejillas que sangró.

Espió la conversación acostado en el descanso de la escalera y mirando a través de la baranda. El padre de Spike,

Rick, y la madre, Shona, eran una confusión de largo pelo castaño y grandes panzas de cerveza. Los hippies, se venía a descubrir, no envejecían bien.

—La cosa es, Cassandra —dijo Rick—, que nosotros sentimos que, como ya son adultos, no podemos impedir que persigan sus sueños. Además, nosotros hicimos nuestro propio viaje a esa edad y no nos hizo para nada mal.

Para Andrew, la forma en que Shona se aferraba a Rick, como si estuvieran en una montaña rusa, ponía en duda esa afirmación. Rick era estadounidense y la forma en que pronunciaba "adultos", con énfasis en la segunda sílaba, le sonaba tan exótico que se preguntaba si también él podría tomar un avión y cruzar el charco. Pero entonces recordó a su madre. Sally podía no tener conciencia, pero él sí.

Al principio no hubo noticia alguna. Pero al mes llegó una postal, con sello de Nueva Orleáns y la imagen de un músico de jazz con un trombón, en un sepia difuminado.

"*¡The Big Easy!* Espero que estés bien, guey".

Andrew la arrojó al piso de su cuarto, furioso. Pero al día siguiente no pudo resistir la tentación de examinarla de nuevo, y luego se vio pegándola en la pared junto a su almohada. Se le sumarían luego Oklahoma, Santa Fe, el Gran Cañón, Las Vegas y Hollywood. Gastó el poco dinero que tenía en un mapa de los Estados Unidos y trazó en él los movimientos de su hermana con una fibra, tratando de adivinar de dónde le escribiría a continuación.

Para entonces, su madre oscilaba violentamente entre diatribas iracundas acerca de por qué Sally se había creído que podía irse tan campante y lamentos llorosos porque

Andrew era ahora su único hijo —tomándole la cara entre las manos y haciéndole prometer muchas veces que jamás la abandonaría—.

Fue con una sombría ironía, entonces, que cinco años después Andrew se halló sentado en el que su madre llamaba —sin idea de cuán perturbador le resultaba— su lecho de muerte. El cáncer era agresivo y el médico le pronosticó apenas semanas de vida. Andrew debía ir a la universidad —Bristol Polytechnic— a estudiar Filosofía en septiembre, pero lo postergó para cuidarla. No le había dicho que había conseguido un lugar en la universidad; era más fácil así. El problema fue que no había logrado contactar a Sally para decirle que su madre se estaba muriendo. Las postales habían dejado de llegar; la última había llegado desde Toronto el año anterior con el mensaje: "Ey, guey, muy helado por aquí. ¡Abrazos de los dos!". Pero más recientemente había habido una llamada telefónica. Andrew había respondido con la boca llena de pescado y casi se había ahogado cuando el eco de la voz de Sally le llegó por el recibidor. La conexión era terrible y apenas consiguieron mantener una conversación, pero había logrado captar que ella llamaría de nuevo el 20 de agosto cuando estuvieran en Nueva York.

Cuando el día llegó, se sentó a esperar junto al teléfono, medio deseando que se produjera el llamado y medio deseando que no. Cuando finalmente ocurrió, tuvo que dejar que sonara muchas veces antes de lograr levantar el auricular.

—¡Eeeeyy, *man*! Es Sally. ¿Qué tal la conexión? ¿Me escuchas bien?

—Sí. Escucha, Mamá está enferma. Como que realmente enferma.

—¿Qué? ¿Enferma? ¿Qué tan enferma?

—Como que no va a mejorar. Tienes que tomar un avión ya, o será demasiado tarde. Los médicos creen que podría durar menos de un mes.

—Mierda. ¿Lo dices en serio?

—Por supuesto que sí. Por favor, ven a casa tan pronto como puedas.

—Por Dios, hermano. Es... es una locura.

El regreso de Sally fue tan clandestino como su partida. Andrew estaba bajando a desayunar como siempre, cuando oyó que corría el agua de la cocina. Su madre no había salido de la cama en semanas, y mucho menos bajado las escaleras; sintió un relámpago de esperanza: quizás los médicos se habían equivocado. Pero la que estaba parada junto al fregadero era Sally, con una coleta que parecía contener todos los colores del arcoíris y se alargaba hasta casi su cintura. Vestía lo que parecía una bata.

—Hermano, ¡la puta! —exclamó, atrapando a Andrew en un abrazo de oso. Olía a algo mohoso y floral—. ¿Cómo mierda estás?

—Estoy bien —respondió él.

—¡Dios, has crecido como seis metros!

—Sí.

—¿Qué tal la escuela?

—Sí, bien.

—¿Te va bien en los exámenes?

—Sí.

—¿Y qué hay de las chicas? ¿Tienes una nueva ya? Noo, demasiado ocupado yendo de una a otra, imagino. Ey, ¿te gusta mi suéter? Es Baja. Te puedo conseguir uno si quieres.

No, lo que quiero es que vengas y hables con tu madre moribunda.

—¿Dónde está Spike? —preguntó Andrew.

—Se quedó en los Estados Unidos. Voy a volver con él cuando todo... ya sabes, termine.

—Claro —dijo Andrew. Así que eso lo explicaba—. ¿Quieres subir y ver a mamá?

—Emmm, OK. Si es que está levantada y todo eso. No quiero molestarla.

—Ella ya no se levanta más —respondió Andrew, dirigiéndose a la escalera. Por un momento creyó que Sally no lo seguiría, pero luego vio que se estaba quitando los zapatos.

—Costumbre —dijo, con una sonrisa de disculpa.

Andrew golpeó a la puerta una vez, dos. Nada. Sally y él intercambiaron miradas.

Fue casi como si hubiera planeado morirse antes de que los tres estuvieran juntos, solo para hacer las cosas más dolorosas.

—Clásico de mamá —dijo Sally más tarde, en el pub, aunque pronunció "mamá" a la manera estadounidense y Andrew se sintió muy tentado de volcarle la pinta sobre la cabeza, habiendo perdido repentinamente toda admiración por el acento.

Asistieron al funeral dos tías abuelas y un puñado de excolegas reticentes. A Andrew le resultó imposible dormir esa noche. Se sentó en la cama a leer —aunque incapaz de concentrarse—los escritos de Nietzche sobre el sufrimiento cuando advirtió los graznidos de los estorninos que habían anidado en el porche y que confundían la luz de seguridad con la madrugada.

Miró entre las cortinas y vio a su hermana marchándose cargada con una mochila y se preguntó si esta vez era para siempre.

Según resultó, solo tres semanas más tarde —la mayoría de las cuales pasó tirado en el sofá, envuelto en el cobertor de la cama de su madre mirando TV— bajó y encontró a Sally, parada una vez más junto al fregadero. Había vuelto por él; finalmente, algo había atravesado esa gruesa mollera. Cuando se dio vuelta, advirtió que sus ojos estaban rojos e hinchados, y esta vez fue él quien atravesó el cuarto y la abrazó. Sally dijo algo, pero su voz se apagaba contra su hombro.

—¿Qué? —preguntó Andrew.

—Me dejó —dijo Sally, resollando violentamente.

—¿Quién?

—¡Spike, claro! Solo había una nota en el apartamento. Se fue con alguna puta chica, lo sé. Todo se arruinó.

Andrew se quitó a Sally de encima y dio un paso atrás.

—¿Qué? —preguntó Sally, limpiándose la nariz en su manga. Cuando Andrew no respondió, lo repitió más alto. Allí estaba, la vieja furia relampagueándole en los ojos. Pero esta vez Andrew no tenía miedo. También él estaba furioso.

—¿Qué crees? —le largó él. Sally avanzó y lo empujó contra el refrigerador, un brazo contra su cuello.

—¿Qué, estás feliz como la mierda, o qué? ¿Feliz de que me dejó?

—Él no puede importarme menos —dijo Andrew, boqueando—. ¿Pero y mamá? —Luchó por quitar el brazo de Sally de su cuello.

—¿Qué hay con ella? —replicó Sally con los dientes apretados—. Está muerta, ¿no? Muerta como una tabla. ¿Cómo puedes estar tan molesto por eso? Esa mujer no tenía ni una pizca maternal en todo su cuerpo. Para ella, todo se acabó cuando papá murió. Se vino abajo. ¿Lo habría hecho si le importáramos?

—¡Estaba enferma! Y visto cómo estás después de que te dejaron, no creo que tengas el derecho de juzgar a alguien porque se viene abajo.

La cara de Sally brilló con furia renovada y se las arregló para liberar su brazo para golpearlo. Andrew trastabilló hacia atrás, las manos sobre un ojo. Se preparó para otro impacto, pero Sally lo tomó en sus brazos suavemente y le dijo "lo siento", una y otra vez. Al fin, ambos se deslizaron al suelo, donde se sentaron sin hablar, pero calmados. Después de un rato, Sally abrió el refrigerador y le pasó unos guisantes congelados, y la simpleza de ese acto, su gentileza —más allá de que ella era la razón de su dolor— fueron suficientes para hacerlo llorar por su ojo sano.

Las siguientes semanas siguieron el mismo patrón. Andrew regresaba del trabajo en la farmacia y cocinaba pasta con salsa de tomates, o salchichas con puré, y Sally se drogaba y veía dibujos animados. Mientras la veía sorber los espaguetis, la salsa chorreándole por la barbilla, Andrew se preguntaba qué clase de adulto acabaría por ser. El matón feroz y la *hippie* vivían como Jekyll y Hyde en su interior. ¿Y cuánto más hasta que se marchara otra vez? No tuvo que esperar mucho, pero esta vez la agarró escabulléndose.

—Por favor, no me digas que vas a ir en busca de Spike —le dijo, temblando en el frío de la madrugada en el umbral. Sally sonrió, triste, y negó con la cabeza.

—No. Mi amigo Beansie me consiguió un trabajo. O al menos cree que lo hizo. Por Manchester.

—Ya.

—Solo necesito volver a ponerme en marcha. Tiempo de crecer. No puedo hacerlo aquí. Es demasiado lúgubre. Primero papá, ahora mamá. Iba... Iba a ir a verte. Decirte adiós y todo. Pero no quería despertarte.

—Ajá —dijo Andrew. Apartó la mirada, mientras se rascaba el cuello. Cuando volvió a mirar, vio que Sally había hecho lo mismo. Una doble imagen de la misma incomodidad. Al menos, eso los hizo sonreír—. Bueno, hazme saber dónde terminas —le dijo.

—Sí —respondió Sally—. Segurísimo. —Iba a cerrar la puerta, cuando se detuvo y se volvió—. ¿Sabes que estoy muy orgullosa de ti, *man*?

Sonaba como algo ensayado. Quizás sí había querido despertarlo. No logró descifrar qué lo hacía sentir.

—Te llamo apenas me haya instalado, lo prometo —dijo ella.

Por supuesto, no lo hizo. La llamada se produjo meses después, cuando Andrew había logrado arreglar ya lo de su lugar en Bristol Poly, y para entonces parecía que un abismo infranqueable se había abierto entre ambos.

Así y todo, pasaron la Navidad juntos. Andrew durmió

en el sofá del pequeño apartamento que Sally compartía con Beansie (cuyo nombre real era Tristan). Los tres bebieron la cerveza casera de Beansie, tan fuerte que en algún momento Andrew creyó que se había vuelto ciego. Sally estaba saliendo con un tal Carl, un tipo lánguido y delgado, obsesionado con hacer ejercicio y la nutrición posterior. Cada vez que Andrew se daba vuelta, Carl estaba comiendo algo: un montón de bananas, o grandes trozos de pollo, sentado con su ropa de gimnasia y lamiéndose los dedos, como un Enrique VIII vestido por Adidas. Al fin Sally se fue a vivir con Carl, y entonces Andrew dejó de verla totalmente. Comenzó el sistema de llamadas periódicas, no por un acuerdo verbal, sino por cómo se dieron las cosas. Cada tres meses, durante los pasados veinte años. Siempre era Sally la que llamaba. A veces, en los primeros días, hablaban de su madre; había pasado suficiente tiempo como para ver alguna de sus excentricidades con indulgencia. Pero, a medida que pasaban los años, sus recuerdos se volvieron forzados, un intento desesperado por mantener viva una conexión que parecía disminuir cada vez más. Últimamente, las conversaciones se habían vuelto un auténtico esfuerzo, y a veces Andrew se preguntaba por qué Sally se molestaba todavía en telefonear. Pero hubo momentos —a menudo en los silencios, cuando solo se oía el sonido de sus respiraciones— en que Andrew había sentido que aún los unía un lazo innegable.

– CAPÍTULO 9 –

Andrew dejó la oficina como en una nebulosa, tras rechazar las ofertas de Cameron y Peggy de acompañarlo hasta su casa. Necesitaba aire fresco, estar solo. Tuvo que reunir todas sus fuerzas para levantar el teléfono y llamar a Carl. Pero no fue el marido de Sally —el viudo de Sally— quien respondió, sino alguien que se presentó como "Rachel, la mejor amiga de Carl", una extraña manera de describirse para un adulto, especialmente dadas las circunstancias.

—Soy Andrew. El hermano de Sally —le dijo.

—Claro, Andrew. ¿Cómo *estás*? —Pero antes de que pudiera contestar—: Carl dice que, desafortunadamente, no hay lugar para ti en la casa. Así que tendrás que quedarte en el hostal de esta calle. Es muy cerca de la iglesia... para el funeral y todo eso.

—Ah. De acuerdo. ¿Todo ha sido arreglado ya? —preguntó.

Hubo una pausa.

—Ya conoces a Carl. Es muy organizado. Estoy seguro de que no quiere molestarte con los detalles.

Más tarde, mientras el tren a Newquay se alejaba de Londres y los árboles remplazaban al cemento, no sentía dolor o tristeza, sino culpa. Culpa de no haber llorado todavía. Culpa de temer el funeral, de haber considerado la posibilidad de no ir.

Cuando apareció el guarda, Andrew no pudo hallar su boleto; y cuando al fin lo encontró en el bolsillo interior de su chaqueta, se disculpó tan profusamente por haber malgastado su tiempo que el hombre se sintió obligado a ponerle una mano en el hombro y decirle que no se preocupara.

––––––––––––

Pasó la semana en un hostal húmedo, escuchando a las gaviotas y luchando contra el impulso de irse derecho a la estación y tomar un tren a Londres. Cuando llegó la mañana del funeral, desayunó un cereal rancio en el "restaurante" del hostal, solo, bajo la mirada del propietario que estaba parado en una esquina con los brazos cruzados, como un guardia que observa a un condenado a muerte comer su última cena.

Al marchar al crematorio con el ataúd sobre su hombro, advirtió que no tenía idea de quiénes eran los otros que lo cargaban, además de Carl. No le había parecido cortés preguntar.

Carl —que había llegado a los cincuenta en forma y estilo repelentemente buenos, con cabello entrecano y un reloj que costaba como un pueblo pequeño— pasó todo el servicio con la cabeza estoicamente en alto, mientras las lágrimas le caían por las mejillas con regularidad de metrónomo. Andrew se mantuvo en pie a su lado, incómodo y con los puños apretados. Cuando el ataúd atravesó las cortinas, Carl soltó un aullido bajo y dolorido, libre de las cohibiciones que consumían a Andrew.

————————

Después, en el velatorio, rodeado por gente que jamás había visto y mucho menos conocido, se sintió más solo que nunca en años. Estaban en la casa de Carl, en el cuarto dedicado a su próspero negocio de yoga, Cynergy. El cuarto había sido liberado de esteras y bolas de ejercicios para hacer lugar a mesas sobre caballetes que luchaban por sostener el banquete típico. Recordó el raro caso en que había visto a su madre reír, tras recordar el chiste de Victoria Wood acerca de la típica reacción británica ante la noticia de que alguien había muerto: "Setenta y dos panes, Connie. Tu corta, yo unto", recitado en una imitación perfecta del original, mientras retorcía la oreja de Andrew y lo mandaba a poner la tetera.

Mientras masticaba una salchicha envuelta húmeda, tuvo la sensación de que alguien lo observaba. Y así era:

Carl lo miraba desde el otro lado del cuarto. Había cambiado el traje por una camisa blanca suelta y pantalones de lino beige, y estaba descalzo. No pudo evitar notar que aún tenía puesto el reloj de lujo. Al advertir que Carl iba a acercarse, Andrew dejó su plato de papel y subió las escaleras tan rápido como pudo y se metió en el baño, afortunadamente desocupado. Mientras se lavaba las manos, le llamó la atención una brocha de afeitar apoyada sobre un ornamentado plato blanco que se hallaba sobre un alféizar. Lo levantó y pasó un dedo por las puntas del cepillo, lanzando fragmentos de polvo al aire. Lo llevó a la nariz y olió el espeso, rico aroma familiar. Había pertenecido a su padre. Su madre lo había conservado en el baño. No podía recordar haber hablado sobre él con Sally. Ella debía haber desarrollado algún tipo de lazo sentimental con el objeto para haber querido conservarlo.

Alguien golpeó a la puerta y Andrew se metió rápidamente la brocha en un bolsillo del pantalón.

—Un minuto —dijo. Se tomó una pausa y se obligó a poner una sonrisa de disculpas. Cuando salió, Carl estaba parado afuera con los brazos cruzados, los bíceps sobresaliendo de las mangas de su camisa. De cerca, Andrew podía ver que los ojos de Carl estaban irritados de tanto llorar. Captó el aroma de su loción de afeitar. Era denso y penetrante.

—Perdón —dijo Andrew.

—No hay problema —replicó Carl, aunque no se movió para dejarlo pasar.

—Estaba pensando que tal vez deba irme pronto —dijo

Andrew—. Es un viaje largo —añadió, más a la defensiva de lo que había querido.

—Por supuesto que lo pensaste.

Andrew optó por ignorar el comentario. —Nos vemos, entonces —dijo, eludiendo a Carl y dirigiéndose a las escaleras.

—Después de todo —dijo Carl—, debe ser más fácil para ti ahora que Sally no está.

Andrew se detuvo al borde de las escaleras y se volvió. Carl lo miraba sin pestañear.

—¿Qué? —preguntó Carl—. ¿No estás de acuerdo? Vamos, Andrew, como si alguna vez te hubiera importado, pese a lo mucho que eso la lastimaba".

No es verdad, quiso decirle. *Ella es la que me abandonó.*

—Era complicado.

—Oh sí, sé todo al respecto, créeme —dijo Carl—. De hecho, no hubo una sola semana en que Sally no me hablara de ello, una y otra y otra y otra vez, tratando de idear cómo convencerte, hacer que te importara, o al menos que dejaras de odiarla.

—¿Odiarla? Yo no la odiaba, eso es ridículo.

—Ah, ¿lo es? —Una furia renovada brilló en los ojos de Carl, que avanzó hacia Andrew. Este descendió un par de escalones—. Así que ¿no le tenías rencor porque al parecer te "abandonó" para irse a los Estados Unidos, tanto que básicamente rehusaste volver a verla?

—Bueno, no, eso no es lo que...

—E incluso cuando ella pasó semana tras semana, meses, en verdad, tratando de contactarte y ayudarte a reorganizar tu vida, fuiste tan patéticamente necio como para no permitírselo, aunque sabías cuánto la hería. —Carl apretó un puño contra su boca y se aclaró la garganta.

Oh, Dios, por favor no llores, pensó Andrew.

—Carl, era... era comp...

—No te *atrevas* a decir de nuevo que era complicado, carajo —lo cortó Carl—. Porque en verdad es muy simple. Sally jamás fue feliz, Andrew. No de verdad. Por tu culpa.

Andrew bajó otro escalón y casi tropezó. Se dio vuelta y aprovechó el impulso para seguir. Necesitaba alejarse tanto como fuera posible. *No sabe de qué está hablando*, pensó, mientras salía dando un portazo. Pero la duda comenzó a molestarlo tan pronto como se marchó, y solo se intensificó durante el viaje en el tren de regreso. ¿Había algo de verdad en lo que le había dicho? ¿Sally se había sentido tan mal por la relación que tenían, que de algún modo eso había contribuido a su deterioro? Era una idea demasiado dolorosa para siquiera considerarla.

———

Con las luces apagadas, el brillo de la pantalla le ardía en los ojos. El avatar de TinkerAl —un tomate que reía y bailaba—, por lo común una aparición que lo alegraba, parecía malévolo esta noche.

Andrew se forzó a mirar las palabras que había tecleado y borrado tantas veces que había perdido la cuenta.

Hoy enterré a mi hermana.

El cursor parpadeaba, expectante. Movió el *mouse* hasta

poner el cursor sobre el botón de postear, pero quitó la mano y la utilizó, en cambio, para tomar su vaso plástico lleno de cerveza espumosa. Había estado bebiendo para intentar recrear la reconfortante sensación que había sentido en el pub con Peggy, antes de que Cameron dejara caer la bomba de modo tan torpe, pero solo le había causado una presión sorda y repetida detrás de los ojos. Se sentó derecho y sintió las puntas de la brocha que tenía en el bolsillo pinchándole la pierna. Eran las 3 a. m. Las palabras de Carl seguían flotando en su cabeza, la confrontación todavía era horriblemente vívida. Lo que daría ahora por tener con él gente que lo quisiera. Palabras amables. Tazas de té. Un momento en que la familia fuera algo más que la suma de sus partes.

Miró la pantalla otra vez. Si la refrescara, habría decenas, quizás centenares de mensajes compartidos por Bam-Bam, TinkerAl y Jim. Algo sobre alguna edición limitada de material rodante, o una plataforma con un puente peatonal en oferta. Eran lo más parecido que tenía a amigos, pero no se animaba a confiarles lo que había pasado. Era demasiado difícil.

Movió el dedo hacia la tecla de borrar.

Hoy enterré a mi hermana.
Hoy enterré a
Hoy enterré
Hoy

– CAPÍTULO 10 –

A pesar de que Cameron insistió en que podía tomarse tanto tiempo como necesitara, Andrew volvió a trabajar dos días después del funeral. Apenas había dormido, pero había sido suficientemente malo pasar un día entero sin nada que hacer y nada para distraerlo. Prefería, por mucho, lidiar con muertos que jamás había conocido. Se preparó para enfrentar la embestida de condolencias. La cabeza ladeada. Las sonrisas de ojos tristes. La gente que no podía siquiera *imaginar* qué tan duro era para él. Tendría que asentir y decir gracias, y mientras tanto odiarlos por decirle esas cosas, y odiarse porque no merecía su compasión. En consecuencia, lo desconcertó considerablemente que Peggy pasara la mayor parte de la primera hora de esa mañana hablándole sobre gallinetas.

—Pájaros muy subestimados, a mi entender. Vi una con una sola pata en el Slimbridge Wetland Centre. Estaba en un estanque bastante pequeño y parecía nadar en círculos en una suerte de triste vuelta triunfal. Mi hija Maisie quería rescatarla para "inventarle una nueva pata". Audaz, ¿no?

—Mmmm —respondió Andrew, espantando una mosca de su cara. Considerando que era apenas su segunda inspección domiciliaria, Peggy parecía haberse aclimatado extraordinariamente bien, sobre todo en vista de que la casa de Jim Mitchell estaba en peor estado que la de Eric White.

Jim había muerto en su casa, solo, a la edad de sesenta años, ahogado en su propio vómito. La cocina, el dormitorio y la sala eran un solo cuarto, más un baño cubierto de moho y cuyo piso exhibía un impresionante abanico de manchas sobre cuyos orígenes Andrew trataba de no pensar.

—Esta es la clase de cuarto que mi agente inmobiliario describiría como "cuarto de lavar compacto y elegante —dijo Peggy, corriendo a un lado una cortina enmohecida—. Qué carajo —lanzó, retrocediendo. Andrew se acercó de prisa. Toda la ventana del baño estaba cubierta por pequeños insectos rojos que parecían salpicaduras de sangre provocadas por un escopetazo. Solo cuando uno de ellos agitó sus pequeñas alas Andrew comprendió que eran mariquitas. Eran lo más colorido en todo el apartamento. Decidió que dejarían la ventana abierta, con la esperanza de incentivar un éxodo.

Esta vez, vestían los trajes protectores completos. Peggy se lo había pedido específicamente para fingir que era una asistente de laboratorio en una película de James Bond, ya que había visto *Solo se vive dos veces* la noche anterior. —Mi Steve tenía algo de Pierce Brosnan cuando empezamos a salir. Antes de que descubriera las patas de cerdo y la pereza. —Examinó a Andrew—. Calculo que podrías pasar por, ¿quién es el malo de *GoldenEye*?

—¿Sean Bean? —dijo Andrew, yendo hacia la *kitchenette*.

—Sí, ese. Creo que tienes algo de Sean.

Mientras Andrew veía su reflejo en la sucia puerta del horno —las entradas en el pelo, la barba despareja, las bolsas bajo los ojos—, supuso que Sean Bean podía estar haciendo un montón de cosas en ese momento, pero casi con seguridad no estaba dando vueltas por el piso de la cocina de un monoambiente del sur de Londres con un menú de Mr. Chicken! pegado en la rodilla.

Después de veinte minutos de búsqueda, salieron a tomar aire. Andrew estaba tan cansado que se sentía ligero. Un helicóptero de la policía les pasó por encima y ambos torcieron el cuello para mirar cómo se ladeaba y daba la vuelta.

—Uf, no me buscaban a mí, entonces —dijo Peggy.

—Mmm —murmuró Andrew.

—Sabes, nunca he tenido que hablar con la policía. Siento que me he perdido algo, ¿entiendes? Quiero denunciar algo menor, o que me citen a hacer una declaración, ese es mi sueño. ¿Alguna vez has tenido que hacer algo así?

Andrew se había distraído.

—Perdón, ¿qué?

—Alguna vez has tenido algún encuentro con la pasma. La tira. La... cana. ¿Se dice así?

Andrew fue transportado de regreso a la tienda de discos de Soho. El súbito descubrimiento de que la canción que sonaba en los parlantes era "*Blue Moon*". La sangre que se le iba del rostro. Correr a la salida y abrir la puerta violentamente. El grito ahogado del dueño: "¡Mierda, deténganlo, se robó algo!". Chocar con el hombre que estaba afuera y caer al piso, yacer sin aire. El hombre que asomaba encima de él. "Soy un oficial de policía fuera de servicio". La cara furiosa del dueño de la tienda. Ser puesto de pie. Retenido por los brazos. "¿Qué se llevó?". El aliento del dueño, que olía a chicle de nicotina.

—Nada, *nada* —había dicho él—. De verdad, pueden registrarme.

—¿Por qué diablos salió corriendo entonces?

¿Qué podía haber dicho? ¿Que oír esa canción lo destrozaba? ¿Que incluso cuando estaba sin aliento en el suelo los últimos compases, metidos en su cabeza, hacían que quisiera acurrucarse en posición fetal?

—Mierda —se rió Peggy—, ¡parece que hubieras visto un fantasma!

—Lo siento —dijo Andrew, pero se le quebró la voz y solo pudo decir la mitad.

—No me digas: te agarraron por robarte dulces de Woolworths.

El párpado de Andrew se agitaba sin control. Intentaba desesperadamente detener la melodía que sonaba en su cabeza.

—¿O alguna violación de la doble línea amarilla?

Blue moon, you saw me standing alone.

—¡Oh, santos cielos! Fue por tirar basura al piso, ¿no?

Le clavó un codo en el brazo y Andrew sintió la voz saliendo de algún lugar muy adentro suyo, dura e irrefrenable.
—Acaba ya, ¿OK? —ladró.

La cara de Peggy se transformó cuando comprendió que no bromeaba.

Andrew sintió una horrible oleada de vergüenza. —Lo siento —dijo—. No quería reaccionar así. Han sido un par de semanas extrañas.

Se quedaron en silencio por un largo rato, ambos demasiado avergonzados para hablar primero. Andrew casi podía oír cómo Peggy intentaba recomponerse, el chirrido de los engranajes mientras resolvía cómo cambiar de tema. Esta vez iba a estar listo y ser solícito.

—Mi hija inventó este juego, ¿OK?

—¿Un juego?

—Sí. No estoy segura de si debiera preocuparme o no, pero se llama el juego del apocalipsis.

—OK —dijo Andrew.

—La cosa es así: una gran bomba explotó y no queda nadie sobre la faz de la Tierra. Parece que eres el único que sobrevivió. ¿Qué haces?

—No estoy seguro de entender —dijo Andrew.

—Bueno, ¿adónde vas? ¿Qué haces? ¿Encuentras un carro y te vas a toda marcha por la M1 tratando de encontrar gente? ¿O te vas derecho a tu pub y bebes hasta la última gota? ¿Cuánto crees que tardarías en intentar cruzar el canal, o incluso irte a los Estados Unidos? Y si no hay nadie allí, ¿te meterías en la Casa Blanca?

—¿Y ese es el juego...? —preguntó Andrew.

—Esencialmente —contestó Peggy. Y después de una pausa—: Te digo lo que yo haría, ¿OK? Iría a Silverstone y daría una vuelta en el Fiesta. Después, me iría a hacer unos tiros de golf desde el techo del parlamento o me cocinaría una fritanga en el Savoy. En algún momento, cruzaría a Europa para ver qué pasa, aunque me preocupa un poco poder terminar siendo parte de algún grupo de resistencia, contrabandeando gente por la frontera y esas cosas. Y no estoy segura de ser suficientemente buena como para involucrarme en algo así si no hay nadie en casa para ver mi posteo de Facebook al respecto.

—Entendible —comentó Andrew. Intentaba pensar qué haría él, pero tenía la mente en blanco—. Me temo que no puedo pensar en nada —dijo—. Lo siento.

—Está bien. No es para todo el mundo —dijo Peggy—. Por cierto, si te apetece irte temprano estoy segura de que puedo arreglármelas sola.

—No, estoy bien —dijo Andrew—. Y es más rápido entre los dos, de todos modos.

—Tienes razón. Oh, casi me olvido, compré café hoy. Dime si quieres una taza. Y hasta me *atreví* con unos *brownies*.

—No, gracias. Estoy bien —respondió Andrew.

—Bueno, dime si cambias de idea —dijo Peggy, entrando de nuevo en la casa. Andrew la siguió y una ráfaga de aire fétido lo golpeó antes de cruzar el umbral. Por suerte, poco después, Peggy encontró algo.

—Es una de esas cartas colectivas de Navidad —dijo

con dificultad, porque tenía que respirar por la boca. Se la pasó a Andrew. El papel parecía frágil, como si hubiera sido arrugado y estirado incontables veces. Entre páginas con detalles de vacaciones en que no había pasado nada y competencias de deportes en la escuela sin nada extraordinario, estaba la foto de una familia con las caras pixeladas allí donde el papel había sido estrujado.

—Me pregunto cuántas veces estuvo a punto de arrojarlo a la basura, pero no se decidió —dijo Peggy—. Espera, mira, hay un número de teléfono detrás.

—Bien visto. OK, los llamaré —dijo Andrew. Buscó y encendió su teléfono.

—¿Estás seguro de que estás como para hacerlo? —preguntó Peggy, con un tono deliberadamente despreocupado.

—Estoy bien. Pero gracias —dijo él. Marcó el número y esperó—. Lo siento de nuevo por reaccionar así —dijo.

—No seas tonto —replicó Peggy—. Voy a salir un segundo.

—Claro —dijo Andrew—. Te veo en un minuto.

Alguien atendió después del primer timbrazo.

—Perdón, Brian, te perdí —dijo la persona al otro lado de la línea—. Como decía, es algo que tenemos que atribuir a la experiencia.

—Perdón —dijo Andrew—. En realidad, yo soy...

—No, no, Brian, el tiempo para las disculpas ya pasó. Hagamos borrón y cuenta nueva, ¿OK?

—Yo no soy...

—"Yo no soy", "Yo no soy"... Brian, eres mejor que eso,

¿sí? Voy a colgar el teléfono ahora. Te veré en la oficina mañana. No quiero oír más al respecto, ¿OK? OK entonces. Nos vemos.

Se cortó. Andrew suspiró. Iba a ser de los complicados. Volvió a marcar mientras caminaba hasta la ventana del cuarto de estar. Al principio pensó que Peggy estaba haciendo algún tipo de ejercicio, en cuclillas y balanceándose sobre los talones despacio, como si fuera a lanzarse en un gran salto. Pero entonces vio su cara; se había puesto pálida y las lágrimas se agolpaban en sus ojos, mientras tomaba grandes bocanadas de aire. Por supuesto, no se había acostumbrado para nada a estar dentro de una casa en semejante estado. Y el café y los *brownies* y los juegos y la charla, todo para levantarle el ánimo sin una pizca de condescendencia o de cabeza ladeada. Y todo ese tiempo se había estado sintiendo horrible, pero fingiendo que no, y él no se había dado cuenta. La gentileza de Peggy, su falta de egoísmo, eran tan abrumadoras que por un segundo Andrew estuvo a punto de llorar.

El hombre que había respondido el teléfono lo estaba dejando sonar esta vez, presumiblemente, para dejar que el pobre Brian se cociera en ascuas. Andrew vio que Peggy se alzaba y tomaba un último aire antes de entrar por la puerta. Colgó el teléfono y se aclaró la garganta, tratando de deshacerse del nudo que se le había formado allí.

—¿Ni modo? —preguntó Peggy, mirando el teléfono que tenía en la mano.

—Creyó que yo era alguien con quien trabaja que lo llamaba por segunda vez y no me dejó hablar.

—Oh.

—Y usó "borrón y cuenta nueva".

—Qué tarado.

—Exactamente lo que pensé. Intentaré de nuevo más tarde, supongo.

Se quedaron parados allí un momento, mirando el lío a su alrededor. Andrew se rascó la nuca.

—Em, quería decirte gracias —dijo—, por estar aquí, y hablar, y los *brownies* y todo lo demás. Realmente lo aprecio.

Un poco de color volvió a las mejillas de Peggy, que sonrió.

—No hay problema, viejo —dijo—. Así que ¿de vuelta a la oficina?

—Tú deberías regresar —dijo Andrew, que no quería que Peggy se quedara allí un segundo más de lo necesario. Extrajo un rollo de bolsas de residuos de su mochila.

—Pero queda por hacer, ¿no? —objetó Peggy, mirando las bolsas.

—No, es solo que... Cuando es un desastre como este me gusta limpiar lo peor. No parece correcto dejarlo así. Como dije, puedes regresar.

Andrew no estaba seguro de qué significaba la mirada de Peggy, pero sintió que tal vez había dicho algo embarazoso.

—Creo que me quedo —dijo Peggy, estirando el brazo—. Pasa una bolsa.

Mientras limpiaban, Andrew hizo un esfuerzo de imaginación hasta que por fin se le ocurrió algo.

—Por cierto: me iría a Edimburgo —dijo.

—¿Edimburgo? —preguntó Peggy, algo confundida.

—Durante el apocalipsis. Vería si puedo conducir un tren hasta allí y luego intentaría meterme en un castillo. O trepar a Arthur's Seat.

—Ajá, nada mal —dijo Peggy, dándose golpecitos en la barbilla, como pensando—. Pero tengo que decir que todavía creo que gano con mi fritanga en el Savoy y mi idea del golf en el parlamento. Digo.

—No sabía que había un ganador, —replicó Andrew, doblando una caja de pizza que tenía pegados pedazos de *mozzarella* grasienta.

—Me temo que tiene que haberlo. Y dado que siempre pierdo con mis hijos, ¿te molesta si gano esta? Ya sabes, para recuperar el orgullo perdido.

—Suena justo —dijo Andrew—. Te estrecharía la mano para felicitarte, pero parece que hay bastante queso mohoso en la mía.

Por un momento, mientras Peggy miraba con horror su mano, Andrew pensó que había ido demasiado lejos, pero ella soltó una carcajada y dijo: —Por dios, ¿qué *es* este trabajo? —Y Andrew se sintió despierto por primera vez en todo el día.

———

Ya habían lidiado con la mayoría de la basura cuando Peggy dijo: —Quería decirte, lo siento, ya sabes, por tu hermana. No sabía en qué momento decirlo.

—Está bien —dijo Andrew—. Estoy... Es... No sé,

realmente... —Se fue apagando, atrapado entre decir cómo se sentía realmente y lo que creía que debía decir.

—Perdí a mi padre hace nueve años —contó Peggy.

Andrew sintió como si lo hubieran puesto en pausa.
—Lo siento —logró decir, después de lo que le pareció una eternidad.

—Gracias, cariño —dijo Peggy—. Fue hace tiempo, lo sé, pero... Todavía recuerdo cómo fue después. Hubo días, especialmente en el trabajo, en que lo único que quería era esconderme, pero había otros en que solo quería hablar de ello. Y entonces advertí que la gente me evitaba, me eludía la mirada deliberadamente. Por supuesto que me doy cuenta ahora de que se sentían cohibidos porque no sabían qué decirme, pero en esa época sentía como si tuviera algo de qué avergonzarme, como si hubiera hecho algo malo y estuviera molestando de algún modo a todo el mundo. Lo que lo hizo más duro fue que tenía sentimientos encontrados. —Peggy miró a Andrew como preguntándose si debía proseguir.

—¿Qué quieres decir? —preguntó él.

Peggy se mordió el labio. —Digamos que la amabilidad no estaba precisamente en el ADN de mi papá. El más perdurable recuerdo de mi infancia es estar sentada en la sala de estar conteniendo el aliento mientras escuchaba sus pasos en la entrada. Podía decir, por cómo variaba el sonido, de qué humor iba a entrar. Nunca nos lastimó, o nada parecido, pero se ponía de esos humores en que nada que yo, o mi hermana, o mi mamá hiciéramos era suficientemente bueno, y no nos dejaba ninguna duda sobre cómo le habíamos fallado exactamente. Un día, sencillamente se fue. Se escapó con una chica del trabajo, según averiguó mi hermana después. Aunque mamá jamás lo aceptó. Eso fue lo más difícil. Hablaba de él como si fuera un regalo del cielo, como si fuera un héroe de guerra que se había perdido en el mar, pese a que simplemente se había enganchado con una mujer a cuatro cuadras de casa.

—Debe haber sido duro —comentó Andrew.

Peggy se encogió de hombros. —Es complicado. Todavía lo quería, aunque apenas si lo vi después de que se fue. La gente cree que la pérdida es la misma para todos, pero es diferente en cada caso, ¿sabes?

Andrew cerró una bolsa de residuos. —Es cierto —dijo—. Creo que cuando no has pasado por ese tipo de pérdidas simplemente te imaginas que sentirás una gran ola de tristeza, que estás inmediatamente devastado y que luego, con el tiempo, se va yendo. —Levantó la mirada rápidamente hacia Peggy, preocupado por haber sonado insensible, pero la expresión de Peggy era neutra. Andrew continuó—: Con mi hermana, yo, como que... Bueno, es complicado, como dijiste acerca de tu padre. Y la idea de que la gente me mire con tanta compasión... no lo soporto.

Peggy se había puesto a levantar la basura que faltaba con una pinza, como él. —Sí, lo entiendo —dijo—. Quiero decir, tienen buenas intenciones, pero si no has pasado por eso, no lo entiendes. Es como estar en un "club", o algo así.

—El club —murmuró Andrew. Sintió un subidón de adrenalina. Era una sensación de lo más extraña. Peggy lo miró y sonrió. Y Andrew, recordando sus fallidos intentos de brindis en el pub, se encontró levantando en el aire su pinza, que tenía enganchada un paquete vacío de Hula Hoops, y exclamando—: ¡Por el club!

Peggy lo miró sorprendida y la mano de Andrew flaqueó, pero ella levantó su propia pinza y dijo—: ¡El Club!

Después de una pausa un poco incómoda, bajaron las pinzas y prosiguieron con la limpieza.

—Ahora, Andrew —dijo Peggy después de un rato—, volvamos a lo importante.

Andrew alzó las cejas.

—¿Será algo sobre el apocalipsis, por casualidad?

Una hora más tarde, cuando ya casi habían terminado y Andrew la había pasado sorprendentemente bien limpiando y jugando al fin del mundo, Peggy dijo: —Si quieres una prueba mental algo más estructurada, hoy a la noche es ese concurso de preguntas de pub que te mencioné.

En realidad, de hecho, Andrew sí quería ir. Sería algo que lo distraería de todo lo demás y podría compensar a Peggy por haberle contestado mal, si no con su escasa capacidad para el juego, al menos con unas pintas de Guinness.

—Sí, ¿por qué no? —dijo, intentando sonar como si este fuese el tipo de cosa que hacía con regularidad.

—Grandioso —dijo Peggy, y la sonrisa que le ofreció fue tan cálida y genuina que tuvo que apartar la vista—. ¡Y lleva a Diane! Quiero conocerla.

Ah, sí. Eso.

Quizás Diane aparecería mágicamente en el espejo del baño y le encontraría una camisa mejor que esta monstruosidad anaranjada. La había comprado de apuro después del trabajo, camino a casa, súbitamente consciente de que la última vez que había comprado ropa para salir la gente todavía estaba preocupada por el virus cibernético de 2000. No tenía idea de qué cosa estaba de moda ahora. Ocasionalmente pensaba en reemplazar lo más viejo que tenía, pero entonces veía a alguien joven, y aparentemente a la moda, luciendo una camisa que era exactamente como aquella a la que se había aferrado desde principio de los noventa, así que ¿para qué?

Acercó la cara al espejo. Quizás debía comprar alguna crema para tratar de librarse de las ojeras. Pero se sentía extrañamente apegado a ellas, quizás porque eran lo más parecido a un rasgo distintivo propio. Todo lo demás era tan... normal. Una parte de él ansiaba tener "algo", como esos hombres que deciden compensar ser bajos pasando horas en el gimnasio, con lo que terminaban siendo increíblemente musculosos, pero todavía se veían obligados a caminar más rápido que sus amigos para poder seguirlos. O quizás tener una nariz prominente, u orejas protuberantes —el tipo de característica por el que alguien famoso es descrito en los medios como de una "belleza no convencional"—. A las mujeres de aspecto común se las llamaba *"Plain Jane"*,* pero al

---

* NdT: Término que literalmente significa "Juana Insulsa", para referirse a una mujer sin ningún atractivo o distintivo físico en particular.

parecer no había un equivalente para los hombres. Quizás él podía ocupar ese lugar. ¿Andrew el Ordinario? ¿Andi el Ordi? El referente de los hombres de pelo castaño claro y dientes sanos y sin nada extraordinario. Sería una forma de dejar un legado.

Dio un paso atrás y se alisó una arruga en la manga de la camisa. "¿Sabes lo que pareces? Una zanahoria marchita con una cara dibujada encima". Infló los carrillos. ¿En qué demonios había estado pensando cuando aceptó? El Sentinel 4wHD estaba dando vueltas a ritmo placentero e hipnótico en la pista que había trazado en forma de ocho. Deliberadamente había escogido la canción *"But Not For me"*, de Ella — suave, lánguida y hermosa—, para tratar de calmarse, pero no ayudaba mucho. Por esto no quería socializar: porque la mera idea le daba calambres en el estómago. Había un serio peligro de que le ganara la tentación de quedarse y proseguir la conversación en el foro. Pero al final se obligó a dejar la casa. Diane, había decidido, tenía que quedarse hasta tarde en el trabajo, pero había logrado conseguir una niñera a último minuto.

Buscó el pub en Internet antes de salir y le preocupó que estuviera peligrosamente próximo a ser *cool*, a juzgar por las ominosas fotos de las pizarras junto a la puerta con sus eslóganes agresivos que prometían —con un cincuenta por ciento de precisión— "cerveza y un buen rato". Pero, cuando llegó al sitio, lo alivió ver que lucía bastante normal, al menos por fuera. No obstante, pasó tres veces por delante, fingiendo que hablaba por teléfono, por si acaso Peggy o sus amigos lo veían desde dentro podría fingir que justo estaba terminando una conversación antes de entrar. El momento de su llegada era crucial: si entraba demasiado temprano, estaría obligado a charlar; demasiado tarde, se sentiría como un intruso. Idealmente, se les sumaría a tiempo para decir un rápido hola *justo* antes de que empezara el juego, de modo que el foco estaría en las preguntas y nadie sentiría que tenían que hacer un esfuerzo para incluirlo en la conversación.

La siguiente vez que pasó por el frente echó una mirada por la ventana y ubicó a un grupo de gente en el rincón más alejado; eran ellos. Peggy estaba sentada junto a un hombre con chaqueta de cuero, cabello castaño largo y una barba candado. Presumiblemente, Steve. Parecía estar en medio de una anécdota: los gestos se hacían más expansivos a medida que iba acercándose a lo que obviamente era el remate. Golpeó la mesa mientras los otros reían. Andrew vio a unas pocas personas paradas en el bar darse vuelta para ver cuál era el motivo del ruido. Peggy, advirtió, solo reía a medias.

Puso la mano en la puerta, pero se quedó paralizado.

Esto no era propio de él. No era lo que él hacía. ¿Qué pasaba si literalmente no sabía una respuesta correcta en el juego, o tenía que tomar partido en una discusión acalorada? ¿Qué pasaba si estaban por ganar y él arruinaba las chances? Y más allá de eso, no era que el juego iba a durar todo el tiempo; habría pausas en las que la gente le preguntaría sobre su vida. Sabía cómo lidiar con los del trabajo respecto de su familia. Podía predecir qué le iban a preguntar y sabía cómo evadir la conversación cuando no se sentía cómodo. Pero este era un territorio desconocido y estaría atrapado.

Un carro se detuvo detrás y oyó que alguien salía y daba un familiar "buenas noches", una despedida que podía significar solo una cosa. Se volvió y vio la luz amarilla del taxi, un acogedor faro que prometía refugio. Se apresuró hacia él y farfulló su dirección al conductor, abriendo la puerta con violencia y arrojándose dentro. Se hundió en el asiento, con el corazón latiendo a toda velocidad, como si estuviera huyendo del asalto a un banco, y un cuarto de hora más tarde estaba afuera de su edificio, con la noche terminada y veinte libras menos, y ni siquiera había tomado un trago.

En el vestíbulo de su edificio, entre la correspondencia basura recibida esa mañana, había un sobre con su nombre y dirección escritos con bolígrafo. Lo metió de prisa en un bolsillo y subió rápido las escaleras. En su apartamento, la urgencia por tener música y un tren dando vueltas por la pista era mayor que la usual.

Colocó toscamente la púa sobre el disco y subió el volumen. Luego se arrodilló y tiró de la pista para desarmar la mitad del ocho y abrirlo creando una vuelta en vez de dos. Echó a andar el tren y se sentó en medio del nuevo círculo, las rodillas contra el pecho. Aquí estaba calmado. Aquí tenía todo bajo control. Las trompetas aullaban y los címbalos restallaban, y el tren siseaba por la pista, envolviéndolo, custodiándolo, manteniéndolo a salvo.

Después de un rato recordó el sobre. Lo sacó y lo abrió,

y extrajo el mensaje que había dentro. Al hacerlo, lo golpeó una ráfaga de penetrante loción de afeitar.

A causa de tu fuga, no permaneciste lo suficiente como para oír el testamento de Sally esta mañana. Bastardo. ¿Lo sabías? Porque yo no. Veinticinco mil de sus ahorros... uno habría creído que me lo habría mencionado, ¿no? Después de todo, estábamos tratando de hacer crecer nuestro negocio; ese era el sueño. Así que te puedes imaginar que fue un shock *descubrirlo y que ella haya decidido dejarte el dinero a ti en lugar de a mí.*

Quizás ahora empezarás a comprender qué tan atormentada por la culpa estaba, y todo porque nunca la perdonaste, sin importar cuánto intentó ayudarte. Eras como una piedra atada a sus tobillos que la iba hundiendo. Bueno, espero que ahora estés contento, Andrew. Valió la pena, ¿no?

———————

Leyó la carta de Carl muchas veces, pero seguía sin comprender. Seguro que lo del dinero se trataba de un error administrativo, ¿no? ¿Una tilde en la casilla equivocada? Porque la explicación alternativa, que fuera un intento agónico de Sally de reparar las cosas, de librarse de la culpa con la que había vivido y de la que él habría podido, y debido, absolverla, le resultaba demasiado triste como para siquiera contemplarla.

– CAPÍTULO 11 –

Durante los siguientes tres meses, cada vez que regresaba a casa, temía encontrar otro sobre con la delgada letra de Carl.

Las cartas llegaban en forma errática. Algunas semanas eran dos o tres, manchadas de lágrimas y de tinta; luego, cuatro semanas sin siquiera una. Pero la ira de Carl jamás amainaba: seguía acusando a Andrew de engatusar a Sally para obtener su dinero. *Eres patético y cobarde y no vales nada, y no mereces el perdón de Sally*, terminaba la última. Andrew se preguntó si Carl se hubiera sorprendido de saber que estaba mayormente de acuerdo con esa evaluación.

Cada vez que abría la puerta y encontraba una carta, subía lentamente y se sentaba en el borde de la cama, dándole vueltas al sobre. Se decía que debía dejar de abrirlos, pero estaba atrapado en un ciclo inmisericorde: cuanto más leía, más pensaba que merecía la furia de Carl. Especialmente cuando Carl lo acusó, una vez más, de contribuir a la mala salud de Sally al no haberla contactado. Porque, cuanto más lo pensaba, más empezaba a convencerse de que era verdad.

Había pasado suficiente tiempo tras la muerte de Sally como para que la gente lo tratara con algo más de normalidad. Cameron había atravesado una fase en la que le ponía la mano en el hombro cuando le hablaba, lo miraba con sus ojos tristes y saltones y sus cejas juntas y torcía la cabeza, pero afortunadamente ya se había acabado. Aún más alivio le dio que Keith, que se había contenido durante un breve lapso, hubiera vuelto a ser un completo idiota.

Después de varios intentos abortados, al fin había reunido el coraje para contar al subforo lo de Sally.

Hola, amigos. He estado un poco callado últimamente. Una noticia triste. Perdí a mi hermana. Para ser franco, todavía me siento un poco atontado. Tan pronto como apretó "postear", se preguntó si no había cometido un error, pero todos habían respondido con mensajes de apoyo bien pensados; y, en un gesto de conmovedora solidaridad, habían reemplazado sus avatares de tomates danzantes y alegres Sir Topham Hats por el cuadrado azul cielo que usaba Andrew.

Sin embargo, a medida que las cosas volvían mayormente a la normalidad, había algo que se hacía más patente, algo que le resultaba más difícil ignorar. Siempre se había justificado las mentiras sobre su familia con que no causaba daño a nadie. Pero, inconscientemente, el hecho de que Sally todavía viviera (sin importar qué tan difícil fuera su relación) implicaba que la fantasía existía en paralelo con la realidad. Pero ahora que ella ya no estaba, se sentía cada vez más incómodo con Diane, Steph y David. Como resultado, cuando surgía el tema de la familia con Cameron, Keith y Meredith, ya no sentía la pequeña excitación de antaño al inventar algo sobre cómo iban en la escuela, o cuáles eran sus planes para el fin de semana. Pero era peor, mucho peor, con Peggy. El día después de haber escapado del concurso de preguntas del pub, lo atormentó la culpa y se había disculpado mucho más de lo necesario, para diversión y confusión de Peggy. Después de unas pocas semanas en su compañía, Andrew comprendió que no era alguien que se preocupara por esas banalidades. Todavía lo seguía, así que habían compartido casi todo el tiempo que pasaban en el trabajo, tanto en inspecciones domiciliarias como en la lata de registrar fallecimientos y compilar las minucias de propiedades no reclamadas que debían ser enviadas al Tesoro.

Y luego, había ocurrido el funeral.

Andrew había mencionado al pasar que, tras haber fracasado en encontrar amigos o familia algunos, iba a asistir al servicio dedicado a Ian Bailey. No había esperado que Peggy le preguntara si podía ir.

—No estás obligada —le dijo—. No es obligatorio, o siquiera parte del trabajo, de hecho.

—Lo sé, pero me gustaría —dijo Peggy—. Sigo tu ejemplo, en verdad. Si se trata de despedir a la persona con algo de compañía, que dupliquemos la concurrencia es algo bueno, ¿no?

Andrew tuvo que admitir que era un buen punto.

—Sin que suene condescendiente —dijo—, tal vez deberías prepararte. Como te dije, puede ser un poco desolador.

—No te preocupes —replicó ella—. Pensaba que podría hacer un poco de karaoke para alegrar la cosa. ¿"África", de Toto, o algo por el estilo?

Andrew la miró sin comprender y vio que a ella se le desvanecía la sonrisa. Por Dios, ¿por qué no podía responder normalmente? Se forzó a corregir la situación.

—No creo que sea apropiado —dijo. Y tras una pausa, agregó—: Me parece que *"The Final Countdown"* encajaría mejor.

Peggy rió mientras Andrew regresaba a su pantalla, por un lado reprochándose el trivializar así un funeral y por el otro disfrutando el alivio y el orgullo de haber imaginado y relatado con éxito una broma genuina a un ser humano real.

El jueves siguiente, los dos estaban en la iglesia, esperando que llegara Ian Bailey.

—Está bueno, quiero decir, no *está* bueno, pero, ya sabes, es algo bueno que estemos los dos hoy. —Andrew se retorció un poco por lo tan torpe que le había salido eso.

—Los tres, en realidad —dijo Peggy, señalando las vigas del techo, entre las cuales revoloteaba un gorrión. Se quedaron en silencio un momento, mirándolo, hasta que desapareció de la vista.

—¿Alguna vez te pusiste a imaginar tu funeral? —preguntó Peggy.

Andrew se quedó mirando las vigas. —La verdad que no. ¿Y tú?

Peggy asintió. —Oh, sí. Montones de veces. A los catorce estaba obsesionada de veras y lo planeé todo, hasta los discursos y la música. Creo recordar que todos iban a estar vestidos de blanco, de modo que fuera diferente que los funerales normales, y que Maddona iba a cantar "*Like a prayer*" a capela. ¿Suena raro? Quiero decir, planearlo, no lo de Madonna, ya sé que eso *es* raro.

Andrew miró cómo el gorrión volaba hacia otra viga. —Supongo que tiene sentido. Todos vamos a tener uno, así que ¿por qué no pensar cómo quieres que sea?

—La mayoría no quiere pensar en ello, ¿no? —observó Peggy—. Es entendible, supongo. Pero para algunos de nosotros, la muerte está siempre ahí. Creo que es la única explicación de por qué algunos hacen cosas tan estúpidas e impulsivas.

—¿Como qué? —preguntó Andrew, cediendo a su dolor de cuello y bajando la cabeza.

—Por ejemplo, los que roban dinero de su empresa, aunque es obvio que los van a descubrir. O esa mujer que salió en las noticias, a la que agarraron cuando metía un gato en un bote de basura. Es como si en ese momento le metieran un dedo a la muerte. *Vienes por mí, lo sé, pero ¡mira esto!* Es como puro impulso vital, ¿no?

Andrew frunció el entrecejo. —¿Estás diciendo que meter a un gato en la basura es puro impulso vital?

Peggy tuvo que cubrirse la boca para evitar lanzar una carcajada y, durante un espantoso momento, Andrew pensó que iban a ponerse a reír como niños traviesos. Luego, de la nada, le volvió el recuerdo de Sally con él muriéndose de risa en un puesto de pescado y patatas fritas mientras se intercambiaban el pescado y las patatas de un lado a otro de la mesa, aprovechando que su madre estaba distraída conversando con alguien en el mostrador.

Por más que lo intentara, a medida que procedía el servicio le resultaba imposible no pensar en Sally. Seguro que había habido otros momentos como ese. ¿Que se fuera a América había sido una traición tan absoluta que le había prejuiciado la memoria? Después de todo, pensó, con un súbito arranque de pánico, había un recuerdo que había pasado los últimos veinte años tratando de borrar, en el que Sally había hecho todo lo posible por ayudarlo y él no se lo había permitido. Se vio en su apartamento, clavado al piso, escuchando como sonaba el teléfono una y otra y otra vez, incapaz de contestar. Cuando finalmente lo hizo, escuchó su voz, suplicándole que le hablara, que le permitiera ayudarlo. Dejó caer el teléfono. Se dijo que le respondería cuando llamara al día siguiente, y luego al otro día, y siempre al otro día durante un mes entero, pero jamás lo hizo.

La boca se le había puesto terriblemente seca. Apenas si era consciente del suave sermón del vicario. En el funeral de Sally había estado como atontado, completamente cohibido al lado de Carl. Pero ahora, sólo podía pensar en por qué no había respondido el teléfono.

Respiraba agitado. El vicario había terminado una parte del servicio e hizo una seña al fondo, donde un órgano brotó a la vida. Mientras el primer acorde llenaba la iglesia, Peggy se inclinó hacia él. —¿Estás bien? —le susurró.

—Sí, estoy bien —respondió él. Pero mientras estaba allí, con la cabeza inclinada, escuchando cómo la música sonaba más fuerte, el piso de la iglesia comenzó a flotar ante sus ojos y tuvo que aferrarse a la banca de enfrente con ambas manos para no caer. Respiraba en bocanadas temblorosas y, mientras la música resonaba en toda la iglesia y se daba cuenta de que al fin empezaba a hacer el duelo por su hermana, apenas notó que la mano de Peggy le acariciaba suavemente la espalda.

Para cuando el servicio terminó, había logrado recomponerse. Mientras salían de la iglesia, se sintió obligado a explicar lo ocurrido.

—Allí dentro —dijo—, estaba un poco... alterado... porque estaba pensando en mi hermana. *No es* que no estuviera pensando en Ian Bailey, pero...

—Está bien, lo entiendo —dijo Peggy.

Caminaron en silencio durante un rato. Andrew comenzó a sentir que la garganta se le aflojaba, así como la tensión de sus hombros. Comprendió que Peggy estaba esperando que hablara primero, pero no se le ocurría qué decir. En cambio, se encontró tarareando *"Something to Live For"*, de Ella. La había estado escuchando las noches anteriores, la versión de *Ella At Duke's Place*. Siempre había tenido una relación extraña con esa canción. Le gustaba, pero había un momento en particular que, por alguna razón, le retorcía las tripas.

—Hay un tema musical —dijo—. Está entre mis favoritos. Pero tiene un momento, justo al final, que es discordante, y demasiado fuerte, y, aunque lo espero, es un poco chocante. Así que, cuando lo escucho, a pesar de que lo disfruto, se echa un poco a perder porque sé que viene ese final horrible. Pero no hay nada que pueda hacer al respecto, ¿no? Es un poco como lo que estabas diciendo antes, acerca de la gente que acepta que va a morir: si yo pudiera aceptar que el final va a llegar, podría concentrarme en disfrutar el resto de la canción mucho más.

Andrew miró a Peggy, que parecía estar tratando de reprimir una sonrisa.

—No puedo creer que tuvieras ese tesoro de sabiduría guardado —dijo—, y me dejaras divagar sobre alguien que metió un gato en un bote de basura.

———————

A partir de entonces, Peggy comenzó a asistir a todos los funerales con él. Sin pensarlo, Andrew advirtió que ahora se sentía relajado con ella, incluso feliz de contar con su compañía. Era algo extraño sentir que era normal hablar de todo, desde el sentido de la vida hasta si el vicario usaba peluca. Incluso empezaba a defenderse en los juegos que ella había inventado con sus hijos. Su mejor momento había sido cuando inventó uno propio, en el que había que argumentar en favor de dos rivales arbitrarios: por ejemplo, el color rojo contra Tim Henman.* A veces, durante las noches en su apartamento, se descubría pensando en qué estaría haciendo Peggy en ese momento.

———————

* NdT: Extenista británico.

Si el horario lo permitía, almorzaban los viernes en el pub y repasaban la semana, calificaban las inspecciones de 1 a 10 en la "escala del horror" y se recordaban uno al otro el último desastre higiénico de Keith o un comentario maligno de Meredith. Fue en camino a uno de esos almuerzos, disfrutando del sol en la espalda después de días de cielos grises, que Andrew tuvo una súbita iluminación y se detuvo en plena calle, lo que obligó al hombre que venía detrás a una acción evasiva. ¿Podía ser cierto? Debía ser. No, no había otra forma de verlo: estaba peligrosamente cerca de tener una amiga. ¿Cómo diablos había ocurrido? Era como si hubiera logrado hacerlo a espaldas de sí mismo. Siguió hacia el pub con un nuevo impulso, tanto que pasó de largo al hombre al que había bloqueado. Sin embargo, tan pronto como se sentó, incapaz de dejar de sonreír como un idiota, Peggy alzó las cejas y especuló en broma sobre que debía haber pasado por la oficina de Diane "para un rapidito, o algo así".

Y allí yacía el problema: cuanto más cercanos se volvían, peor se le hacía tener que mentir. Era como una bomba de tiempo, porque solo era cuestión de tiempo que Peggy descubriera la verdad y él perdiera la primera amiga que había hecho en años. De un modo u otro, sabía que algo tenía que cambiar. Según resultó, no tuvo que esperar mucho.

El día había empezado con una inspección especialmente extenuante, a la que contribuía el feroz calor de julio. Terry Hill se había resbalado en la tina y había yacido muerto durante siete meses. Nadie se había percatado. Solo descubrieron el cuerpo cuando el propietario del apartamento, que estaba en el extranjero, dejó de recibir la renta. La TV todavía estaba encendida. Un cuchillo, un tenedor, un plato y un vaso de agua juntaban polvo en la mesa de la cocina. Andrew había abierto el microondas, donde algo se pudría, y había inhalado accidentalmente un gran soplo de aire rancio. Tuvo que salir corriendo del cuarto tosiendo y con arcadas. Todavía se sentía descompuesto cuando Peggy, que había lidiado valientemente con el horror del microondas mientras él se recuperaba, se volvió y le dijo: —No hemos hablado sobre esta noche, ¿verdad?

—¿Qué de esta noche? —preguntó Andrew.

—La semana en que no viniste a la oficina, antes del funeral, Cameron comenzó otra vez con lo de su estúpida idea de *Ven a cenar conmigo*. Todos los días había un correo o lo mencionaba a cuenta de nada en una reunión.

—Mi Dios —dijo Andrew—. ¿Por qué está tan *obsesionado* con esa idea?

—Bueno, creo que hay dos explicaciones probables.

—A ver...

—OK, la primera: es algo que le enseñaron en un curso. Un ejercicio que tiene que cumplir para mostrar que unifica al equipo y que lo convertirá en el empleado del mes para los jefes.

—Mmm. ¿Y la otra?

—Que no tiene amigos.

—Oh —dijo Andrew. Lo sorprendió que lo dijera tan

directamente; pero, al pensarlo así, el comportamiento de Cameron parecía tener mucho más sentido.

—Eso explicaría mucho —dijo.

—Lo sé —contest Peggy—. De todos modos, nos hizo elegir una fecha en el cuaderno diario. Lo demoramos tanto como pudimos, obviamente. No quiso preguntarte cuando no estabas, pero terminé diciendo que yo lo haría, más que nada para quitármelo de encima por cinco minutos. No encontré el momento para decírtelo. Pero, en lo que respecta a Cameron, tú vas.

Andrew comenzó a protestar, pero Peggy lo cortó.

—Mira, mira, sé que es un dolor de pelotas, pero, al menos yo, no puedo soportar que machaque y machaque con esto todo el tiempo y ponga esa cara triste y arrugada de desilusión cuando lo postergamos. Será esta noche en su casa, y los otros y yo vamos. Su esposa estará allí, pero podemos no llevar a nuestras parejas.

Bueno, al menos eso, pensó Andrew.

—Creo que deberías ir —dijo Peggy—. Va a estar bien... OK, va a ser horrible, sin dudas, pero... bueno, lo que realmente quiero decir es, por favor, ve, así podemos emborracharnos juntos e ignorar a los demás. —Le puso una mano en el brazo, sonriendo con esperanza.

Andrew podía pensar en muchas otras cosas que preferiría hacer esa noche antes que eso —la mayoría incluía a sus testículos, mermelada y unas avispas ofendidas—, pero sintió el súbito y fuerte impulso de no decepcionar a Peggy.

Llegó a la casa de Cameron esa noche con una botella de Merlot escogida en una vinería y sintiéndose muy fuera de su zona de confort.

Y al fin de cuentas, ¿a quién le gustan las cenas?, pensó. Repartir elogios solo porque alguien pudo meter algo en una olla y calentarlo y no matar a nadie. Y después, las conversaciones competitivas sobre libros y películas: Oh, tienes que verla. *"Es una saga artística portuguesa sobre unos trillizos que se hacen amigos de un cuervo".* Que tontería. (Andrew disfrutaba en ocasiones de odiar cosas que jamás había experimentado).

Keith y Meredith habían estado especialmente aborrecibles esa tarde y Cameron, especialmente idiota. No entendía cómo podía pensar que pasar más tiempo juntos en un espacio cerrado ayudaría. Era como tratar de unir a la fuerza a dos polos magnéticos que se repelen.

Deseaba pasar más tiempo con Peggy, claro, aunque ella parecía inusualmente apagada al irse de la oficina, algo posiblemente relacionado con la llamada que había tenido en la escalera trasera y en la que Andrew la había escuchado usar la palabra "estúpido" muchas veces. Dicho en su acento norteño, le había sonado muy musical.

Tocó el timbre y suplicó a Dios que Peggy ya estuviera allí. Idealmente, podían sentarse uno al lado del otro, ignorar a los demás y discutir si el tiramisú era mejor que Michael Flatly, El Señor de la Danza.

Le abrió la puerta lo que parecía ser un dandi victoriano

muy bajo de estatura, vestido con un traje entero de tercio-pelo, incluidos chaleco y moño. Le llevó un momento regis-trar que se trataba de un niño.

—Entre. ¿Me da su abrigo? —dijo el niño, y sostuvo la chaqueta de Andrew entre pulgar e índice, como si le hu-biera pasado una bolsa llena de excremento de perro. An-drew lo siguió hasta el vestíbulo, donde apareció Cameron, esgrimiendo agresivamente unos tentempiés. —¡Andrew! Has conocido a Chris, por lo que veo.

—Christopher —aclaró el niño, dándose la vuelta del perchero con una sonrisa de frustración. Andrew ya había intuido que Christopher esperaba de su padre unos estánda-res que rara vez alcanzaba.

—¿Clara? —llamó Cameron.

—¿Qué pasa ahora? —bufó alguien.

—Querida, ¡llegó nuestro primer invitadooooo!

—Oh, ¡un segundo! —La voz era completamente diferente ahora. Clara apareció vestida con un delantal de cocina, sonriendo con varios miles de dientes de un blanco inmaculado. Llevaba el pelo castaño corto y era tan bella que Andrew se sintió nervioso aun antes de estrecharle tor-pemente la mano, lo que se convirtió en un abrazo y luego en un beso en la mejilla, un tres por uno que Clara ejecutó acercándolo hacia ella como si lo guiara en un baile. Came-ron le pasó un bol con castañas de cajú y preguntó a Clara cómo iban con las entradas. —Bueno —replicó ella, con los dientes ligeramente apretados—, si alguien no hubiera apa-gado la hornalla, estaríamos perfectos de tiempo.

—Oh, ¡culpable! —dijo Cameron, golpeándose la cabeza con la mano y haciendo una mueca. Andrew miró a Christopher, quien puso en blanco los ojos como para decir "y eso es solo una muestra".

Meredith y Keith llegaron juntos —no por coincidencia, supuso Andrew, y el hecho de que ambos estuvieran claramente bebidos lo confirmaba—. Keith revolvió el pelo cuidadosamente peinado de Christopher y el muchacho dejó el cuarto con una mirada asesina en los ojos, tras lo cual regresó esgrimiendo un peine en lugar de un revólver, para decepción de Andrew.

Para cuando Peggy apareció, ya se habían sentado a comer las entradas. —Perdón por la tardanza —dijo, arrojando su abrigo en una silla vacía—. Quedé varada en el bus. El tráfico era una completa mierda. —Echó una mirada a Christopher—. Oh, perdón, ¿es un niño? No quise usar malas palabras.

Cameron se rió, nervioso. —Estoy seguro de que nos has oído decir peores cosas, ¿verdad Chris-ote? —Christopher murmuró algo sombrío a su sopa.

La conversación se entrecortaba, de ese modo que magnifica cada sorbo y cada tintineo. Todos se mostraron de acuerdo en que la sopa era deliciosa, aunque Meredith añadió la salvedad de que era una "elección audaz" haberle puesto tanto comino. Keith festejó con una sonrisita el doble sentido del elogio y Andrew advirtió con horror que unas rodillas se tocaban bajo la mesa. Quería decírselo a Peggy, aunque más no fuera para compartir la carga de ese horror, pero ella lucía distraída: revolvía su sopa lentamente, como un desencantado pintor que mezcla colores en su paleta. Sintió una urgente necesidad de apartarla y preguntarle si estaba bien, pero era algo difícil si uno tenía que lidiar con Cameron. Claramente había anticipado que habría silencios y lanzaba ráfagas de temas tan dispares como infructuosos, el último de los cuales era el de los gustos musicales.

—¿Peggy? ¿Qué te gusta a ti? —preguntó.

Peggy bostezó. —Oh, ya sabes, *acid house*, *dubstep*, clavecín de Namibia, los clásicos. —Meredith hipó y dejó caer su cuchara al suelo, y desapareció para recuperarla, casi deslizándose de su silla en el proceso. Andrew hizo un gesto con las cejas a Peggy. Nunca había entendido realmente cuál era el sentido de eventos sociales como este. ¿No era probable que uno dijera algo estúpido y pasara el resto de la noche lamentándolo? Y luego haría falta otro trago sólo para superarlo.

("De eso se trata, en resumen, beber", le diría Peggy más tarde).

Una vez que terminaron el plato principal, Clara preguntó a Cameron con encanto exagerado si podía echarle una mano en la cocina.

—¿Seguro que no voy a molestar? —preguntó Cameron, con una risita.

—No, no. Solo no te acerques a la hornalla —le dijo Clara.

Cameron la siguió con un gesto de *¡admito que en eso tienes razón!* Poco después se oyó una sinfonía de alacenas cerradas con violencia.

"Tal vez haya problemas en el futuro", cantó Peggy en voz baja.

Fue entonces que Meredith y Keith decidieron que necesitaban ir al baño exactamente al mismo tiempo. Andrew y Peggy oyeron el sonido de sus pasos excitados en las escaleras.

—Esos dos están cogiendo, definitivamente —observó Peggy—. Perdón por las malas palabras otra vez, Christopher —agregó. Andrew se había olvidado por completo de que el niño todavía estaba allí.

—Para nada —respondió Christopher—. Mejor voy a ver qué pasa en la cocina.

Peggy esperó hasta que la puerta se cerrara para inclinarse hacia Andrew.

—Al menos el pobre heredó el aspecto de la madre. De todos modos, al carajo con esto, me voy.

—Oh, ¿en serio? ¿No crees que deberías... esperar?

—Definitivamente no —dijo Peggy, aferrando su abrigo y dirigiéndose a la puerta—. Ya tuve un día suficientemente de mierda como para aguantar otro segundo de esto. ¿Vienes, o qué?

Andrew dudó, pero Peggy no iba a esperar una respuesta. Maldijo por lo bajo y corrió a la cocina. Abrió la puerta y se encontró a Clara a toda máquina.

—*Bien sabes* que el miércoles es la noche del club de lectura, pero como siempre no tuviste una puta consideración lo que yo podría... ¡Andrew! ¿Está todo bien?

Cameron se volvió. —¡Andrew! ¡Andy! ¿Qué hay?

—Peggy no se siente muy bien, así que creo que mejor me aseguro de que llegue bien a casa.

—Oh, ¿estás seguro? ¡Hay helado! —dijo Cameron, los

ojos bien abiertos por la desesperación. Por suerte, Clara intervino y, con demasiada intensidad para gusto de Andrew, dijo—: Siempre habrá helado, Cameron. Es caballerosidad lo que falta.

—Mira, mejor voy... —dijo Andrew. Tan pronto cerró la puerta, la discusión se reinició con nuevos bríos.

———————

Tuvo que correr para alcanzar a Peggy. Cuando llegó a su lado, le faltaba demasiado el aliento como para decir algo, y Peggy apenas le ofreció un "¿todo bien?" antes de quedarse callada. Caminaron sin hablar, la respiración de Andrew al fin recuperada, hasta que sus pasos adquirieron el mismo ritmo. Era un silencio agradable, pero estaba cargado de una forma que Andrew no podía definir. Mientras esperaban para cruzar la calle en un semáforo, Peggy señaló un charco de sangre seca en el asfalto.

—He pasado al lado de una mancha como esa en mi calle todos los días de esta semana y apenas si se ha borrado —dijo—. ¿Por qué la sangre tarda tanto en desaparecer?

—Creo que es porque carga todas las proteínas y el hierro y todo eso —respondió Andrew—. Y es tan densa porque se coagula. Difícil deshacerse de ella, la sangre.

Peggy resopló, divertida. —"Difícil de deshacerse de ella, la sangre". Es la cosa más de asesino serial que he escuchado en un buen tiempo.

—Ah. Por Dios, no quería... Solo quería decir que...

Peggy se echó a reír y le dio un codazo. —Solo estoy

bromeando. —Resopló—. Mi Dios, no debería haber salido esta noche. No estoy de humor. ¿Crees que alguien lo notó?

—Seguro que no —contestó Andrew, tratando de no recordar la cara desolada de Cameron—. ¿Está todo bien?

—Oh, estoy bien, en serio. Solo una mala época. Con Steve, en realidad.

Andrew no estaba muy seguro de cómo responder, pero Peggy no necesitaba ayuda.

—¿Recuerdas que te conté sobre mi amiga Agatha, la que claramente no lo aprobaba?

Andrew asintió. —La espátula. La que tú, bueno...

—¿Le tiré por la cabeza? Sí, bueno. No es lo único que he querido tirarle recientemente. Es tan jodidamente duro a veces. Cuando Agatha me contó sus dudas sobre él, después de que me propuso matrimonio, no podía siquiera considerarlas. Estaba tan ferozmente orgullosa de lo que tenía que pensé que estaba celosa. Seguro, solíamos pelear de vez en cuando, pero siempre nos reconciliábamos. Mejor que esas parejas que jamás levantan la voz, pero que se mantienen despiertas por el chirriar de sus dientes.

—¿Y cuál parece ser el problema? —preguntó Andrew, retorciéndose por cómo se las había arreglado para sonar como un médico de los años cincuenta que hablaba con desaprobación a su paciente sobre la libido.

—Es la bebida —respondió Peggy—. Sé que las cosas están a punto de irse al carajo cuando empieza a cantar, y anoche fue *"Yes Sir I Can Boogie"*. Enseguida se puso a hacer escándalo y a invitar a bailar a completos desconocidos y a pagarle tragos a todo el mundo en el pub. Cuando ya había tomado demasiado, empezó a pelearse con la gente sin motivo. Pero son las *mentiras* lo que no soporto. No para. Anoche me fui a casa antes que él, porque iba a tomar "una para el camino". Volvió a todo vapor a las 2 a. m. Usualmente lo manejo con un rápido golpe en las pelotas, pero anoche estaba decidido a decirles buenas noches a las niñas. Era tan tarde que casi era la mañana y yo no quería que las despertara, así que se convirtió en "no me dejas ver a mis propias hijas". Terminó durmiendo en el rellano de la escalera, debajo de un cobertor de *Buscando a Nemo,* como una especie de protesta. Lo dejé ahí roncando. Esta mañana, la menor, Suze, bajó y lo encontró allí. Me miró, sacudió la cabeza y dijo: "¡Patético!" *¡Patético!* No sabía si reír o llorar.

Una ambulancia pasó a toda velocidad, con las luces encendidas, pero sin la sirena, escurriéndose en un hueco del tráfico como un fantasma.

—¿Y recibiste una disculpa esta mañana, supongo? —preguntó Andrew, no totalmente seguro de por qué había decidido jugar el papel de abogado del diablo.

—No exactamente. Traté de hablarle, pero pone una cara toda estrujada cuando está con resaca y es difícil tomárselo en serio. Francamente, se llena todo de manchas rojas, como si fuera un apicultor despistado. Nos hubiéramos agarrado esta noche si no hubiera tenido que venir a esta tontería. La única razón por la que me quedé tanto es porque tú estabas allí. Quiero decir, son de lo peor, ¿no?

—De veras que sí —dijo Andrew, preguntándose si

Peggy había advertido qué tan ampliamente había sonreído al descubrir que era la única razón por la que ella se había quedado.

—Me pregunto si Meredith y Keith están todavía en ese baño —dijo Peggy, estremeciéndose—. Uff, no puedo ni imaginarlo.

—De veras, de veras que no —dijo Andrew.

—Pero ahora no puedo dejar de verlos sudando.

—Mi Dios, ¿*sudando*?

Peggy se rió con maldad y le enlazó su brazo al de él.

—Perdón, no hacía falta, ¿no?

—Definitivamente no —replicó él. Se aclaró la garganta—. Tengo que decir, es como si hubiera pasado una vida entera lidiando con esos idiotas solo, así que está bueno... Es muy bueno tenerte, claro, como amiga, para soportarlo juntos.

—¿Aunque te haya hecho pensar en cómo lo hacen? —preguntó ella.

—OK, quizás con eso no —Andrew no sabía exactamente por qué el corazón le latía desagradablemente rápido. O por qué había dejado pasar tres paradas de autobús en las que podría haber cogido uno a casa.

Peggy gimió. —Me acabo de dar cuenta de que Steve me debe haber escrito una canción de disculpas con su estúpida guitarra. Ni siquiera puedo soportar la idea.

—Mmm, bueno, siempre podemos volver a lo de Cameron para el postre —sugirió Andrew. Peggy le dio otro codazo.

Se callaron por un momento, perdidos en sus pensamientos. Una sirena sonó a lo lejos. Quizás era la misma ambulancia que había pasado antes, pensó Andrew. ¿Los paramédicos habían estado pendientes de su radio, esperando oír que los necesitaban después de todo?

—¿Tu familia va a estar todavía despierta cuando llegues? —preguntó Peggy.

Andrew se encogió por dentro. *Esto no. No ahora.*

—Quizás Diane —dijo—. Los niños deberían estar dormidos ya.

Se acercaban a la estación en la que Andrew suponía que Peggy iba a tomar su tren.

—¿Está mal... —preguntó, luchando con la voz en su cabeza que le advertía que no era una buena idea—, que a veces quiera escaparme de todo de algún modo?

—¿De qué?

—Ya sabes, la familia... todo.

Peggy se rió y Andrew dio marcha atrás de inmediato. —Oh mi Dios, lo siento, es ridículo, no quería decir que...

—No, *¿bromeas?* —dijo ella—. Sueño con eso siempre. Qué bendición. El tiempo que una podría pasar haciendo lo que realmente quiere. Creo que estarías loco si no fantasearas con eso. Paso la mitad de mi vida imaginando qué haría si no estuviera varada donde estoy... y entonces una de las niñas lo arruina dibujando algo hermoso para mí, o haciendo preguntas, o siendo leal o amable, y siento que el corazón me va a explotar de tanto que las amo, y ahí se acaba. Una pesadilla, ¿no?

—Una pesadilla —repitió Andrew.

Se dieron un abrazo de despedida afuera de la estación.

Después de que Peggy se marchó, Andrew se quedó mirando a la gente que salía por los molinetes, un rostro sin expresión tras otro. Pensó en la inspección de esa mañana y en Terry Hill, con su cuchillo, tenedor, plato y vaso. Y fue entonces que la idea lo golpeó tan fuerte que prácticamente lo dejó sin aliento: vivir esta mentira sería su muerte.

Pensó en cómo se había sentido en el breve momento en que Peggy lo había abrazado. No era un contacto físico con la formalidad del estrechón de manos para presentarse. Ni el toque ineludible del barbero o el dentista o de un desconocido en un tren lleno. Había sido un genuino gesto de calidez, y por un segundo y medio le había recordado cómo se sentía abrirse a alguien. Se había resignado al destino de Terry Hill y todos los demás. Pero quizás, solo quizás, había otro camino.

– CAPÍTULO 12 –

En lo que tocaba a los trenes a escala, una de las cosas más satisfactoriamente simples que Andrew había aprendido era que, cuanto más usaba una locomotora, mejor funcionaba. Con el uso repetido, comenzaba a deslizarse por la pista de un modo que parecía más y más eficiente después de cada vuelta. En lo que tocaba a relacionarse con la gente, en cambio, más que locomotora, Andrew era un oxidado autobús suplementario.

Después de dejar a Peggy en la estación, prácticamente había flotado hacia su casa, súbitamente animado por la sensación de posibilidad. Había considerado a medias darse la vuelta y correr detrás de ella, improvisando una especie de gran gesto, quizás componiendo: "Me aterra morir solo y probablemente es extraño que un adulto haga amigos tan tarde en la vida, pero ¿lo hacemos de todos modos?" con las latas descartadas de Coca que estaban al lado de las vías. Al final, logró contenerse y medio trotar a casa, comprar cuatro latas de cerveza polaca en la tienda de la esquina, beberlas en rápida sucesión y despertarse con resaca y miedo. Se forzó a levantarse y freír un poco de tocino mientras escuchaba *"The Nearness of You"* —Ella y Louis Armstrong en 1956— cinco veces seguidas. Cada vez que oía las voces, podía sentir el brazo de Peggy enlazado al suyo.

Si cerraba los ojos con fuerza suficiente, podía ver la sonrisa que le había ofrecido cuando se separaron después del abrazo. Miró el reloj y decidió que tenía suficiente tiempo para escuchar la canción una vez más, pero cuando iba a poner la púa de nuevo, el deprimente sonido de *"Blue Moon"* brotó en su cabeza, tan claro como si saliera del tocadiscos. *No, no, no. Ahora no. Quédate en el momento, por una vez.* Se apresuró a poner *"The Nearness of You"* otra vez y se inclinó junto al parlante, con el oído tan cerca que le dolía y bien cerrados los ojos. Después de un momento, hubo un chillido penetrante, y al abrir los ojos se encontró con que el cuarto estaba nebuloso por el humo. El ya incinerado tocino había disparado la alarma.

———————

Todavía era demasiado temprano para ir al trabajo, así que se sentó ante la computadora con dos tazas de té en un intento por aliviar su resaca —tomando sorbitos de una y otra—, a considerar cómo podía cimentar su amistad con

Peggy, algo que llevara las cosas más allá de pasar tiempo juntos en el trabajo. La mera idea de sugerirle que tomaran un café, o fueran al cine, o lo que fuera, lo ponía muy fuera de su zona de confort, y *por Dios* que amaba esa zona. Era un mundo en el que un paquete de bocaditos fritos con sabor a cebolla era lo más alto de la experimentación culinaria y donde los juegos para romper el hielo eran castigados con la muerte.

Pensó en qué los había unido hasta ahora. Bueno, estaban las conversaciones sobre el sentido de la vida y la pérdida, y la idea del "club". Pero no era como para que le cayera con la sugerencia de que se tatuaran pinzas para recoger basura en una rápida excursión a las Alton Towers, ¿no? En el centro de esa conversación, sin embargo, había estado el hecho de que Peggy había tratado de reconfortarlo. Había usado el juego del apocalipsis como una distracción divertida, había sido un auténtico gesto de bondad. Y ahora era Peggy la que estaba claramente mal a causa de Steve. Si fuera capaz de reconfortarla como ella lo había hecho, sería con toda seguridad la base para una conexión auténtica. Así que, ¿qué podía hacer para levantarle el ánimo?

Lo que necesitaba era consejo y había un solo lugar al que podía acudir. Con uno pocos clics del *mouse*, ya estaba en el foro. Lo único era que se sentía demasiado avergonzado para ser directo al respecto y pedir ayuda. Tendría que improvisar, ver cómo caía primero. Buen día, amigos, escribió. Busco algún consejo. Conocí recientemente a alguien que estaba pasando un mal momento con un vendedor. Le habían prometido un China Clay 5 Plank Wagon Triple Pack, pero el vendedor mintió y terminó yéndose con otro comprador a último minuto. Está realmente mal, así que cualquier ayuda en cómo levantarle el ánimo será enormemente apreciada.

TinkerAl replicó en segundos: Mmm. Bueno, está la Exhibición de Trenes a Escala Antiguos de Beckenham & West Wickham del próximo fin de semana. ¿Puedes llevarlos?

BamBam67: ¿Por qué querrían un China Clay 5 Plank Wagon Triple Pack cuando por el mismo dinero probablemente podrían obtener un Dapol B304 Westminster?

Mmm. Andrew tamborileó con sus dedos sobre sus rodillas. Si quería un consejo útil iba a tener que tirarse al agua de verdad. Escribió y reescribió un mensaje varias veces, hasta que finalmente lo posteó.

OK, la verdad sea dicha, la persona de la que hablo está pasando un mal momento, pero no le interesan los trenes (¡para su pesar!). Estoy un poco oxidado en lo que se refiere a este tipo de cosas. Cualquier consejo sobre alguna actividad divertida, o similar, sería muy útil...

BriadGaugeJim: ¡Ajá! ¡Me pregunto si hay una Sra. Tracker por ahí!

Tracker: No, no es nada así.

TinkerAl: Ah, Suena como que Tracker no quiere entrar en detalles, Bam. Pero estamos contigo, hermano, si quieres.

Andrew sintió una punzada de algo entre vergüenza y afecto.

Gracias TA. Con toda honestidad, parte de por qué soy tan malo en esto, de ahí mi pedido de ayuda, se debe a que no soy exactamente una persona sociable. Pero es diferente con ella. De buen modo. Ha pasado mucho tiempo de la última vez en que tuve a alguien así en mi vida y se siente realmente bien. Pero todavía me carcome la duda de si debo dejar las cosas como están.

BamBam67: Yo lo comprendo.

TinkerAl: Sí, yo también.

BriadGaugeJim: Lo dicho. Tampoco yo soy el más sociable. A veces es más fácil ir solo por la vida. De ese modo se evitan los dramas.

Andrew fue a la cocina y puso la tetera (para un solo té, esta vez) pensando en lo que había dicho BriadGauge. Sabía cómo lo reconfortaba el grado de control que tenía sobre esta pequeña, simple vida suya. Era consistente, y nada espectacular, y no tenía deseo alguno de ponerla en riesgo. Pero había momentos —cuando veía grupos de amigos sentados en prolijas, simétricas hileras en los bancos del pub, o parejas de la mano en la calle, y sentía una oleada de vergüenza porque él, un hombre de cuarenta y dos años, no hubiera compartido en años una taza de té con algún conocido o una sonrisa intencionada con alguien en un tren— en que le asustaba qué tan intensas eran sus ansias. Porque quizás sí quería encontrar gente con quien sentir cercanía, hacer amigos y tal vez incluso hallar a alguien con quien pasar el resto de su vida. Se había vuelto experto en borrar ese sentimiento lo más rápido posible, diciéndose que eso sólo llevaba a la infelicidad. Pero ¿y si lo dejaba crecer, es más, lo alimentaba? Quizás esa era la única manera de seguir. El pasado era el pasado y quizás esta vez, de una vez por todas, podría dejar que siguiera dictando su vida.

Sorbió su té y le respondió a BriadGauge.

No sé, BG, pensé que quizás estaba demasiado atascado en mi forma de ser, ¡pero quizás no! De todos modos, quizás debemos volver a hablar de trenes, ¿no? Aprecio su ayuda, sin embargo. Abrirme así no es realmente mi fuerte. Lo siento un poco artificial, como ir a hacer caca con el abrigo puesto. Decidió, tras examinar el mensaje, eliminar la última línea antes de postearlo.

TinkerAl: Bueno, haznos saber cómo lo llevas, hermano.

BriadGaugeJim: ¡Totalmente!

Bambam67: ¡De verdad!

———————

A pesar de su nueva decisión de salir de su zona de confort, de ser parte del mundo de Peggy y viceversa, Andrew era demasiado consciente de que la honestidad era algo implícito en una amistad y, por cuanto Peggy sabía, él estaba felizmente casado, era padre de dos niños y vivía con relativa comodidad. Consideró brevemente la idea de que Diane escapara a Australia con un instructor de surf llevándose a los niños. Pero incluso así, en el supuesto de que consiguiera convencer a Peggy de que era demasiado doloroso para hablar de ello, diez años después todavía sería incapaz de mostrarle una foto de los niños y mucho menos explicarle por qué no había ido a visitarlos. Su única opción era esperar a que llegaran al punto en que pudiera decirle la verdad y rezar para que, de algún modo, contra toda probabilidad, ella la aceptara.

Pero sus intentos de cimentar su amistad comenzaron

mal. Había pasado una tarde frustrante el martes tratando de contactar a personas que figuraban en un viejo teléfono Nokia que había recuperado en una inspección. Nadie le había respondido todavía. Mientras reunía el coraje para llamar a un contacto registrado como "Big Bazza", decidió enviar a Peggy lo que esperaba fuera un correo divertido. Metió a la fuerza algunas bromas de oficina y trató de sonar encantador e irreverente, y lo terminó sugiriendo que debían huir al pub "¡ya mismo, carajo!".

Andrew jamás había experimentado un arrepentimiento tan potente como el que sintió apenas apretó "enviar". Se estaba preguntando si tenía tiempo de encontrar un martillo para destrozar la caja de electricidad del edificio, o su propia cara, cuando llegó la respuesta de Peggy: "Ja, sí".

Oh.

Apareció un segundo mensaje. Aquí estaba: el momento en que ella reconocía qué tan brillante y divertido era.

"Por cierto, al fin ubiqué al albacea del testamento de ese tipo que murió en la calle Fenham. ¿Crees que 'no quiero saber nada de ese bastardo' cuenta como una 'renuncia formal al deber'?

Esto iba a ser más duro de lo que pensaba. Sabía que estaba siendo impaciente, pero ¿qué pasaba si Peggy decidía de pronto que ya había tenido suficiente por algún motivo, renunciaba al trabajo y se mudaba? Lo que hacía todo peor era que cada día que pasaba estaba más consciente de lo que ella empezaba a significar para él, y cuanto más lo comprendía, más ridículo se volvía su comportamiento. ¿Cómo diablos iba a ser alguien con quien Peggy quisiera pasar tiempo si se quedaba sentado allí preocupándose hasta el pánico porque había mirado más el ojo izquierdo de ella que el derecho y, por razones imposibles de aclarar, le había hablado durante un montón de tiempo sobre alcachofas?

Lo que realmente debía hacer de una vez era preguntarle si quería que se vieran fuera de la oficina. Si no quería, bien. Captaría el mensaje de que se trataba de una amistad de la oficina y eso sería todo. Así que lo único que le quedaba era mantenerse calmado y confiado y preguntarle, muy directamente, si quizás —y por supuesto estaba todo bien si no— quería hacer algo alguna noche, o durante el fin de semana. Al pensarlo, comprendió que la Exhibición de Trenes de Juguete Antiguos de Beckenham & West Wickham era probablemente un inicio muy arriesgado, pero un trago, digamos, o una cena, era probablemente a lo que debía apuntar. Y, para que no hubiera retroceso posible, decidió ponerse un plazo —el jueves siguiente parecía tan bueno como cualquier otro— en el que tenía que preguntarle antes de dejar la oficina. Solo esperaba que ella pudiera lidiar con su comportamiento extraño hasta que reuniera el coraje necesario.

Había, admitió, una muy, *muy* pequeña chance de que estuviera pensando demasiado sobre el asunto.

———————

Inevitablemente, para cuando llegó la tarde del jueves, todavía no le había preguntado. En retrospectiva, puede ser que hubiera considerado que demorarlo un día o dos era prefe-

158

rible a hacer la movida mientras revolvían basura en la casa de un muerto, pero en ese momento sintió que era ahora o nunca.

Derek Albrighton había vivido ochenta y cuatro años antes de que su corazón dejara de latir. Su apartamento estaba justo en la frontera del barrio —una calle más y le habría tocado a otra oficina—. La forense había sonado inusualmente gruñona al llamar a Andrew y pedirle que investigara.

—No hay pariente obvio. Los vecinos llamaron a la policía después de no haberlo visto durante un par de días. Los oficiales que concurrieron fueron tan útiles como un guardabarros en una tortuga. Sería grandioso si se pudiera resolver esto tan pronto como fuera posible, Andrew. Me voy de vacaciones pronto y tengo papeles hasta las orejas.

El apartamento de Derek era uno de esos lugares que uno siente que jamás llegarán a ser cálidos sin importar cuánta calefacción se les ponga. Era prolijo en general, sin contar el polvo blanco desparramado sobre el linóleo de la cocina que tenía huellas de pies encima, como asfalto cubierto por una fina capa de nieve.

—Es harina —dijo Peggy—. O eso, o veneno para ratas. ¿Mencioné que soy pésima cocinera? Ah, pero ¿qué tenemos aquí? —Tomó una gran lata de bizcochos que se hallaba encima del microondas. Canturreó mientras le quitaba la tapa, e hizo una seña a Andrew para que se acercara y viera el perfecto bizcochuelo que había adentro.

—Una pena que no llegara a comerlo después de todo el esfuerzo que evidentemente le puso —dijo Andrew.

—Una tragedia —dijo Peggy, volviendo a poner la tapa reverentemente, como si se tratara de una cápsula de tiempo que estuvieran por enterrar. Andrew decidió que intentaría apoyarse contra la mesada con una pierna cruzada detrás de la otra y una ceja levantada, en lo que esperaba sugiriera una versión irreverente del James Bond de los primeros años de Roger Moore.

—Así que eres una gran fan de... los pasteles? —dijo. Desafortunadamente, o quizás no, Peggy estaba ocupada con papeles que había encontrado y solo le prestaba atención a medias.

—Sí, por supuesto, ¿quién no? —dijo—. A decir verdad, no confiaría en alguien que diga que no es un fan de los pasteles. Es como la gente que dice que no le gusta la Navidad. Supéralo; por supuesto que te gusta. ¿Qué más no te gusta? ¿El vino? ¿El sexo? ¿Los putos... bolos?

Andrew se estremeció. Esto no iba bien. Para empezar, él *odiaba* los bolos.

—Nada por aquí, ni agenda de teléfono ni ninguna otra cosa —dijo Peggy, hojeando los papeles como habría hecho con un periódico—. ¿Dormitorio?

—Dormitorio. Seguro... —dijo Andrew. Tamborileó un ritmo en la mesada para mostrar qué tipo libre y despreocupado era —cómo llevaba la música en el alma—, tomándose solo una pausa para lidiar con el enorme ataque de tos que le provocó toda la harina que había levantado con su repiqueteo. Peggy lo miraba con una mezcla de sospecha y confusión, como un gato que se ha visto a sí mismo en el espejo.

El dormitorio estaba dominado por una cama doble

sorprendentemente afelpada, con sábanas de satén púrpura y un cabezal de bronce, incongruente junto a las cortinas destrozadas, la alfombra gastada y la barata cajonera, encima de la cual se hallaba una TV de aspecto antiguo y un reproductor VHS. Se arrodillaron a cada lado de la cama y comenzaron a revisar bajo el colchón.

—Estaba pensando —dijo Andrew, un poco envalentonado porque Peggy no podía verlo—. ¿Recuerdas ese pub al que fuimos después de nuestra primera inspección?

—Ajá —respondió Peggy.

—Estaba bien, ¿no?

—No sé si diría que estaba "bien", pero había cerveza y eso siempre es una ventaja en un pub.

—Ja... síiii.

Allí no, entonces.

—No vi qué tal era la comida —dijo él—. ¿Tienes algún tipo de cocina favorita para cuando, ya sabes, sales?

¿Cocina?

—Espera —dijo Peggy—. Encontré algo.

Andrew bordeó el pie de la cama.

—Oh —dijo Peggy—. Es solo un recibo. Por unas medias.

Andrew estaba empezando a desesperarse. Tenía que decir algo antes de volver a encerrarse. —Así que, me preguntaba si, sabes... te-gustaría-ir-a-cenar-o-algo-después-del-trabajo-o-en-algún-momento —balbuceó. Mientras intentaba apoyarse despreocupadamente contra algo otra vez, apretó con el codo un botón del televisor, que arrancó con una serie de ruidos y quejidos que parecían encapsular por completo los años ochenta. Momentos después, el cuarto se llenó del inconfundible sonido del sexo. Andrew se dio vuelta y vio en la pantalla a una mujer de mediana edad sin nada más que un par de tacos altos ser tomada por detrás por un hombre desnudo completamente excepto por una gorra de béisbol.

—Oh, Dios —exclamó Peggy.

—Oh, Dios —replicó el hombre de la gorra de béisbol.

—Cómo te gusta, perro —gruñó la mujer, se diría que retóricamente. Mientras Andrew retrocedía para absorber el horror, pisó algo. Era la caja de un vídeo, cuya cubierta mostraba a la pareja que se hallaba en la pantalla en medio de la acción. Grandes letras rojas anunciaban el título de la película: *¡CONCHA AL NORTE!*

Andrew dio vuelta a la caja para que Peggy la viera. Ella ya había estado llorando de risa en silencio, pero esa, al parecer, fue la última gota y soltó una risotada alegre y sonora. Después de un momento, Andrew comenzó a acercarse hacia la TV como si se dirigiera a fuegos artificiales en ignición, el peso del cuerpo sobre el pie trasero, una mano cubriendo la cara, y tecleando al azar todos los botones del control hasta dar con el de la pausa. Una grotesca escena quedó temblando en la pantalla.

Al final, lograron recomponerse lo suficiente como para terminar la búsqueda con la solemnidad requerida. Fue Andrew quien encontró una carpeta toda rota en un cajón, con el número de teléfono de una "prima Jean" escrito en la solapa.

—Bueno, yo no voy a llamar a la prima Jean —dijo Peggy.

—Parece un poco extraño después de... eso —admitió Andrew.

Peggy sacudió la cabeza, asombrada. —Iba a sugerir que consiguiéramos una moneda y nos lo tiráramos a la suerte, pero parece algo horriblemente inapropiado de decir ahora.

Andrew se rió. —No sé qué pensar de Derek Albrighton.

—Bueno, está claro para mí que el tipo había entendido la vida totalmente —dijo Peggy.

Andrew levantó las cejas.

—Oh, vamos —dijo Peggy—. Si llego a los ochenta y cuatro y mi día consiste en hacerme un pastel y celebrar el logro con una paja, seré requetefeliz.

———————

—Ustedes dos parecen muy complacidos con ustedes mismos —dijo Keith cuando llegaron a la oficina.

—Como compinches —observó Meredith, repiqueteando un bolígrafo contra sus dientes.

—Un poco como ustedes dos en lo de Cameron la otra noche —replicó Peggy con calma, lo que los calló. Colgó su abrigo del respaldo de su silla y guiñó un ojo a Andrew. Él le sonrió como un bobo. Peggy bien podía no haber tenido tiempo para responderle sobre lo de la cena —el lujurioso Derek Albrighton se había ocupado de ello—, pero había sido tan divertido el regreso a la oficina que no podía sentirse abatido. Cameron eligió ese momento para salir de su oficina y, en una voz atípicamente solemne, pedirles que se reunieran en el área de descanso. Desde el desastre de la cena se había conducido con el aire de un maestro bien intencionado que había permitido a sus estudiantes traer un juego el último día de clases, solo para que ellos tiraran serpentinos en aerosol por todas partes y escribieran malas palabras en sus escritorios. Los cinco se sentaron en un semicírculo y Cameron unió las puntas de sus dedos como en oración debajo de su barbilla.

—He estado rumiando si decir algo y al fin he decidido hablarles sobre lo que ocurrió la semana pasada en mi casa. Pero antes, ¿alguno de ustedes querría decir algo? —La fuente de agua canturreó. La luz parpadeó. Afuera, un vehículo anunció que iba a retroceder.

—OK —dijo Cameron—. Bien, lo que quería decirles era que —y créanme, odio decirlo— me sentí más bien decepcionado —la voz se le quebró y tuvo que detenerse un momento para recomponerse—, *decepcionado* de todos ustedes. Con dos de ustedes escapándose enseguida y otros dos desapareciendo en el piso de arriba. Lo que debía ser una linda noche para conocernos más terminó siendo lo opuesto. Quiero decir, era algo fácil... ¿no? —Esperó a que lo digirieran. Andrew no se había dado cuenta de qué tan mal lo había tomado Cameron—. No obstante —prosiguió—, creo mucho en segundas oportunidades, así que hagamos otro intento y veamos cómo nos va, ¿OK, equipo? Meredith se ha ofrecido gentilmente a ser la anfitriona de la próxima. Andrew, tú puedes ser el siguiente.

Andrew vio inmediatamente la mancha sobre la pared de su cocina, el viejo sofá desvencijado y la inconfundible ausencia de una familia, y se mordió fuerte las mejillas.

Cameron los retuvo para más cháchara sobre presupuestos y objetivos, y luego decidió agasajarlos con una anécdota espectacularmente aburrida sobre cómo él y Clara se habían perdido uno al otro en el supermercado, antes de finalmente permitirles regresar a sus escritorios. No mucho después, Peggy envió un correo a Andrew. "No sé tú, pero lo único en lo podía pensar durante todo eso era si alguna vez han hecho '*Concha al Norte 2*'".

"¿Será necesario ver la primera para entender la continuación?", replicó Andrew.

Un minuto después recibió dos mensajes a la vez. El primero era de Peggy: "¡Ja! Muy posiblemente. Oh, y me olvidé de decirte: Sí a la cena. ¿Adónde vamos?".

El segundo era un mensaje de texto de un número desconocido: *¿Cuántas cartas voy a tener que enviarte antes de que te crezcan las agallas y contestes? ¿O estás demasiado ocupado pensando en cómo gastar el dinero de Sally?*

– CAPÍTULO 13 –

Le costó seis intentos marcar el número de Carl sin colgar antes de que conectara. No había pensado en qué iba a decir. Solo sabía que esto debía acabar.

—Hola, Cynergy. —Un tono de hueca amistad en la voz.

—Es Andrew.

Pausa.

—Oh. Finalmente decidiste llamar.

—Las cartas. Por favor, por favor, deja de enviarlas —dijo Andrew.

—¿Por qué debería hacerlo? —replicó Carl.

—Porque...

—La verdad duele, no es así. —Era una afirmación, no una pregunta.

—¿Qué quieres que te diga? —preguntó Andrew.

—¿Qué tal una disculpa? Fuiste *tú* quien la enfermó. Tú lo hiciste. —La voz de Carl ya temblaba—. ¿No lo ves? Pasó *toda* su vida tratando de componer las cosas y nunca se lo permitiste. Fuiste demasiado necio como para perdonarla y su corazón estaba destrozado por tu culpa.

—Eso no es verdad —dijo Andrew, no muy convencido de sus propias palabras en el mismo momento de decirlas.

—Eres patético, ¿lo sabes? Por Dios, sigo tratando de imaginar qué pensaría Sally ahora, cuánto lamentaría lo que hizo. Apuesto a que ella...

—OK, OK, por Dios, puedes quedarte con el dinero. Nunca lo pedí, para empezar. Tan pronto como lo reciba te lo transfiero, pero tienes que prometer... que me dejarás en paz.

Escuchó a Carl resollar y aclararse la garganta. —Me alegro de que hayas recobrado el sentido. Te dejaré "en paz", como lo pones. Pero me pondré en contacto contigo de nuevo en cuanto sepa que tienes el dinero, puedes estar seguro de ello. —Y se cortó la comunicación.

———————

Andrew se hizo unos frijoles sobre una tostada y entró en el subforo, ansioso por olvidar su conversación con Carl.

Necesito algo de consejo sobre restaurantes, amigos, escribió. Un lugar agradable pero no demasiado caro. Piensen en LNER 0-6-0T "585" J50 Class en lugar de LNER 0-6-0 "5444" J15. En minutos, el subforo se había superado en sugerencias. Finalmente, se decidió por un restaurante italiano suficientemente a la moda como para no poner signos de dinero en el menú, pero no tan elegante como para que los platos estuvieran descritos en dialecto toscano.

A la mañana siguiente, cuando estaban en una inspección domiciliaria, Andrew le recordó el plan a Peggy. —No hay apuro, obviamente, pero solo cuando tengas un momento, podrías tirarme algunas fechas de cuándo estarías libre para lo de la cena —dijo, tan casualmente como le fue posible, incluso con un bostezo por las dudas. Peggy levantó los ojos de la caja *Viennetta* que contenía el testamento de Charles Edwards y que acababa de descubrir bajo el fregadero de la cocina.

—Oh, sí, así será. En las próximas dos semanas, supongo. Reviso mi agenda cuando regrese al rancho.

—Bien. Seguro... como dije, no hay apuro —dijo Andrew, sabiendo que pasaría el resto del día revisando su correo hasta quedar al borde de un esguince por la mera repetición.

Cuando el día de la cena llegó, a la semana siguiente, se descubrió ansioso apenas se levantó. Para cuando llegó a la oficina había logrado alterarse tanto que cuando Meredith estornudó, Andrew se disculpó espontáneamente. Trató de decirse que debía calmarse, que era ridículo estar tan ansioso. *¡Es solo una cena, por Dios!* Pero ni modo. Peggy había pasado la mañana en el cuarto adyacente, que contenía la caja fuerte, guardando artículos de valor de una reciente inspección que serían vendidos luego y había pasado la tarde en un curso de entrenamiento fuera de la oficina. Por eso, decidió, había estado tan tenso: al no poder verla para intercambiar alguna frase amigable en todo el día, era difícil no pensar que ella quizás prefería hacer otra cosa que verse a la noche con él.

Como para confirmar su mal presentimiento, supo que el restaurante era una mala elección por la mirada que le echó el camarero al nomás llegar, como si fuera un perro callejero en busca de un lugar donde morirse.

—¿Su... amiga está en camino, señor? —le preguntó, cuando apenas llevaba cinco minutos sentado.

—Sí —respondió Andrew—. Espero... estoy seguro... de que estará aquí enseguida.

El camarero le hizo una sonrisita de ya-lo-he-visto-todo y echó cinco centímetros de agua en su copa. Pasaron veinte minutos, durante los cuales Andrew rechazó y luego aceptó, reticente, un pan increíblemente duro.

—¿Está seguro de que no quiere ordenar algo ahora para cuando su amiga llegue? —preguntó el camarero.

—No —replicó Andrew, molesto con el camarero y consigo mismo por haber tenido la temeridad de salirse de la pequeña cajita en que vivía.

Entonces, cuando tenía los músculos de los dedos de los pies tensos y listos para levantarse y hacer una salida tan digna como fuera posible, vio un relámpago de color en la puerta y allí estaba Peggy, con un abrigo rojo brillante, el pelo completamente empapado por la lluvia. Se dejó caer en la silla opuesta con un saludo mascullado a medias y se metió un pedazo de corteza de pan en la boca.

—Mi Dios —dijo—. ¿Qué es esto... la tapa de un neumático?

—Creo que es *focaccia*.

Peggy gruñó y tragó, con alguna dificultad.

—¿Cuando te casaste con Diane...? —dijo, partiendo el pan en dos.

A Andrew se le hundió el corazón. No esto. No esto ahora.

—Mm-mm —dijo.

—¿Alguna vez pensaste que llegaría un momento en el que la estarías mirando, sentada en el piso de la sala, con una lata de cerveza balanceándose sobre la panza como un Cristo Redentor borracho y horizontal y preguntándote cómo diablos terminamos así?

Andrew se removió incómodo en su asiento.

—No con esas palabras, no —dijo.

Peggy sacudió despacio la cabeza, mirando a la distancia. Un mechón de cabello húmedo por la lluvia le colgaba a un lado de la cara. Andrew sentía la extraña urgencia de acomodárselo detrás de la oreja. ¿Era algo que había visto en una película? El camarero hizo su aparición, su mueca sarcástica reemplazada por una sonrisa algo desilusionada, casi de disculpas, ahora que Peggy había aparecido.

—¿Le gustaría ver la lista de vinos, señor?

—Sí, por favor —dijo Andrew.

—No te molestes en preguntarme a mí, viejo —murmuró Peggy.

—Lo siento, señora —dijo el camarero, inclinándose histriónicamente antes de alejarse.

—Me molesta, eso —dijo ella—. Yo bien podría ser una *sommelier*. El muy idiota.

Por un lado, Andrew estaba enamorado de la justificada furia de Peggy. Por el otro, temía que las chances de que hubiera pis en sus *linguine* acababan de aumentar en forma significativa.

Después de un vaso de vino y la llegada de las entradas, Peggy pareció relajarse un poco, pero había todavía una corriente subterránea de frustración y, como resultado, la conversación era difícil. Andrew comenzó a sentir pánico por los ratos cada vez más largos en que no hablaban. Estar callados durante las comidas era para parejas casadas de vacaciones, en tabernas bien iluminadas, a las que solo quedaba en común el resentimiento hacia el otro. Esto no iba de acuerdo con el plan, para nada. Lo que necesitaba era algo que los sacudiera. Su deseo fue concedido cuando un hombre con un abrigo amarillo, tirante sobre su enorme figura, se metió de golpe en el restaurante. Las mangas le cubrían las manos y llevaba una capucha sobre la cabeza, lo que causaba la sensación de que un niño enorme se abalanzaba sobre ellos. Mientras se acercaba, dando zapatazos en el piso, se arrancó la capucha de la cara, regando a algunos comensales con agua de lluvia. Varias cabezas se volvieron. La expresión de los rostros transmitía ese miedo particular que se produce cuando alguien actúa fuera de los límites normales en un espacio público. Es decir: *¿qué va a pasar?* Y: *¿voy a poder escapar primero si todo se desata?*

—Puedo estar equivocado —dijo Andrew, tratando de sonar calmado—, pero creo que acaba de entrar tu marido.

Peggy se volvió y se puso de pie de inmediato. Andrew apoyó las manos sobre su regazo y los miró, sintiéndose patéticamente asustado frente a la inevitable confrontación.

—¿Así que ahora me sigues? —dijo Peggy, las manos en la cintura—. ¿Qué tanto has estado parado allí? ¿Y dónde están las niñas?

—Con Emily, la de al lado —dijo Steve, en una voz tan baja que sonaba como si estuviera en cámara lenta.

—OK, y solo para confirmar, ¿no es otra mentira?

—Obvio que no —gruñó Steve—. ¿Y quién carajo es este comemierda?

En forma un poco optimista, Andrew esperó que no se refiriera a él.

—No te importa quién es —dijo Peggy—. ¿Qué demonios estás haciendo aquí?

—Me voy al baño —dijo Andrew, con una animación maníaca, como si esto lo volviera impermeable a un eventual golpe. El camarero se corrió para dejarlo pasar, la sonrisa sarcástica de nuevo en el rostro.

Cuando Andrew reunió el coraje para regresar a la mesa, no se veía ni a Peggy ni a Steve, y el abrigo rojo ya no estaba. Algunos comensales arriesgaron unas miradas de reojo en su dirección mientras se dirigía a su asiento. Otros miraban por la ventana, donde Andrew pudo ubicar ahora a Peggy y a Steve. Estaban parados en la calle, las capuchas puestas, gesticulando furiosamente.

Andrew se quedó rondando la mesa. Debía salir. Debía al menos fingir para sí mismo, si no para el resto del restaurante y para el maldito camarero mordaz, que iba a salir. Mientras tamborileaba sobre el respaldo de su silla, todavía decidiendo qué hacer, la mancha amarilla desapareció, como arrastrada por un torrentoso río, y Peggy volvió a entrar. Lucía como si hubiera estado llorando —era difícil saberlo, a causa de la lluvia— y el maquillaje corría por sus mejillas en dos líneas delgadas.

—¿Estás b...?

—Lo siento mucho, pero ¿podemos comer, por favor? —lo interrumpió ella con la voz ronca.

—Por supuesto —dijo Andrew, echándose más esquirlas de pan en la boca y consolándose con el hecho de que no había recibido un puñetazo en la boca de un gigante norteño.

Peggy iba a comer el último bocado de su plato cuando cambió de idea y dejó caer ruidosamente cuchillo y tenedor.

—Siento que te llamara comemierda antes —dijo.

—No hace falta que te disculpes —dijo Andrew, pensando que en realidad él debía disculparse por ser un cobarde—. Supongo que nos saltearemos los postres, ¿no?

La insinuación de una sonrisa regresó al rostro de Peggy.

—Espero que estés bromeando. Si alguna vez hubo una ocasión para un *sticky toffee* de emergencia, es esta.

El camarero vino a llevarse los platos.

—Supongo que no tiene un pastel de *sticky toffee* en el menú, ¿verdad? —preguntó Andrew, con su mejor intento de sonrisa ganadora.

—De hecho, señor, sí lo hay —respondió el camarero, aparentemente decepcionado de que así fuera.

—Oh, grandioso —dijo Peggy, haciéndole el gesto de levantar el pulgar.

———————

Ambos terminaron sus postres al mismo tiempo y apoyaron las cucharas en sus platos con un ruido simultáneo.

—¡Qué sincronía! —dijo Peggy—. Por cierto, ¿cuánta comida tengo en la cara?

—No tienes nada —respondió Andrew—. ¿Y yo?

—No más que la usual.

—Me alegra saberlo. En verdad, tienes un poco de...

—¿Qué?

—Rímel, creo.

Peggy tomó una cuchara y se miró en el reflejo. —Oh, por Dios, parezco un panda... deberías habérmelo dicho.

—Lo siento.

Se retocó las mejillas con una servilleta.

—¿Te molesta si te pregunto si todo está bien? —intentó Andrew.

Peggy siguió con el retoque. —No —dijo—. Pero no hay mucho que decir, así que... —Acomodó la servilleta en la mesa—. Esto puede sonar un poco raro, pero ¿puedo pedirte que hagas algo?

—Por supuesto —dijo Andrew.

—OK, cierra los ojos.

—Ehh, seguro —dijo Andrew, pensando que era el tipo de cosa que Sally solía obligarlo a hacer y que invariablemente terminaba con él dolorido.

—¿Puedes imaginar un momento en que Diane y tú fueron más felices que nunca? —dijo Peggy.

Andrew sintió que le subía el calor por las mejillas.

—¿Pensaste en algo?

Después de un momento, asintió.

—Cuéntamelo.

—¿Qué... qué quieres decir?

—Bueno, ¿cuándo fue? ¿Dónde están? ¿Qué puedes ver y sentir?

—Ah, OK.

Andrew inspiró profundo. La respuesta le llegó, no de algo escrito en una planilla, sino de bien adentro.

—Acabamos de terminar la universidad y empezamos nuestra vida juntos en Londres. Estamos en Brockwell Park. Es el día más caluroso del verano. El pasto está completamente seco, prácticamente quemado.

—Continúa...

—Estamos sentados espalda contra espalda. Nos damos cuenta de que necesitamos algo para abrir nuestras cervezas. Y Diane empuja su espalda contra la mía para tratar de levantarse. Casi se cae, y nos estamos riendo y estamos mareados por el calor. Se dirige a unos desconocidos, una pareja, para pedirles un encendedor. Ella sabe cómo usarlo para abrir una botella. Saca las tapas con una floreo y devuelve el encendedor. Camina de regreso hacia mí y puedo verla, pero todavía puedo ver a la pareja también. Los dos la miran. Es como que les ha dejado algo impreso, pensarán en ella durante el resto del día. Y me doy cuenta de qué afortunado soy y como no quiero que se acaba ese día jamás.

Andrew se sobresaltó. Tanto por la claridad de lo que acababa de ver como por las lágrimas que se acumulaban rápido bajo sus párpados. Cuando finalmente abrió los ojos, Peggy había desviado la mirada. Después de un momento, él le dijo: —¿Por qué querías saber eso?

Peggy sonrió con tristeza.

—Porque cuando trato de hacer lo mismo, no logro ver nada. Más que ninguna otra cosa, eso es lo que me hace pensar que no puedo ver un final feliz. La verdad es que le he dado un ultimátum: o se compone o ya fue. Bueh, estoy segura de que, sea lo que sea que ocurra, será para mejor.

Andrew sentía una peculiar mezcla de emociones. Furia ante ese joven ingenuo que había sido y dolor ante la visión de Peggy, un poco encorvada, con su actitud desafiante socavada por sus ojos llorosos. Pero había algo más. Se dio cuenta de que hasta ahora había estado demasiado ansioso por encontrar una excusa para acercarse a Peggy, que todo había girado demasiado en torno a él y al miedo de adónde se dirigía su vida. Parte de él había querido un motivo para ser capaz de dar un paso al frente y estar con ella, lo que significaba que quizás a una parte de él no le importaba si ella estaba mal. Bueno, si iba a ser así de cínico y egoísta, no merecía una amiga. Y ahora, mientras buscaba desesperadamente algo que decirle, comprendió que el dolor que sentía escondía una verdad distinta. En ese momento, no pensaba en sí mismo. Lo único que quería era hacer feliz a Peggy. El dolor estaba allí porque no sabía cómo.

– CAPÍTULO 14 –

La siguiente quincena estuvo dominada por la muerte. La forense parecía estar al teléfono casi a cada hora, luchando por recordar qué casos había discutido con ellos. ("Hablamos sobre Terrence Decker, ¿verdad? ¿En la calle Newbury? ¿Ahogado con un malvavisco? Oh, no, momento, ese era otro. O tal vez un sueño que tuve").

Era tal la cantidad de inspecciones domiciliarias que tenían que hacer que a veces Andrew y Peggy, con culpa, sacrificaban el respeto en nombre del pragmatismo y revisaban lo más rápido posible el caos y el desorden, o cuartos vacíos y sin alma. Los domicilios iban desde un dúplex abigarrado, incluida una rata muerta con una grotesca sonrisa en la cara, a una casa de siete habitaciones con un parque trasero, cuyo interior había sido invadido por telarañas y cuyos cuartos parecían estar llenos de secretos.

Peggy había estado mal incluso antes de que aumentara la frecuencia de las inspecciones. Andrew no sabía si acaso Steve había metido la pata de nuevo y ella se había visto forzada a cumplir con su ultimátum. La primera vez que la vio regresar del baño de la oficina con los ojos rojos e hinchados había comenzado a preguntarle si estaba bien, pero ella lo había interrumpido muy calmada y le había preguntado algo sobre un trabajo por hacer. Desde entonces, cada vez que la veía perturbada o la oía mantener una conversación acalorada por teléfono, se aseguraba de hacerle una taza de té, o de enviarle algún correo tonto sobre el último horror higiénico de Keith. Incluso intentó cocinarle unos bizcochos, pero el resultado se parecía más bien a algo que un niño podía usar como ojos de un muñeco de nieve, así que optó por comprarlos en una tienda. En cierto modo, no parecía suficiente.

Una tarde, durante un breve respiro en el área de descanso comiendo lo que Peggy llamaba "bananas alternativas" (un Twix y un KitKat Chunky, Andrew mencionó a Ella Fitzgerald.

—¿Es la del jazz? —preguntó Peggy con la boca llena de *nougat*.

—¿*La del jazz*? —exclamó Andrew. Estaba a punto de reprender a Peggy, pero entonces tuvo una idea. A la gente todavía le gustaba recibir compilados con una mezcla de canciones, ¿no? ¿Y qué mejor que Ella para levantar el ánimo? Si tenía sobre Peggy el mismo efecto que había tenido sobre él a lo largo de los años, podría ser incluso una revelación, un pilar de confort como el que había sido para él desde que la había escuchado tanto tiempo atrás. Y así comenzó una serie de noches agónicas, perdidas en escoger canciones que resumieran perfectamente la esencia de Ella. Quería capturar todo el espectro —las interpretaciones alegres y las tristes, las pulidas y las improvisadas—, pero también qué tan alegre, contagiosamente divertida podía ser en sus álbumes en vivo. Y las grabaciones descartadas y las bromas entre canciones le importaban tanto como la más hermosa melodía.

Después de la quinta noche, comenzó a preguntarse si no era una tarea imposible. Jamás sería el compilado perfecto. Solo podía esperar que lo que hubiera escogido tuviera la alquimia correcta para confortar a Peggy cuando lo necesitara. Decidió darse una noche más para terminarlo. Se derrumbó en su cama muy después de medianoche, con el estómago rugiendo de furia, y entonces se dio cuenta de que había estado tan absorto que se había olvidado de cenar.

Cuando le presentó el resultado en las escaleras afuera de la oficina, fingió un aire desinteresado para tratar de ignorar la irritante voz que le decía que lo que había hecho no era normal. —Por cierto, hice un compilado de Ella Fitzgerald para ti. Elegí algunas canciones que creo que te pueden gustar. Por supuesto, no tienes por qué escucharlas enseguida, o en los próximos días, o semanas, o cuando sea.

—Ah, gracias, cariño —dijo Peggy—. Te juro solemnemente que lo escucharé en los próximos días, o semanas, o cuando sea. —Dio vuelta al CD y leyó el reverso. Le había costado siete intentos escribir los nombres de las canciones con una letra aceptablemente prolija. Advirtió que Peggy lo miraba con un brillo en los ojos—. Por curiosidad, ¿cuánto te llevó hacer este "rejunte"? —le preguntó.

Andrew resopló con desdén y más saliva de la que pretendía. —Un par de horas, supongo.

Peggy abrió su bolso y arrojó el CD adentro.

—No tengo duda de que eres excelente haciendo compilados, Andrew Smith. Pero eres pésimo mintiendo. —Y, luego de eso, entró muy tranquila a la oficina. Andrew se quedó parado allí un momento, sonriendo, aunque un poco perplejo acerca de por qué parecía que Peggy se había llevado consigo su estómago, su corazón y varios otros órganos vitales al irse.

————————

No hay nada como una presentación con PowerPoint para aplastar un brote de felicidad, sobre todo una que incluya efectos visuales y de sonido. Cameron estaba particularmente complacido de haber conseguido que las letras se movieran en espiral al sonido de una máquina de escribir, para revelar muy alegremente que había habido un aumento del veintiocho por ciento en la cantidad de gente mayor que decía sentirse sola o aislada. Su *piece de resistance* era un vídeo de YouTube de un programa cómico de los noventa que no tenía relación alguna con la presentación, pero que según explicó, era "algo divertido". Se quedaron sentados en un rígido silencio, excepto por Cameron, que se reía con creciente desesperación. Justo cuando parecía que la maldita cosa iba a terminar, en la esquina inferior derecha de la pantalla apareció la notificación de un correo entrante:

Mark Fellowes
Re: posibles recortes

Cameron se apresuró a cerrar la notificación, pero ya era tarde. Siguió el resto del *sketch*, la risa grabada de la audiencia en horrible contraste con la nueva atmósfera en la oficina. Andrew no podía inferir si alguien iba a decir algo. Claramente previendo esto, Cameron cerró su laptop y salió a toda prisa, como alguien que acaba de ofrecer una breve declaración en la escalinata de un tribunal y escapa de los paparazzi, e ignorando a Meredith, que había comenzado a preguntarle lo obvio: de qué se trataba ese correo.

—Cagamos —comentó Keith.

———————

Esa misma mañana, algo más tarde, Peggy y Andrew llegaron para hacer la inspección del 122 de la calle Unsworth sintiendo una suerte de estrés postraumático.

—De verdad que no puedo perder este trabajo —dijo Peggy.

Andrew decidió mostrarse calmado en lugar de añadir leña al fuego.

—Seguro que todo resulta bien —dijo.

—¿Y te basas en que...?

—Mmm... —La calma lo abandonó enseguida—. ¿Ciego optimismo? —Se rio, nervioso.

—Me alegro de que no seas un médico que comunica a un paciente la probabilidad de su expectativa de vida —replicó Peggy.

Se pusieron su equipo protector. Andrew miró la ventana escarchada del 122 y deseó de todo corazón que estuvieran en cualquier otro sitio.

—Nada como revolver las cosas de un tipo muerto para distraerse, ¿eh? —dijo Peggy, poniendo la llave en la cerradura—. ¿Listo?

Empujó la puerta y dio un grito ahogado. Andrew se preparó para enfrentar lo que había detrás de ella. Debía haber realizado más de un centenar de inspecciones domiciliarias y todas, sin importar su estado, le habían dejado algo, un detalle sobresaliente: un adorno chillón, una mancha perturbadora, una nota que rompía el corazón. También había conservado olores, y no solo los horrendos: también había lavanda y aceite de motor y agujas de pino. Con el tiempo, ya no era capaz de relacionar el recuerdo con la persona o la casa. Pero cuando Peggy se corrió a un lado y vio, supo con certeza que jamás olvidaría a Alan Carter y el 122 de la calle Unsworth.

No estaba claro, al principio, qué era lo que veía. Los pisos, los radiadores, las mesas, los estantes —toda superficie disponible— estaban cubiertos con pequeños objetos de madera. Se agachó y tomó uno.

—Es un pato —dijo, sintiéndose estúpido por decirlo en voz alta.

—Creo que todos son patos —replicó Peggy, agachándose junto a él. Si esto era un sueño, Andrew no sabía a qué apuntaba su inconsciente.

—¿Son pequeños juguetes... era un coleccionista, o algo así? —sugirió.

—No sé... Diablos, sabes qué, supongo que los talló todos él mismo. Debe haber miles.

Había un camino en medio de las tallas, probablemente abierto por los primeros en llegar al sitio.

—Recuérdame quién es este —pidió Peggy.

Andrew encontró el documento en su bolso.

—Alan Carter. Sin pariente evidente, según la forense. Por Dios, sé que ha habido mucho trabajo, pero podría haber mencionado esto.

Peggy levantó uno de los patos de una mesa, pasó un dedo por la parte superior de la cabeza y luego lo deslizó por la curva del cuello.

—La pregunta que me surge, aparte de, por supuesto, "¿qué carajo?", por supuesto es... ¿por qué patos?

—Quizás simplemente le gustaban... los patos —sugirió Andrew.

Peggy se rio. —Me encantan los patos. Suze, mi hija, me pintó uno para el Día de la Madre hace unos años. Pero no soy tan fanática como para tallar un millón.

Antes de que Andrew tuviera la oportunidad de especular al respecto, hubo un golpe en la puerta. Fue a abrir, imaginando por un momento que del otro lado habría un pato de tamaño humano ofreciendo sus condolencias con una serie de solemnes graznidos. En cambio, había un hombre de pequeños ojos azules y pelo a lo Fraile Tuck.

—Noc, noc —dijo el hombre—. ¿Ustedes son del Concejo? Dijeron que estarían aquí hoy. Soy Martin, el vecino. Fui yo quien llamó a la policía por Alan, el pobre. Pensaba que podía... —Se fue apagando cuando vio las tallas.

—¿No sabía? —preguntó Peggy. El hombre sacudió la cabeza con desconcierto.

—No. Quiero decir, la cosa es que le golpeaba la puerta cada tanto, lo saludaba, pero eso era todo. Ahora que lo pienso, nunca abrió la puerta más que para mostrar la cara. Era muy retraído. —Señaló las tallas—. ¿Está bien si las miro más de cerca?

—Por supuesto —dijo Andrew. Intercambió una mirada con Peggy. Se preguntaba si ella había pensado lo mismo: que a pesar de toda la artesanía y el detalle, en algún punto tendrían que averiguar si los patos tenían algún valor como para pagar el funeral de Alan Carter.

———————

Cuando Martin, el vecino, se fue, Andrew y Peggy volvieron con reticencia al trabajo que los había convocado. Una hora después ya estaban empacando y preparándose para marcharse, después de que una minuciosa búsqueda produjera tan solo una muy prolija carpeta con las facturas de los servicios y una revista *Radio Times* que parecía enrollada solo para matar moscas, nada que les diera una pista sobre pariente alguno.

Peggy se detuvo en la puerta tan de golpe que Andrew

casi chocó con ella. Apenas si logró mantener su equilibrio, como un lanzador de jabalina después de un tiro.

—¿Qué hay? —preguntó.

—No quiero irme sin haber intentado absolutamente todo lo posible por descubrir si tiene familia, ¿entiendes?

Andrew miró el reloj. —Supongo que una pasada más no hace daño a nadie.

Peggy sonrió feliz, como si Andrew le hubiera dado permiso para ir otra vez a jugar en un castillo inflable en lugar de rebuscar en las pertenencias de un muerto.

—¿Un cuarto cada uno? —sugirió él.

Peggy hizo la venia. —¡Sí, señor!

Andrew pensó que tenía algo cuando encontró un pedazo de papel que se había caído detrás de los cajones de un armario, pero resultó ser una vieja lista de compras, amarilla por el paso del tiempo. Parecía que ya no había dónde buscar, pero entonces Peggy lo descubrió. La vio arrodillarse en el piso para alcanzar el otro lado de un refrigerador.

—Puedo ver un papel o algo así atrapado ahí.

—Espera —dijo Andrew. Tomó el refrigerador entre las manos y lo balanceó de un lado a otro en movimientos cortos para correrlo. Lo que fuera que había allí, estaba cubierto por una fina capa de mugre.

—Es una foto —dijo Peggy. Al limpiarla con su manga, dejó al descubierto a dos personas que los miraban con sonrisas avergonzadas, como si hubieran estado esperando durante un largo tiempo que alguien quitara la mugre y los expusiera. El hombre vestía un anorak y tenía una gorra metida bajo el brazo. Su cabello plateado libraba una batalla perdida contra el viento. Tenía pronunciadas patas de gallo alrededor de los ojos y unas ondulantes arrugas en la frente, como crestas en una duna. La mujer tenía un cabello marrón rizado y salpicado de gris. Vestía un cárdigan color malva y grandes aros a juego, lo que le daba un aire de adivina. Parecía tener unos cincuenta años y el hombre, quizás unos sesenta. El fotógrafo los había cortado en la cintura, lo que dejaba suficiente espacio para el cartel que se hallaba sobre sus cabezas y que decía: "Adonde vuelan los lirios". Había otros carteles detrás de ese, pero las letras estaban fuera de foco.

—¿Es de suponer que ese es Alan? —preguntó Andrew.

—Supongo —dijo Peggy—. ¿Y la mujer?

—Obviamente están juntos. ¿Esposa? ¿O exesposa? Espera, ¿es ese su nombre, en el cárdigan?

—Solo dice "personal", creo —dijo Peggy. Señaló el cartel—. "Adonde vuelan los lirios". Tengo la sensación de que debería saber qué es.

Andrew decidió que era razón suficiente para romper su regla y usar su teléfono.

—Es de un poema —dijo, desplazando la página hacia abajo—. Gerard Manley Hopkins:

He deseado ir
adonde las primaveras no fallan,
A campos donde no vuela, cortante y sesgado,
  el granizo
Adonde vuelan los lirios.

Peggy deslizó lentamente la punta de sus dedos sobre la foto, como si deseara extraer información por tacto.

—Oh, por Dios —dijo de pronto—. Creo que sé dónde es esto. Hay una gran librería de segunda mano cerca de donde vive mi hermana... eh, ¿cómo diablos se llama? —Sacudió la foto de un lado a otro, impaciente, mientras intentaba recordar, y así fue como avistaron algo escrito en el reverso en ladeada tinta azul:

"Cumpleaños de B, 4 de abril de 1992. Nos encontramos después del almuerzo en Barter Books y caminamos hasta el río. Luego comimos sándwiches en nuestro banco favorito y dimos de comer a los patos".

– CAPÍTULO 15 –

Andrew vio cómo el director del funeral dejaba una simple corona en la tumba sin lápida y se preguntó cuánto tardaría en marchitarse hasta desaparecer. Usualmente, el Concejo pagaba por las coronas, pero hacía poco, cuando había pedido dinero para comprar una, había terminado en un deprimente intercambio de correos, cada vez más tedioso y que no llevaba a nada. Al menos, todavía podía pagar los obituarios en el periódico local, en tanto redujera el texto al mínimo. En este caso, había logrado la extensión aceptable omitiendo el segundo nombre del difunto. La parquedad del aviso apenas dejaba lugar para el sentimiento: "Derek Albrighton, murió pacíficamente el 14 de julio a los ochenta y cuatro". Una de las pequeñas ventajas de las restricciones,

supuso, era que no le permitían ceder a la tentación de añadir: "después de una torta, en mitad de una paja".

Se encontró con Peggy en un café que daba a unas vías
de tren.

—¿Conoces las grúas, verdad? —dijo, mirando por la
ventana mientras Andrew se sentaba.

—¿Las grúas o las grullas? —preguntó Andrew.

—Las primeras, obviamente.

—Obviamente.

—Cuando ves una de esas enormes, junto a un rascacie-
los, ¿alguna vez te preguntas si tuvieron que usar otra grúa
para construir *esa* grúa? ¿O se erigió por sí misma? Supongo
que todo es una metáfora sobre cómo fue creado el universo. O algo así. —Un tren suburbano pasó traqueteando.

—Me alegro de estar sentado —comentó Andrew—. Es
mucho para digerir así nomás.

Peggy le sacó la lengua. —¿Qué tal fue hoy... apareció
alguien en la iglesia?

—Por desgracia, no.

—Ves, eso es lo que me preocupa —dijo Peggy, tomando
un sorbo de cerveza de jengibre.

—¿Qué quieres decir? —contestó Andrew, preguntándose si *él* debería empezar a beber cerveza de jengibre.

Peggy lucía algo cohibida. Buscó en su bolso y extrajo la
foto de Alan Carter y "B". —No puedo dejar de pensar en
esto —dijo.

Había pasado una semana desde la visita a la casa de
Alan, y Andrew había tratado de convencer a Peggy de

que habían hecho todo lo posible, de que se volvería loca si seguía pensando en ello, pero quedaba claro que no había dejado de hacerlo. Tomó la foto con reticencia. —Y estás segura de que es... ¿dónde, de nuevo?

—Barter Books. Es una librería de segunda mano en Northumberland. La busqué en Google para asegurarme y es definitivamente el lugar. Mi hermana se mudó a un pueblo cercano hace unos años y pasamos siempre por allí en camino a su casa.

Andrew estudió la ya familiar imagen de Alan y su sonriente compañera.

—No puedo soportar la idea de enterrarlo solo si hay alguien por ahí que lo amó y que debería estar allí, o al menos debería tener la oportunidad de estar.

—Pero esa es la cuestión, ¿no? —replicó Andrew—. Desgraciadamente, la dura verdad es que cuando logramos ubicar a esa gente, surge que hay una razón por la cual no han estado en contacto con el que murió.

—Sí, pero no siempre es el caso, ¿no? —dijo Peggy, con los ojos bien abiertos que imploraban a Andrew que entendiera—. Rara vez es por alguna pelea dramática. En el peor de los casos, se debió a una discusión estúpida por dinero, y la mayoría de las veces es por simple pereza. —Andrew iba a hablar, pero Peggy arrancó de nuevo.

—¿Qué de esa mujer a la que llamaste la semana pasada, la que perdió a su hermano? No tenía nada malo que decir de él. Solo estaba avergonzada porque no se había molestado en llamar o en visitarlo.

Andrew pensó de inmediato en Sally y sintió que el cuello le empezaba a picar.

—Quiero decir, qué mal está la sociedad —prosiguió Peggy—, y qué tan totalmente *británica*, para ser tan orgullosa y necia. Es decir... —Se detuvo, aparentemente consciente, por cómo se movía Andrew, de que no se sentía muy a gusto con la conversación. Cambió rápido de tema y ofreció comprarle una galleta "demasiado cara y posiblemente húmeda".

—No podría pedirte eso —dijo Andrew, alzando las manos con falsa seriedad.

—Oh, pero yo insisto —respondió Peggy. Mientras se dirigía a la barra, Andrew miró la fotografía de nuevo. Quizás no debería haber desalentado tanto el asunto. Quizás había una forma de intentarlo sin comprometerse tanto. Miró a Peggy, que se estaba tomando muy en serio el proceso de elegir las galletas, pese a la evidente impaciencia de la camarera. Como era habitual, Andrew había preparado su típico almuerzo esa mañana, pero había fingido que no lo tenía cuando Peggy le sugirió que salieran a almorzar. Miró la foto de nuevo. Quizás no hacía ningún daño hacerle caso.

—Entonces, ¿qué quieres hacer? —le preguntó, cuando ella regresó y le ofreció las galletas.

—Quiero ir hasta allí —dijo ella, golpeando la foto—. A Barter Books. Y encontrar a esa mujer... a "B".

—¿No es un poco... quiero decir, ¿no es increíblemente improbable que todavía trabaje allí?

Peggy rascó una imaginaria mancha en el mantel. Andrew entrecerró los ojos. —¿Los contactaste ya?

—Quizás —respondió Peggy, torciendo la boca como si tratara de esconder una sonrisa.

—¿Y?

Peggy se inclinó hacia delante y comenzó a hablar con una rapidez inusual hasta para ella: —Hablé por teléfono con una chica de allí y le conté el asunto, y le expliqué sobre la foto y en qué trabajo y que soy una cliente regular, y le pregunté si había alguien trabajando allí cuyo nombre empezara con B que tuviera pelo rizado marrón y gris, que podría ser más gris que marrón ahora, y si solía ver a alguien llamado Alan. —Se detuvo para respirar.

—OK. ¿Y?

—*Y*, bueno, dijo que no podía darme detalles sobre el personal, pero que había alguna gente que había estado trabajando allí por un buen tiempo y que estaba invitada a pasar por allí la próxima vez que visitara a mi hermana. —Peggy abrió muy ampliamente sus brazos como para decir *¿ves?*

—¿Así que lo que dices es que quieres ir a la librería por la escasa probabilidad de que la persona de la fotografía todavía trabaje allí? —resumió Andrew.

Peggy asintió enfáticamente, como si hablaran lenguas diferentes y al fin hubiera logrado hacerse entender.

—OK —dijo Andrew—, por hacer de abogado del diablo...

—Oh, te encanta hacer del maldito abogado del maldito diablo —dijo Peggy, arrojándole una miga.

—Digamos que es ella, la mujer de la foto. ¿Qué vas a

decirle? —Andrew le arrojó la miga de regreso, como para indicar que la pelota estaba en su cancha otra vez.

Peggy pensó un momento. —Creo que se me tendrá que ocurrir ese día. Actuar en el momento.

Andrew iba a hablar, pero Peggy se adelantó. —Oh, vamos, ¿cuál es el problema? —le dijo, estirándose y tomándole la mano, que estaba a mitad de camino hacia su boca con una galleta—. Escucha, ya lo tengo todo resuelto. Ni siquiera había pensado en unas vacaciones para este verano, pero Dios sabe que necesito una, y las niñas también, y —soltó la mano de Andrew y un pedazo de galleta cayó en la mesa—, Steve se ha estado quedando en lo de un amigo... De todos modos, mi plan es ir y ver a mi hermana en dos semanas y caer por Barter Books mientras estoy allí.

Andrew torció la cabeza de un lado a otro, sopesando el asunto. —OK, en verdad, si vas a ver a tu hermana, no es tan... loco.

Peggy guardó la foto de nuevo en su bolso.

—Te invitaría a venir, pero asumo que estarás ocupado con tu familia.

—Eeehh, bueno... —Andrew titubeó mientras trataba de pensar a la carrera. Parecía una genuina invitación, no una mera gentileza—. Tengo que chequear —dijo—, pero en verdad Diane estaba planeando llevar a los niños a visitar a su madre esa semana. En Eastbourne.

—¿Y tú no vas?

—No, probablemente no —contestó, forzando a su cerebro a acelerar el paso—. Yo, em, no me llevo bien con los padres de Diane. Es una larga historia.

—¿Ah, sí? —reaccionó Peggy. Era claro que no lo iba a dejar así, pero no era un tema que estuviera en la planilla de Andrew.

—Es complicado, pero, básicamente, a su mamá jamás le gustó que estuviéramos juntos porque siempre me vio como un mal candidato. Así que jamás nos hemos llevado bien y siempre hay una tensión cuando nos vemos —Peggy iba a decir algo, pero se detuvo.

—¿Qué? —preguntó Andrew, demasiado a la defensiva, con pánico de no haberla convencido.

—Oh, nada. Es solo que no puedo imaginar que alguien te considere mal candidato —dijo—. Eres demasiado... amable... y... ya sabes...

En verdad, Andrew *no* sabía. Aprovechó que por primera vez Peggy parecía algo avergonzada y pensó en qué debía hacer. Lo más simple sería quedarse en casa y evitar más preguntas sobre su vida familiar. Pero había algo en la idea de pasar toda una semana con Peggy —en lo que, además, sonaba como una aventura— que era demasiado excitante y aterrador como para perdérselo. Y si tenía que salir de su zona de confort, ¿qué? Tenía que hacerlo.

—En todo caso —dijo, tan casualmente como pudo—, lo pensaré. Hay una gran chance de que pueda ir. Y, ehh, no será raro que yo vaya, verdad.

No había pensado muy bien en esto último que acababa de decir y le salió a medias como pregunta normal y a medias como pregunta retórica.

Parecía que Peggy iba a responder, pero por suerte alguien de la mesa vecina volcó una jarra de té entera en el piso. Al instante, cinco empleados aparecieron de la nada y limpiaron el lío con la eficiencia de mecánicos de Fórmula Uno en la parada en boxes, y el momento pasó. Al parecer, Peggy había usado la distracción para hacer sus propios cálculos. —Si estás libre, deberías venir —dijo, una vez que el equipo de boxes terminó su tarea. Andrew reconoció el tono: era la forma en que hablaba alguien que intentaba convencer tanto a sí mismo como al interlocutor de que lo que sugería era buena idea.

Dejaron el café y caminaron la mayor parte del camino a la oficina sin hablar. Andrew espió a Peggy, vio su ceño fruncido y supo que, como él, estaba repasando la conversación en su mente. Cruzaron algunos semáforos y quedaron uno a cada lado de una mujer con un cochecito de bebé. Cuando volvieron a reunirse, se chocaron los brazos y ambos se disculparon a la vez, riéndose de su cortesía, rota la tensión del silencio. Peggy alzó una ceja. Para Andrew, era un gesto muy audaz. Como si estuviera a punto de admitir lo que ambos pensaban sobre el viaje: que era mucho más importante de lo que dejaban ver. Es más, Andrew advirtió de pronto que era una de las cejas más espectacularmente perfectas que había visto jamás y que su corazón había comenzado a latir inquietantemente rápido.

—¿Cómo es Barter Books, pues? —preguntó, intentando restaurar cierta normalidad en la conversación.

—Oh, es maravillosa —dijo Peggy. Estaba tratando de ponerse el abrigo, pero le costaba encontrar una de las mangas—. Es un lugar enorme y antiguo, con estantes y estantes de libros, y cómodos sofás por todas partes.

—Suena encantador —dijo Andrew. Por alguna razón, poner un pie delante del otro se había vuelto imposible. ¿Era así, realmente, como caminaba? Parecía tan poco natural.

—Lo es —dijo Peggy, logrando al fin meter el brazo en la manga—. Solía ser una estación de tren y han conservado la sala de espera y la convirtieron en un café. La mejor parte es que hay un tren a escala que corre por toda la librería alrededor de los estantes.

Andrew se quedó paralizado. Luego corrió para alcanzarla.

—¿Cómo dijiste?

– CAPÍTULO 16 –

Para consternación de Andrew, el viaje casi se vino abajo antes de que hubiera siquiera reservado los pasajes de tren.

Por razones desconocidas, a Cameron se le había dado por silbar para llamar la atención de la gente. Al principio había sido un bocinazo agudo y entusiasta. Pero más recientemente, en paralelo con su humor, se había convertido en algo grave y melancólico, como un granjero que da órdenes a su perro para una última salida antes de ser sacrificado.

Fue por este último método que Andrew fue convocado a su oficina. Había carpetas y documentos por todas partes, y tuvo que reunir una pila y mudarlas para liberar una silla en que sentarse. Con angustia, advirtió que la oficina había comenzado a parecerse a uno de esos cuartos que revolvía con guantes quirúrgicos y unas pinzas para la basura.

—Bien bien, Drew —dijo Cameron—. Las vacaciones que reservaste. En el futuro, por favor chequea las fechas con los demás, porque Peggy estará afuera al mismo tiempo y no es lo ideal. Por favor, sé un poco más astuto con estas cosas, ¿OK? Es el tipo de cosas que fácilmente se convierten en una avalancha.

—Ah, claro, sí —dijo Andrew. Peggy y él habían ocultado deliberadamente que se iban juntos, pero no pudo evitar disfrutar lo ilícito que se sentía. Advirtió que Cameron lo miraba, expectante.

—La próxima vez, lo confirmaré antes —dijo, rápido.

—Bien. Gracias —respondió Cameron.

Andrew esperaba que fuera el fin del asunto, pero al día siguiente estaba en su escritorio cuando escuchó voces airadas que salían de la oficina de Cameron. —Es absolutamente indignante —decía Meredith, con su habitual sutileza—. Lo siento, literalmente lo último que me gusta hacer es quejarme, pero no puedes decirme que no puedo tomarme vacaciones cuando quiero, es mi derecho. No veo por qué Andrew y Peggy pueden marcharse alegremente a la vez y yo no. Es ridículo. Es completamente injusto.

Cameron la siguió afuera de su oficina, retorciéndose las manos en un apretón alarmante de tan estrecho.

—Como te he dicho, Meredith —dijo, con voz ominosamente tranquila—, *puedes* tomarte vacaciones. Solo te he pedido que *no* te vayas la misma semana en que lo harán Peggy y Andrew.

—¿Y cómo se suponía que supiera cuándo iban a irse? No soy Meg La Adivina, ¿no?

—Se supone que debes planearlo con anticipación y mirar el registro —respondió Cameron.

—¿Qué?

—¡EL REGISTRO! ¡EL PUTO REGISTRO!

Cameron se cubrió la boca con las manos, más estupefacto que nadie, parecía, por su estallido. Fue entonces que Keith entró en la oficina desafinando un tarareo por un semitono, y con un sándwich para el infarto en la mano. Los miró de a uno por vez y dio un enorme mordisco. El kétchup le chorreaba por la barbilla.

—¿Qué me perdí? —dijo.

Andrew se levantó. Tenía que actuar rápido para no poner en peligro el viaje. —Mira, creo que lo que Cameron trataba de decir, Meredith, es que tenemos que asegurarnos de que este registro... o cosa... sea llenado de aquí en más. Es un problema de comunicación, nada más. Estoy seguro de que no fue su intención gritar. ¿Verdad, Cameron?

Cameron miró a Andrew como si recién ahora se diera cuenta de que estaba allí. —Sí —dijo—. Sí, así es. Una semana difícil. Clara y yo... No quiero entrar en detalles, pero... Lo siento.

Andrew decidió ignorar el comentario sobre Clara y arreglar rápido las cosas. —Estoy más que dispuesto a hacerme cargo de parte de tu trabajo de esta semana para compensarte, Meredith.

Peggy lo miraba con una ligera curiosidad, quizás tan sorprendida como él mismo de que se pusiera al frente de la situación. Lo sintió como una suerte de liberación: por un momento, experimentó lo que debía ser devolver comida fría en un restaurante o pedirle a la gente que se mueva en el subterráneo.

—Bien —dijo Meredith—. No compensa el no poder irme. Estaba planeando asistir a un retiro de yoga, que tendré que reprogramar. No es ideal, como imaginarás. Pero sí, estoy totalmente tapada de trabajo. Así que gracias, supongo.

—Yoga, ¿eh? —dijo Peggy lamiendo la tapa de un yogurt que había hecho aparecer como de la nada—. ¿Postura del perro boca abajo y toda esa mamada?

Andrew le hizo un gesto con los ojos.

—Quiero decir, es bueno para las articulaciones y todo eso, seguro —aclaró Peggy.

—Y la flexibilidad —añadió Meredith, mirando de reojo a Keith, quien hizo una sonrisita y dio otro enorme mordisco a su sándwich.

—Ya sé —dijo Cameron de pronto, con un desconcertante regreso a su estilo positivo—. ¿Qué tal si voy y compro un pastel para todos?

—¿Un... pastel? —dijo Andrew.

—Sí, Andrew. Un pastel. Un gran, hermoso pastel. Ahora mismo. Eso es lo que ustedes, trabajadores, necesitan. —Y antes de que nadie pudiera decir palabra se marchó, sin siquiera detenerse a coger su abrigo, aunque llovía de forma torrencial.

Keith se chupó los dedos.

—Cincuenta libras a que aparece en los periódicos de mañana.

Peggy puso los ojos en blanco. —No digas cosas así.

—Mis disculpas, *madame* —dijo Keith, en su mejor imitación de un estirado. Meredith soltó una risita—. Además —prosiguió Keith—, si se sale del medio, tal vez conservemos nuestros trabajos.

Nadie, al parecer, tenía algo que responder a esto. Solo se oyó el sonido de Keith dándole una última pulida a sus dedos.

———————

Vamos, vamos, vamos.

Andrew caminaba de aquí para allá —tanto como se puede ir de aquí para allá en el vestíbulo de un tren—. El tren iba a partir de King's Cross a las 9.04. Peggy y él habían acordado encontrarse a las 8.30 en el vestíbulo. En retrospectiva, tendría que haber sonado una alarma cuando ella dijo "8.30, más o menos". Ya le había enviado tres mensajes:

En el vestíbulo. Avísame cuando llegues; enviado a las 8.20.

Es en la plataforma 11. ¿Te encuentro allí?; enviado a las 8.50.

¿Estás cerca...?; enviado a las 8.58.

No podía escribir lo que en verdad quería, es decir: *¿DÓNDE DEMONIOS ESTÁS?*, pero esperaba que la elipsis transmitiera la esencia del asunto.

Asomó el pie a medias por la puerta del tren, listo para desafiar la fibra íntima de su ser y trabarla. Podía bajarse, claro, aunque habían comprado *específicamente* tiquetes en este horario que no se podían devolver —no que le importara eso, *obviamente*—. Maldijo por lo bajo y fue a toda prisa a retirar su bolso del portaequipaje. Idealmente, habría viajado con una pequeña maleta elegante, del tipo que uno ve rodando por Florencia junto a documentalistas de viajes de BBC4 vestidos con trajes de lino. Pero lo que tenía en realidad era una mochila enorme, engorrosa y de un púrpura brillante, en la que, en algún momento de su vida, solía cargar todas sus posesiones.

Aunque no había mejorado el equipaje, ni comprado un traje de lino para el caso, había gastado mucho, demasiado dinero en una extensa renovación de vestuario: cuatro nuevos pantalones, seis nuevas camisas, algunos zapatos de cuero y, más audaz, un blazer gris carbón. Además, se había hecho su corte de pelo trimestral, esta vez en un lugar de más categoría que el habitual, y había comprado una botella de loción de afeitar de un punzante limón que el barbero había salpicado sin control por sus mejillas y le daba olor a postre sofisticado. En aquel momento, al mirarse en el espejo del barbero con su nuevo atuendo y su nuevo corte de pelo, tuvo una grata sorpresa. ¿Sería ir demasiado lejos decir que lucía apuesto? ¿Quizás, incluso —si se animaba a decirlo—, a lo Sean Bean? Había esperado con secreta excitación la oportunidad de comprobar qué le parecía a Peggy, pero, para cuando llegó a la estación, la extrañeza de todo lo hizo sentirse aún más cohibido que lo habitual. Era como si todo el mundo lo juzgara. *Bueno, bueno, bueno*, parecía estar pensando el hombre que se hallaba en el local de comida rápida Upper Crust, mientras examinaba despectivamente su chaqueta, *una elección audaz para un hombre de mediana edad que claramente todavía usa un combinado de champú y gel de ducha.*

Andrew sintió una picazón en la cintura y se dio cuenta, para su vergüenza, de que había dejado la etiqueta en su camisa. La retorció y comenzó a tironear y arrancar hasta que al fin salió. La arrojó en un bolsillo y miró su reloj.

Vamos, vamos, vamos.

Quedaban dos minutos para la partida. Resignado, se puso la mochila en la espalda, y casi se cayó. Echó una última mirada a la plataforma. Y allí, milagrosamente, flanqueada por sus dos niñas, agitando los tiquetes frente al guarda y atravesando a toda prisa las barreras, estaba Peggy. Las tres se reían, apurándose una a la otra. También Peggy cargaba una mochila ridículamente abultada y mal asegurada, que se sacudía violentamente de lado a lado mientras corría. Sus ojos escancaban los vagones... hasta que lo vio. —Allí está Andrew —le oyó decir—. Vamos, lentejas, ¡corran hasta Andrew!

Solo estaban a unos metros. Se sintió sobrecogido por el desesperado deseo de detener y capturar para siempre ese momento. Ver a Peggy corriendo hacia él, ser necesitado, participar activamente en la vida de alguien más, pensar que quizás era algo más que un trozo de carbón conducido lentamente hacia un ataúd sin barniz, era un sentimiento de una pura, casi dolorosa felicidad, como un abrazo desesperado que le exprimía el aire de los pulmones. Y fue entonces que lo comprendió: podía no saber qué depararía el futuro —el dolor y la soledad y el miedo todavía podrían reducirlo a polvo—, pero sentir la mera posibilidad de que las cosas pudieran cambiar era un comienzo, como la primera insinuación de calor de dos ramitas frotadas entre sí, la primera voluta de humo.

– CAPÍTULO 17 –

Andrew trabó la puerta del vagón para mantenerla abierta, atrayéndose tanto la ira del guarda de la plataforma como la desaprobación sin medida de los pasajeros de la antesala. Peggy metió frenéticamente a las niñas en el tren antes de saltar adentro ella misma, y Andrew liberó la puerta.

—Bueno, esa es probablemente la cosa más rebelde que he hecho jamás —dijo—. Imagino que es como uno se siente después de lanzarse de un avión.

—Qué alborotador eres —dijo Peggy, luchando por recuperar el aliento. Cuando le puso los ojos encima, pareció examinarlo de arriba abajo—. Guau, luces...

—¿Cómo? —preguntó Andrew, pasándose una mano por el pelo, cohibido.

—Nada, solo… —Peggy quitó una hilacha de su blazer—. Diferente, nada más.

Se quedaron mirándose a los ojos por un momento. El tren arrancó.

—Busquemos los asientos —dijo Peggy.

—Síp. Buena idea —respondió Andrew, y, sintiéndose audaz—: "Adelante Mac…. encantadora… duff".

Para alivio de Andrew, Peggy se había vuelto hacia sus hijas, que estaban esperando muy pacientes detrás, y no pareció escucharlo. Decidió dejar la audacia para otro día. Quizás cuando estuviera muerto.

—Niñas, saluden a Andrew —dijo Peggy.

Andrew había sentido aprensión respecto de conocer a las niñas de Peggy y había consultado al subforo. Esperó que terminara primero un animado pero amable debate sobre la mejor forma de reemplazar bulones de las válvulas de distribución en las ruedas antes de dirigir la conversación hacia los nervios que sentía de conocer a las hijas de Peggy.

Puede sonar raro, escribió BamBam, pero el mejor consejo que puedo dar es que no les hables como a niños. Nada de esa tontería condescendiente de hablar despacio. Descubren esa mierda a una milla de distancia. Hazles muchas preguntas y trátalas esencialmente como si fueran adultas.

Entonces, con sospecha y desconfianza, pensó Andrew. Pero replicó "¡Gracias, guey!", y se atormentó durante las dos horas siguientes sobre las implicaciones de ser una de esas personas que usan la palabra "guey".

Según resultó, la mayor, Maisie, los ignoró alegremente durante todo el viaje y solo levantó la cabeza de su libro para preguntar dónde estaban o qué significaba determinada palabra. Por el contrario, su hermana menor, Suze, usaba el juego de "¿Preferirías tal o cual cosa?" para todas sus conversaciones, lo que hacía las cosas infinitamente más fáciles de lo que Andrew había imaginado. Tenía un brillo en los ojos que daba la sensación de que siempre estaba a punto de reír, lo que le hizo difícil considerar las preguntas con la gravedad que claramente exigían.

—¿Preferirías ser un caballo que puede viajar en el tiempo o un mojón que habla? —fue su último dilema.

—¿Puedo hacer preguntas antes? —le pidió Andrew—. Eso es lo que Peggy, tu mamá, quiero decir, y yo hacemos normalmente.

Suze bostezó mientras deliberaba al respecto. —Síi, OK —aceptó, aparentemente satisfecha con la legalidad del asunto.

—OK —respondió Andrew, súbitamente consciente de que tanto Peggy como Suze lo miraban con mucha atención y tratando de no sentirse avergonzado—. El caballo, ¿puede hablar?

—No —dijo Suze—, es un caballo.

—Es cierto —concedió Andrew—. Pero el mojón puede hablar.

—¿Y qué?

Andrew no tenía una respuesta.

—El problema que tienes —observó Peggy—, es que estás tratando de aplicar la lógica a la pregunta. La lógica no es tu aliada en esto.

Suze asintió sabiamente. A su lado, Maisie cerró los ojos

y resopló, frustrada por las constantes distracciones. Andrew se aseguró de bajar la voz.

—OK, elijo el caballo.

—Obvio —dijo Suze, perpleja, al parecer, de que le hubiera costado tanto llegar a esa conclusión. Abrió un paquete de sorbetes de limón y después de una breve reflexión, se lo ofreció a Andrew.

Mientras el tren serpenteaba hacia Newcastle, con el Tyne Bridge brillando bajo el sol, Peggy sacó la fotografía de Alan y "B".

—¿Qué piensan, chicas? ¿Creen que vamos a encontrar a esta mujer?

Maisie y Suze se encogieron de hombros al unísono.

—Tienen razón —dijo Andrew.

—Ey —se quejó Peggy, pateándole suavemente la canilla— ¿de qué lado estás tú?

———————

Imogen, la hermana de Peggy, era, según su propia definición, "de las que abrazan". Andrew no tuvo más opción que someterse a su enorme abrazo de oso. Los condujo a su casa en un carro pegado con una alarmante cantidad de cinta *gaffer*. Andrew se sentó atrás con las niñas, sintiéndose como un extraño hermano mayor.

Era evidente que Imogen había estado ocupada esa mañana: la cocina estaba llena de pasteles, bizcochos y budines, para la descripción de muchos de los cuales Andrew carecía de vocabulario.

—Veo que provees a festivales populares enteros ahora —dijo Peggy.

—Oh, ya, todos ustedes necesitan engordar —replicó Imogen. Andrew se alegró de que, aunque los abrazos eran obligatorios, las pullas se limitaran a la familia.

Más tarde, con las niñas ya en la cama, Imogen, Peggy y Andrew se acomodaron en la sala y vieron a medias una comedia romántica. Por suerte, Imogen interrumpió una nefasta escena que incluía fluidos corporales para preguntar sobre Alan y los patos.

—Jamás has visto algo semejante, créeme —dijo Peggy.

—Bueno, es muy dulce lo que están haciendo —dijo Imogen, ahogando un bostezo—. Quiero decir, están locos, claro...

Peggy comenzó a argumentar de nuevo. Estaba sentada con las piernas subidas a un lado y un bretel de su vestido caído de su hombro. Andrew sintió un dolor en alguna parte de su estómago. Entonces se dio cuenta de que Imogen lo estaba mirando. Más específicamente, miraba cómo *él* miraba a Peggy. Desvió la vista y se concentró en la TV, aliviado de que el cuarto estuviera suficientemente a oscuras como para esconder el rojo de sus mejillas. Tuvo la impresión de que Imogen no era alguien que se dejaba engañar fácilmente, y apenas lo pensó, ella interrumpió las críticas de Peggy sobre el acento irlandés de la protagonista.

—¿Qué piensa tu esposa de las chances de encontrar a esta persona, Andrew? —preguntó.

Bueno, ¿*qué* pensaba?

—En verdad, no dijo mucho —respondió él.

—Interesante —comentó Imogen.

Andrew deseó que acabara allí, pero Imogen habló de nuevo.

—Pero tenía curiosidad, ¿no?

—*Imogen...* —dijo Peggy.

—¿Qué? —replicó esta.

—Para ser honesto, no tiendo a hablar mucho del trabajo en casa —agregó Andrew, lo cual, se dijo, era *técnicamente* cierto.

—¿Cuánto tiempo han estado juntos? —preguntó Imogen.

Andrew mantuvo los ojos fijos en la pantalla.

—Oh, mucho tiempo.

—¿Y cómo se conocieron?

Andrew se rascó la nuca. No estaba de humor para esto.

—Nos conocimos en la universidad —dijo, de modo tan casual como le fue posible—. Fuimos amigos un tiempo, unidos sobre todo por nuestro odio hacia todos los idiotas de nuestro curso, o al menos hacia aquellos a los que se les había dado por usar birretes. —Tomó un sorbo de vino. No sabía por qué, pero se sentía compelido a seguir—. Tenía una forma de mirarme por encima de sus anteojos, solía hacerme sentir como débil. Y jamás había encontrado a alguien con quien resultara tan fácil hablar. En cualquier caso, estábamos en una fiesta y ella me tomó de la mano y me sacó de todo el ruido y la gente y, bueno, así fue. —Andrew se miró la mano. Era de lo más extraño: podía prácticamente sentir cómo se la aferraba con firmeza y lo guiaba, confiada, fuera de ese cuarto.

—Ah, encantador —dijo Imogen—. Y no estaba intrigada por el hecho de que vinieras.... con Peggy —añadió con intención.

—¡Imogen! —reaccionó Peggy—. No seas tan maleducada. Recién lo conoces.

—No, no, está bien —dijo Andrew, ansioso de que no terminara en una pelea. Afortunadamente se le presentó una salida impecable.

—De hecho, mejor la llamo ahora, si me disculpan. —Se le había dormido la pierna izquierda por cómo había estado sentado, así que tuvo que cojear hasta el cuarto de huéspedes tan rápido como pudo, un soldado herido que se retira de la tierra de nadie. El cuarto estaba helado, la ventana había quedado abierta. Se preguntó si debía fingir la llamada en caso de que alguien lo escuchara. Podía inventar algo genérico sobre cómo había sido el viaje, lo que había comido en la cena, el tipo de cosas que imaginaba la gente decía en la vida real.

En la vida real. Lo iban a cortar en pedazos por esto. Se derrumbó sobre la cama. De la nada, la melodía sonó en su cabeza —*Blue moon, you saw me standing alone*— y luego el acople y la estática, como una ola rompiendo contra una roca. Trató de sacársela de encima, tan desesperado por que terminara que acabó boca abajo en la cama golpeando el cobertor con sus puños y ahogando sus gritos en la almohada.

Al fin, amainó. Se quedó tirado en el silencio, los puños apretados y falto de aliento, rezando para que no hubieran oído los gritos. Se miró en el espejo del tocador, pálido y cansado, y súbitamente sintió desesperación por estar de nuevo en el living con un vaso de vino en la mano y la televisión de fondo y —aunque la mitad sospechara de él— la compañía.

No estaba seguro de por qué, pero se detuvo fuera de la puerta de la sala, suficientemente abierta como para oír a Imogen y Peggy, que hablaban por lo bajo.

—¿Crees en serio que a su esposa le parece bien esto?

—¿Por qué no? Recuerda que ella está de viaje. Con sus padres. No se llevan bien con Andrew, aparentemente.

—No es eso lo que quiero decir, y lo sabes.

—¿Qué? —siseó Peggy.

—Oh, vamos, ¿de veras crees que no está interesado en ti?

—No te voy a contestar.

—OK, entonces, ¿estás tú interesada en *él*?

Pausa.

—...Tampoco te voy a contestar eso.

—No creo que haga falta.

—Por favor, podemos cambiar de...

—Sé que las cosas están como la mierda con Steve, pero esta no es la solución.

—No tienes idea de cómo están las cosas con Steve.

—Por supuesto que sí, soy tu hermana. Obviamente está de nuevo haciendo de las suyas. Y cuanto antes lo dejes, mejor. Es como papá, todo el tiempo pidiendo perdón y diciendo que no va a ocurrir otra vez. No puedo creer que seas tan ingenua.

—Basta. Ya basta, ¿OK?

Hubo una pausa. Luego, Peggy habló de nuevo.

—Mira, es encantador estar aquí. Tú sabes cómo te adoran las niñas, cómo... —la voz se le quebró un poco—, cómo te quiero yo también. Solo quiero relajarme unos días, recuperarme. Si las cosas terminan como van, con Steve, con el trabajo, necesito estar en forma para lidiar con ello.

Otra pausa.

—Oh, cariño, lo siento —dijo Imogen—. Es solo que me preocupo por ti.

—Lo sé, lo sé —dijo Peggy, la voz ahogada por lo que Andrew supuso era otro abrazo de oso de Imogen.

—¿Peg?

—¿Sí?

—Pasa los bizcochos.

—*Tú* pásame los bizcochos, estamos a la misma distancia.

—La misma pelota —retrucó Imogen, y Peggy soltó una risita ligeramente llorosa.

Andrew retrocedió unos pasos, tanto para calmar el golpeteo de su corazón como para darle alguna autenticidad a su entrada.

—Hola, hola —dijo. Peggy estaba sentada en el sofá donde él había estado antes para mirar su teléfono que se estaba cargando cerca, lo que significaba que tenía que elegir entre sentarse junto a ella o a Imogen. Peggy le sonrió; la luz de la TV mostraba la humedad de sus ojos.

—¿Todo... bien? —preguntó él.

—Oh, sí —respondió Imogen, dando palmaditas al espacio que tenía a su lado—. Pon tu culo aquí.

Andrew se sintió aliviado de que alguien decidiera por

él, aun cuando perdiera la oportunidad de estar más cerca de Peggy.

—Acabemos con estos pendejos —propuso Imogen, dividiendo los bizcochos que quedaban.

—¿Te comunicaste? —preguntó Peggy.

—¿Eh? Ah, sí. Gracias.

—Qué bueno —dijo Imogen—. La señal es mala en esa parte de la casa.

—Debo haber tenido suerte —dijo Andrew.

Fue entonces que su teléfono —que había quedado en la repisa de la chimenea donde lo había dejado cuando llegaron por la tarde— comenzó a sonar.

– CAPÍTULO 18 –

sí que, sí, tengo dos teléfonos. Uno es para el trabajo, lo tengo hace mucho. No estoy seguro de que Cameron lo sepa, así que, ya sabes, ¡mejor no digas nada!

Andrew seguía repasando una y otra vez en su mente su incoherente explicación. Ni Peggy ni Imogen parecían tener idea acerca de qué estaba farfullando, por lo que siguió y siguió, cavándose una fosa aún más profunda. Afortunadamente, habían seguido mirándolo en blanco, como dos aburridos funcionarios de aduanas que ignoran los desesperados intentos de un viajero por explicar su situación, y el clímax de la comedia proveyó suficiente distracción para que cambiaran de tema.

Andrew había asumido que irían a Barter Books a la mañana siguiente, pero Peggy e Imogen tenían otros planes.

Lo que siguió fue un par de días de viajes en bote a las Farne Islands —donde Andrew fue cagado sin consideración por un frailecillo (para delicia de Suze)—, ventosas caminatas por la costa con intermitentes paradas de té y pasteles (para delicia de Imogen), seguidas de deliciosas cenas en la casa y dos ocasiones en que Peggy se quedó dormida en el hombro de Andrew (para extrema delicia de Andrew).

Solo en el cuarto de huéspedes, pensó en la conversación que había escuchado.

"OK, entonces, ¿estás tú interesada en él?"

"...Tampoco te voy a contestar eso".

Interesada en él. ¿Podía no referirse a un interés romántico? Quizás se trataba de un exclusivo interés antropológico y Peggy estaba planeando tomar notas científicas: *Un espécimen bajo, al que se observa ponerse frecuentemente en ridículo.* Fuera cual fuese el caso, Peggy se había rehusado a contestar y Andrew había mirado suficientes episodios de *Newsnight** como para saber que con ello evitaba decir la verdad. Solo deseaba que Imogen hubiera insistido con todo, a lo Paxman.

———

Finalmente, a la mañana siguiente se dirigieron a Barter Books. Andrew tenía la sensación de que Peggy había estado

———

* NdT: Programa periodístico británico. Uno de sus conductores, Jeremy Paxman, es conocido por su estilo agresivo al entrevistar a sus invitados.

demorando la visita, no porque hubiera perdido interés, sino porque temía que terminara en un fracaso.

Las niñas se habían quedado con Imogen, que había prometido hacer un pastel con tanto chocolate que pondría al mayor comilón en coma diabético. Peggy había tomado prestado el Astra de Imogen, luego que esta le explicase los diversos problemas del carro y cómo lidiar con ellos, que sobre todo suponía golpear e insultar.

—Bastardo —gruñó Peggy, tirando violentamente de la palanca de cambios para adelante y para atrás, y bromeando sobre cómo había hecho llorar a su primer novio, lo que llevó a Andrew a abrir la ventanilla.

Pasaron un cartel que decía que se hallaban a quince millas de Alnwick.

—Estoy un poco nervioso —dijo Andrew—. ¿Y tú?

—No sé. Sí. Un poco —dijo Peggy, pero concentrada en el espejo retrovisor, porque entraban en una carretera de doble mano.

Cuantas más millas recorrían, más tenso se sentía Andrew, porque, cuanto más cerca estaban de la librería, más cerca estaban del fin de su aventura. Muy probablemente regresarían a casa desanimados por la derrota y Alan sería enterrado con ellos dos y un vicario indiferente por toda compañía. Y luego volverían a la rutina.

Pasaron otra señal de Alnwick. Cinco millas, ahora. Alguien sin imaginación había pintado la palabra "mierda" en rojo furioso sobre el cartel. Recordó algo que había visto al volver de un inusual viaje con la escuela al Ashmolean Museum en Oxford. El cielo era de un rosa fuerte; sus ojos seguían los cables del telégrafo recortados contra él, como una partitura musical vacía, cuando notó las grandes letras pintadas en blanco sobre una cerca a la distancia: "¿Por qué hago esto cada día?". Había conservado el recuerdo, pese a que en ese momento no había entendido el mensaje, destinado a captar la atención de los que viajaban por allí cada día de casa al trabajo. Era como si su inconsciente le dijera: *Esto no significa mucho para ti por ahora, porque eres demasiado joven y tu mayor preocupación es si Justin Stanmore te va a pellizcar de nuevo, pero dale unos treinta años y vas a caer en la cuenta.*

Se sentó derecho.

Quizás debía decir toda la verdad a Peggy. Ahora. Aquí. En un Vauxhall Astra recalentado sobre una vía de doble mano.

Se removió en el asiento, medio excitado, medio aterrorizado por la posibilidad. Todo podía salir a la luz. No solo sus cada vez más fuertes sentimientos por ella, sino también la gran mentira. Peggy lo odiaría, quizás jamás volvería a hablarle, pero acabaría... *esto*. La miseria implacable de seguir aferrándose a algo que apenas si le proveía ya solaz alguno. La revelación le llegó como una señal de radio a través de la estática: una mentira solo podía existir en oposición a la verdad, y la verdad era la única cosa que lo liberaría de su dolor.

—¿Por qué te estás retorciendo tanto? —preguntó Peggy—. Eres como mi viejo perro, arrastrando el culo por el piso.

—Perdón —dijo Andrew—. Es solo que...

—¿Qué?

—...Nada.

————————

Andrew perdió de vista a Peggy casi en el mismo momento en que entraron en la librería. Su atención fue atraída de inmediato por lo que ocurría cinco pies arriba de su cabeza. Una hermosa locomotora de un verde oscuro —si no se equivocaba, una Accucraft Victorian NA Class— se deslizaba sin esfuerzo por una pista montada sobre las pilas de libros. Los pasillos estaban unidos por carteles con versos. El más cercano decía:

Esa luna naciente que nos busca de nuevo—Cuán a menudo saldrá y se pondrá después de esta noche

El tren pasó otra vez, dejando una suave brisa detrás.

—Estoy en el paraíso —murmuró para sí. Si algo podía calmarle el pulso después de lo que casi había ocurrido en el carro, era esto. Sintió que había alguien a su lado. Al mirar, vio a un hombre alto con un cárdigan gris, las manos juntas detrás de la espalda, que miraba el tren. Intercambiaron un saludo en silencio.

—¿Le gusta lo que ve? —preguntó el hombre. Andrew solo había oído esa frase en boca de mandonas madamas de burdel en representaciones de época, pero, aun fuera de contexto, *sí* que le gustaba lo que veía.

—Hipnotizante —dijo. El hombre asintió, con los ojos brevemente cerrados, como diciendo: "Bienvenido a casa, viejo amigo".

Andrew respiró profundamente y se sintió realmente calmado. Se volvió despacio para contemplar el resto del lugar. No era el tipo de persona que usa la palabra "onda", pero si lo *fuera*, la onda de Barter Books era una que "le cabía", para tomar prestada una de las viejas frases de Sally. Era tan pacífico, tan tranquilo. La gente revisaba los anaqueles con una suerte de reverencia y las voces, un susurro. Cuando alguien tomaba un libro, lo hacía con la delicadeza de un arqueólogo que extraía una cerámica antigua del suelo. Había leído que lo que había ganado fama a la librería era que allí se había creado el póster original de "Mantén la calma y sigue adelante". Y aunque había engendrado miles de variaciones detestables —Meredith tenía una taza en la oficina con el eslogan "Mantén la calma y practica yoga", posiblemente la frase más prosaica jamás inscripta en cerámica—, aquí parecía un emblema perfecto.

Pero no estaban aquí por la atmósfera. Encontró a Peggy hundida en una silla que parecía casi obscenamente confortable, con las manos detrás de la nuca y una sonrisa satisfecha en la cara.

—Uff —protestó, cuando Andrew se acercó—, supongo que mejor lo hacemos ya, ¿no?

—Creo que sí —respondió él.

Peggy lo miró con decisión y le extendió las manos. Al principio Andrew las miró sin entender. Luego reaccionó y la puso de pie. Se quedaron parados uno al lado del otro, hombro contra hombro, frente a la educada fila que se dirigía a las cajas.

—OK —dijo Andrew, frotándose las manos como para sugerir trabajo—. ¿Vamos y les preguntamos si "B" trabaja aquí?

—A menos que tengas una idea mejor —contestó Peggy.

Andrew negó con la cabeza. —¿Quieres hablar tú?

—No —dijo Peggy—. ¿Tú?

—No especialmente, a decir verdad.

Peggy frunció los labios. —¿Piedra, papel o tijera?

Andrew se volvió hacia ella. —¿Por qué no?

—Uno, dos, tres.

Papel, papel.

—Uno, dos, tres.

Piedra, piedra.

Otra vez. Andrew pensó en elegir tijera, pero a último minuto cambió a piedra. Esta vez, Peggy eligió papel. Atrapó la mano de él con la suya.

—Papel cubre piedra —dijo, suavemente.

Estaban muy cerca, las manos todavía se tocaban. Era como si el ruido se hubiera apagado y todos los ojos los mirasen, como si hasta los libros estuvieran conteniendo la respiración. Entonces, Peggy dejó caer su mano. —Oh, Dios —susurró—. Mira.

Andrew se obligó a darse vuelta, de modo que quedaron lado con lado de nuevo. Y allí, en las cajas, con una taza de té en la mano y los anteojos colgando del cuello, había una mujer con ojos verdes y pelo rizado gris. Peggy arrastró a Andrew del brazo hasta el café.

—Es ella, sin dudas. ¿No? —dijo.

Andrew se encogió de hombros; no quería alimentar sus esperanzas. —Podría ser —dijo.

Peggy lo aferró de nuevo, esta vez para apartarlo del camino de una pareja de edad que arrastraba lentamente hacia su mesa unos carros cargados de bollos y tazas de té.

Una vez acomodados, el hombre se puso a untar de crema su bollo con una mano temblorosa. Su esposa lo miraba con reprobación.

—¿Qué? —preguntó el hombre.

—¿Crema antes de la mermelada? Qué tontarrón.

—Es así como hay que hacerlo.

—Seguro. Tenemos esta pelea cada vez. Es al revés.

—¡Tonterías!

—¡No es ninguna tontería!

—Sí que lo es, demonios.

Peggy puso los ojos en blanco y empujó suavemente a Andrew hacia adelante. —Vamos —dijo—. Ya hemos perdido mucho tiempo.

Mientras se dirigían hacia las cajas, el corazón de Andrew comenzó a latir más y más rápido. Solo cuando llegaron hasta la mujer y ella alzó la vista de su crucigrama se dio cuenta de que Peggy le había cogido la mano. La mujer dejó su bolígrafo y preguntó con voz suave pero ligeramente rasposa, de fumadora, en qué podía ayudarlos.

—Le va a parecer una pregunta un poco extraña —dijo Peggy.

—No te preocupes, querida. Sí que me han preguntado cosas extrañas aquí, créeme. Un tipo belga me preguntó unos meses atrás si vendíamos libros sobre bestialismo. Así que, adelante. —Peggy y Andrew se rieron algo mecánicamente.

—De acuerdo —dijo Peggy—. Queríamos preguntarle, bueno, si su nombre empieza con "B".

La mujer sonrió intrigada.

221

—¿Es una pregunta capciosa?

Andrew sintió que Peggy le apretaba la mano.

—No —le dijo.

—En ese caso, sí —respondió la mujer—. Soy Beryl. ¿Le he vendido un libro cuestionable a alguien, o algo así?

—No, para nada —dijo Peggy, mirando a Andrew.

Era el pie para que sacara la fotografía del bolsillo y se la diera. La mujer la tomó y hubo un brillo de reconocimiento en sus ojos.

—Mi Dios —dijo, mirando a uno y otro—. Esto exige otra taza de té.

– CAPÍTULO 19 –

Beryl reaccionó ante la noticia de la muerte de Alan con una exhalación corta y triste, como un globo inflado una semana atrás que finalmente admite la derrota.

Hasta entonces, Andrew solo había notificado a familiares por teléfono, jamás cara a cara. Ver la reacción de Beryl en persona era desazonador. Preguntó lo que él esperaba que preguntara —cómo había muerto, quién lo había encontrado, dónde y cuándo sería el funeral—, pero tuvo la sensación de que se guardaba algo. Y luego, claro, estaba lo otro...

—¿Patos?

—Miles —dijo Andrew, mientras servía té en las tazas.

Peggy mostró a Beryl que Alan se refería a alimentar patos en la anotación detrás de la fotografía. —Supusimos que tenía algo que ver con esto.

Beryl sonrió, pero sus ojos comenzaron a llenarse de lágrimas. Tomó un pañuelo de su manga para secarlas.

—Recuerdo ese día. Era un invierno horrible. Mientras caminábamos hacia el banco habitual, vimos un carro de helados aparcado a un lado de la calle. El hombre que estaba dentro parecía tan deprimido que fuimos y le compramos dos helados para levantarle el ánimo. Los comimos antes que los sándwiches, ¡nos sentíamos tan bohemios!

Se llevó la taza a los labios con las dos manos y las gafas se le empañaron.

—¿Recuerda cuándo tomaron la fotografía?

—Oh, sí —dijo Beryl, limpiando las gafas con su pañuelo—. Queríamos una de nosotros en la tienda, porque es donde nos conocimos. Le llevó diez visitas a Alan juntar el coraje para hablarme, saben. Nunca he visto a alguien pasar tanto tiempo fingiendo examinar libros sobre maquinaria agrícola de Yorkshire del siglo dieciocho. Al principio pensé que tal vez simplemente amaba la agricultura, o Yorkshire, o ambas, pero luego me di cuenta de que estaba parado allí porque era la mejor forma de mirarme a escondidas. Una vez lo vi sosteniendo al revés un libro sobre sembradoras. Ese fue el día en que finalmente se acercó y dijo "hola".

—¿Y se hicieron pareja enseguida? —preguntó Peggy.

—Oh, no, no por mucho tiempo —dijo Beryl—. Era un mal momento. Yo apenas me había divorciado y no había sido fácil para nada. Si lo pienso ahora, no sé por qué puse tantos reparos. Parecía que debía hacer una pausa para que las cosas se asentaran. Alan dijo que entendía que necesitara tiempo, pero eso no le impidió seguir viniendo y fingir que le importaba la maldita agricultura durante las siguientes seis semanas, aprovechando para saludar en cada hueco entre clientes.

—¿Seis semanas? —repitió Peggy.

—Cada día —dijo Beryl—. Aun cuando falté cinco días por amigdalitis. Aun cuando mi jefe le dijo que no iba a venir durante toda la semana. Finalmente, tuvimos nuestra primera cita. Té y bollos glaseados, en este mismo café.

Los interrumpió una empleada que retiraba ruidosamente la vajilla de la mesa de al lado. Ella y Beryl intercambiaron frías sonrisas. —Esa es la peor —la criticó Beryl cuando la mujer se alejó, sin más explicaciones.

—¿Pero estuvieron juntos después? —indagó Peggy.

—Sí, nos volvimos inseparables. Alan es... ah, supongo que debería decir *era*, carpintero. Su taller estaba en su casa, por esta calle, cerca del pequeño cementerio. Me mudé con él después de Navidad. Yo tenía cincuenta y dos. Él tenía sesenta, pero jamás lo habrías dicho. Podía pasar por alguien mucho más joven. Tenía piernas grandes y fuertes como troncos.

Andrew y Peggy se miraron. Al final, Beryl comprendió cuál era el interrogante implícito.

—Supongo que se preguntan por qué ya no estábamos juntos.

—Por favor, no se sienta obligada a decirnos —dijo Andrew.

—No, no, está bien.

Beryl se compuso mientras limpiaba sus gafas de nuevo.

—Todo se debió a mi relación con mi exmarido. Nos

habíamos casado cuando teníamos veintiuno. Todavía niños, la verdad. Y creo que ambos nos dimos cuenta, tan pronto como llegamos a casa en nuestra noche de bodas y nos dimos un casto besito en la mejilla, de que no nos amábamos como era debido. Lo aguantamos durante años, pero al final yo no pude soportarlo más y decidí terminar. Allí mismo tomé la decisión —golpeó la mesa con los nudillos para enfatizarlo— de que si compartía mi vida con alguien sería por amor y nada más. No porque fuera lo que se hacía, o por la compañía. Y que a la primera señal de que la cosa se volvía rutinaria, de que habíamos dejado de amarnos, se acababa. Pim, pam, pum. Me iría.

—¿Y eso es lo que pasó con Alan? —preguntó Peggy.

Beryl tomó otro sorbo de té y regresó con cuidado la taza al plato.

—Estábamos muy enamorados al principio —dijo. Miró a Andrew con aire travieso—. Quizás quiera taparse los oídos en esta parte. Prácticamente pasamos los primeros años en la cama. Esa es la cosa con alguien que trabaja con sus manos. Muy habilidoso, ¿ve? En cualquier caso, más allá de *esa* parte, fuimos felices durante largo tiempo. Aunque su familia se había largado mucho tiempo antes y la mía jamás había aceptado el divorcio, no importaba. Éramos nosotros contra el mundo, ¿sabe? Pero, después de un tiempo, Alan comenzó a cambiar. Fue sutil al principio. Decía que estaba demasiado cansado por el trabajo, o pasaba días sin afeitarse o sacarse el pijama. A veces, lo encontraba... —Se le quebró la voz y se aclaró la garganta.

Peggy le tomó las manos. —Está bien —dijo—. No tiene

que... —Pero Beryl sacudió la cabeza y palmeó la mano de Peggy para mostrar que podía seguir.

—A veces lo encontraba sentado con las piernas cruzadas en el piso del cuarto de estar, la espalda contra el sofá, mirando al jardín por las puertas de vidrio. No leía. No escuchaba la radio. Solo estaba sentado allí.

Andrew pensó en su madre en la oscuridad de su cuarto. Inerte. Escondida. Incapaz de enfrentar el mundo.

—Era un tipo orgulloso —dijo Beryl—. Jamás me habría admitido que estaba sufriendo lo que fuera que fuese. Y yo nunca pude encontrar las palabras justas, o el momento adecuado para preguntarle. Y después fue la espalda. Fuera psicosomático, o yo qué sé, tenía que dormir en otro cuarto, porque de otro modo me habría molestado al levantarse, o eso decía. Después, una noche estábamos cenando, mirando alguna porquería en la tele, y de la nada se volvió y me dijo: "¿Recuerdas lo que me dijiste justo después de que nos conocimos, lo que harías si dejaras de amar a la persona con la que estabas?". "Sí", dije. "¿Todavía lo piensas?", me dijo. "Sí", dije. Y lo *pensaba*. Debería haber dicho algo para reconfortarlo, por supuesto, pero supuse que él sabía que todavía lo amaba tanto como siempre. Le pregunté si estaba bien, pero solo me besó la cabeza y se fue a lavar los platos. Yo estaba preocupada, pero pensé que tenía uno de sus días malos. A la mañana siguiente, me fui a trabajar como siempre, pero cuando volví a casa ya no estaba allí. Había una nota. Todavía recuerdo tener el papel en la mano, que temblaba como loca. Decía que sabía que yo ya no lo amaba. Que no quería causarme dolor alguno. Se había marchado.

No dejó una dirección ni un teléfono. Nada. Intenté encontrarlo, claro. Pero, como saben, no había familia a la que contactar y no tenía amigos que yo conociera. Incluso averigüé para conseguir un, como se llama... un investigador privado, pero siempre me persiguió la idea de que tal vez me había mentido, de que se había ido con otra mujer. Al ver esto, sin embargo —tomó la fotografía—, y oír sobre esto de los patos... Bueno, ustedes dirán. —Al decirlo, se le escapó un sollozo y se llevó ambas manos al pecho—. Quizás debería haberme esforzado más, después de todo.

———————

Tras asegurarse de que Beryl estaba bien, y con promesas de volver a verla pronto, Andrew y Peggy salieron de la librería como quien sale del cine: parpadeando en la luz del sol, absorbidos por la historia que les acababan de contar.

Se quedaron parados en el estacionamiento, revisando sus teléfonos. En verdad, Andrew estaba pasando para arriba y para abajo su corta lista de mensajes —ofertas de pizzerías donde jamás había ordenado, estafas, tonterías del trabajo—. No podía sacudirse la desesperada tristeza de la historia de Beryl.

Peggy miraba a la distancia. Una pestaña se le había caído en la mejilla. Parecía como una mínima fractura en una pieza de porcelana. Cerca, en algún lugar, la bocina de un carro sonó estridente y Andrew buscó y tomó la mano de Peggy. Ella lo miró sorprendida.

—Vamos a caminar —propuso él.

Dejaron el estacionamiento y caminaron de la mano hacia el centro del pueblo. Andrew no había planeado ir hacia allí, pero parecía lo correcto, como si fueran atraídos por una fuerza invisible. Caminaron por la calle principal, eludiendo padres con carritos y grupos de turistas que se habían ido quedando quietos como si se les hubieran agotado las baterías. Luego, siguieron hasta el Castillo Alnwick, con sus banderas rojas y amarillas de Northumberland tirantes en la brisa. Rodearon el castillo sin hablar por el campo que circundaba; el césped recién cortado se les pegaba en los zapatos. Y fueron más allá, pasando a unos niños que se arrojaban una gastada pelota de tenis y a pensionistas que descansaban en mesas de picnic mirando las caprichosas nubes que rodeaban al sol. Y todavía más allá, siguiendo un camino trazado por otros pies, hasta que al fin llegaron a un río y encontraron un banco solitario y medio cubierto de musgo al borde del agua. Se sentaron a escuchar el borboteo y a ver cómo los juncos luchaban por mantenerse erguidos contra la corriente. Peggy estaba muy derecha, las manos en el regazo, una pierna cruzada sobre la otra. Los dos estaban muy quietos, en contraste con el torrente del río, como las figuras que Andrew colocaba en el piso de su sala. Pero aun en la quietud había movimiento. El pie de Peggy se sacudía de forma casi imperceptible a cada segundo, como un metrónomo. Se debía, comprendió Andrew, no a tensión o nerviosismo, sino al latir de su corazón. Y de pronto lo invadió de nuevo la sensación de que todo era posible: de que, en tanto subsistiera ese movimiento, también subsistiría la capacidad de amar. Y ahora su corazón latía más y más rápido, como si el poder del río estuviera empujando la sangre por sus venas, urgiéndolo a actuar. Sintió que Peggy se movía.

—Entonces —dijo ella, con un casi imperceptible temblor en la voz—. Pregunta rápida. Con los bollos, ¿untas la mermelada o la crema primero?

Andrew lo pensó.

—No estoy seguro de que realmente importe... —dijo—, cuando lo pones en perspectiva. —Luego se inclinó, tomó la cara de Peggy entre sus manos y la besó.

Habría jurado que oyó a un pato graznar en alguna parte.

– CAPÍTULO 20 –

Era justo decir —si uno fuera a examinar y profundizar en los datos, y luego extrajera conclusiones de los mencionados datos— que Andrew estaba, hasta cierto punto, borracho. Bailaba en la sala de Imogen con una risueña y mareada Suze, acompañando a voz en cuello *"Happy Talk"*, de Ella. Ya eran los más estrechos amigos.

No podía creer del todo lo que había ocurrido. Había experimentado el momento en que había tomado a Peggy de la mano y partido sin saber adónde como algo extrasensorial. El recuerdo era vívido y borroso a la vez. Habían estado sentados en ese banco durante largo tiempo, frente contra frente, los ojos cerrados, hasta que Peggy rompió el silencio. —Bueno. No estoy totalmente segura de haberlo visto venir.

Mientras volvían al carro, Andrew se sentía drogado. Había pasado todo el viaje de regreso tratando de dejar de sonreír. Miraba cómo pasaba el campo, la ocasional aparición del sol, los rayos brillando en la superficie. Un día soleado de agosto en Inglaterra. Perfecto.

—Qué día —dijo Peggy cuando volvieron a lo de Imogen, como si hubieran salido a dar un paseo y se hubieran cruzado con el nido de un pájaro poco común en el piso.

—Oh, no sé. Cosa de todos los días para mí —dijo Andrew. Se inclinó para besarla, pero ella se rió y lo alejó gentilmente.

—¡Para! ¿Y si alguien nos ve? Y antes de que digas nada, antes podía haberse tratado de un simple pensionado en un banco, no de... —*Imogen o las niñas*, era lo que pensaba sin decirlo. No se había roto el encanto del todo, pero con certeza se había dañado. Andrew iba a salir del carro, pero Peggy hizo la exagerada mímica de mirar alrededor antes de acercarse y darle un beso en la mejilla, para luego arreglar su maquillaje en el espejo. Andrew apenas pudo contenerse de ir a la casa saltando.

Se contentó con bailar las canciones de Ella en la sala. Maisie, que hasta entonces los había ignorado sumariamente en favor de su novela, esperó a que terminara la canción antes de preguntar quién era la cantante. Andrew unió sus manos como en una solemne plegaria. —Esa, amiga mía, era Ella Fitzgerald. La más grande cantante que ha existido.

Maisie hizo un apenas perceptible gesto de asentimiento.
—Me gusta —dijo, en el tono de alguien que interviene

tranquilamente para terminar un feroz debate, antes de volver a su libro.

Andrew iba a buscar una nueva canción, —estaba de humor para *"Too Darn Hot"* a continuación— y, más importante, conseguir otra cerveza en el refrigerador del garaje, cuando Peggy apareció en la sala y pidió a las niñas que la ayudaran a poner la mesa.

Andrew tomó una nueva cerveza y se desplomó en el sofá, permitiéndose absorberlo todo. Dejó que la música lo inundara, escuchó las voces animadas que venían del pasillo y olió los deliciosos aromas que flotaban de la cocina. Era embriagador.

Decidió que debería ser parte de algún programa oficial: todo el mundo debería tener derecho al menos a una noche al año en que pudiera hundirse en almohadones cómodos, con el estómago rugiendo a la espera de ravioles y vino tinto, oyendo la charla en otra habitación y sintiendo, en un brevísimo parpadeo, que le importaba a alguien más. Solo ahora podía ver de verdad qué engañado había estado en pensar que la fantasía que se había creado podía ser siquiera el más borroso facsímil de la cosa real.

Después de haber escuchado *"Too Darn Hot"*, se dirigió a la cocina y preguntó si podía hacer algo.

—Puedes ayudar a las niñas —le indicó Peggy.

Andrew hizo la venia, pero Peggy se había dado la vuelta y se lo perdió. Imogen y ella estaban cortando, pelando y cocinando muy cerca una de la otra, pero, como obedeciendo a una cuidadosa coreografía, se las arreglaban para no molestarse. Andrew, en cambio, totalmente mareado por la cerveza, se convirtió pronto en una presencia molesta al tratar de ayudar. Estar en una cocina ajena implicaba que todo lo que buscaba parecía estar en un sitio completamente ilógico. Cuando abrió confiado el cajón de los cubiertos, todo lo que encontró fue la garantía de una tostadora; y el aparador que debería haber albergado los vasos contenía una novedosa huevera en forma de cerdo ahuecado y algunas velas de cumpleaños.

—Andrew, Andrew —dijo Imogen, tratando de no transmitir su frustración, mientras él intentaba abrir un falso cajón a su lado—, los vasos están arriba a la izquierda, tenedores y cuchillos aquí, jarra para el agua allí, sal y pimienta aquí. —Señaló cada cosa como un entrenador de fútbol que indicaba a los defensores a quiénes debían marcar.

Tendida la mesa, Andrew se sentó con otra cerveza y algunas Pringles que Suze le había traído (con dos saliéndole de la boca para que pareciera que tenía un pico de pato), y se empapó del lugar. La cocina, como el resto de la casa, estaba bien mantenida, pero tenía mucha personalidad —un montón de flores en un jarrón muy particular en un alféizar, un grabado en la pared con la imagen de una mujer cocinando y bebiendo de una copa, con la leyenda "Me encanta cocinar con vino. A veces, hasta lo pongo en la comida"—. Las ventanas se habían empañado y mostraban marcas de manos y el dibujo algo torcido de un corazón.

—Nunca sé si se supone que uno coma la parte de arriba de los pimientos —dijo Peggy, dirigiéndose a nadie en particular—. No quiero que nadie se descomponga, pero tampoco desperdiciar. Termino yendo al cubo de basura, lo mordisqueo hasta que llego y tiro lo que queda.

Mi Dios, pensó Andrew, incapaz de contener un hipo, *creo que estoy enamorado*.

Como dice el viejo adagio: después de la cerveza, el vino es divino. Pero con *seis* cervezas antes de *media botella* de vino, uno se marea y cree que la historia que quiere contar es mucho más importante que la de nadie más.

—Sí, así que sí —balbuceó—, ... sí.

—¿Estabas en la cocina? —lo ayudó Imogen.

—¡Sí, Imogen, estábamos! Pero entonces pensamos que mejor revisábamos el cuarto, porque allí es donde usualmente dejan el dinero, si es que tienen... efectivo, entiendes, metido en una media o una bolsa de compras bajo el colchón. Así que, así que, fuimos... ¿no es cierto, Peggy?

—A-já.

—Y la impresión que habíamos tenido hasta ese momento era que el hombre había sido más bien tranquilo, normal...

—Andrew, no estoy segura de que esto sea apropiado... ¿las niñas?

—¡Ohhhhh, va a estar bien!

Peggy le tomó la mano bajo la mesa y se la apretó firmemente. Solo mucho más tarde comprendería que no había sido un gesto afectuoso sino un intento de que dejara de hablar.

—Así que el cuarto estaba vacío aparte de una televisión, y yo la encendí por accidente y he aquí que...

—Andrew, hablemos de otra cosa, ¿OK?

—...ihabía estado viendo una película porno llamada *Concha al Norte!*

Peggy habló por encima de su voz, de modo que el impacto del remate se diluyó.

—Vamos, niñas, ¿jugamos a las cartas o algo así? —dijo Imogen—. Maisie, puedes ayudarme a enseñarle a Suze.

Mientras Maisie iba a buscar las cartas, Andrew —como es propio de los borrachos— decidió de pronto que era imperativo ayudar cuanto le fuera posible, con suficiente ostentación como para ser alabado por ello.

—Yo lavo todo —anunció con determinación, como si se ofreciera a entrar en un edificio en llamas para rescatar unos niños. Después de un rato, Peggy se acercó al fregadero, donde él luchaba por ponerse unos guantes de goma.

—Ey, tú, el de poco aguante —dijo, en voz baja. Sonreía, pero había una firmeza en su voz que contribuyó a devolverle algo de sobriedad.

—Perdón —dijo—. Me dejé llevar un poco. Es que... ya sabes. Me siento muy... feliz.

Peggy iba a decir algo, pero se contuvo. En cambio, le apretó un hombro. —¿Por qué no vas y te relajas en la sala un rato? Eres el invitado, no deberías ocuparte de lavar.

Andrew habría protestado, pero Peggy estaba muy cerca, con su mano en su brazo, el pulgar acariciándolo suavemente, y sintió que quería hacer exactamente lo que le pedía.

Las niñas e Imogen habían abandonado por un momento las cartas para ver qué tan rápido podían jugar a choco, choco, la, la; choco, choco, te, te; choco, la, choco, te; ¡cho-co-la-te!, las manos casi esfumadas por la velocidad, y se caían de risa cuando al fin perdían la coordinación. Andrew escuchó el fin de la conversación mientras se iba.

—Esa pasta que comimos recién —dijo Maisie.

—Sí, querida —la animó Imogen.

—¿Era al dente?

—Creo que era Jamie Oliver,* cariño —respondió Imogen, riéndose de su propio chiste. *Al menos no soy el único que está borracho*, pensó Andrew. Se derrumbó sobre el sofá, sintiéndose súbitamente exhausto. Toda esa euforia era muy cansadora, pero no impedía que quisiera que el día durara por siempre. Solo necesitaba descansar los ojos un minuto.

———————

En el sueño, se hallaba en una casa extraña vestido con su traje protector para una inspección, excepto que comenzaba a sentir que lo apretaba hasta sofocarlo. No podía recordar qué se suponía que debía buscar; tenía la sensación de que era algo relacionado con unos documentos. "Peggy, ¿qué era lo que estábamos buscando?", gritaba. Pero la respuesta de ella llegaba ahogada y, aunque miraba en todos los cuartos, no podía hallarla. Y luego estaba perdido, y aparecían más

---

* NdT: Chef británico popular que ha hecho programas de televisión y es dueño de cadenas de restaurantes.

y más cuartos, así que cada vez que cruzaba un umbral se hallaba en un lugar que no reconocía, y llamaba a Peggy y pedía ayuda y su traje estaba empezando a constreñirlo tanto que creía que se iba a desmayar. Y había música, chirriante y desafinada, tan grave que le vibraba en todo el cuerpo. La canción era de Ella, pero la voz sonaba como a media velocidad. *Bluuuue mooooon, you saw me standing aloooonnne.* Andrew trató de gritar que alguien la apagara, que pusieran cualquier cosa —cualquier cosa— menos eso, pero no salió sonido alguno de su boca. Y luego estaba de nuevo en su propio apartamento y Peggy se hallaba en un rincón, de espaldas, pero cuando se aproximaba y gritaba su nombre, con la música que subía todo el tiempo de volumen, veía que no era Peggy sino alguien con cabello marrón y ondulado y un par de gafas de marco anaranjado en la mano. Y luego las gafas se deslizaban entre los dedos y caían en cámara lenta hacia el piso...

—Andrew, ¿estás bien?

Andrew abrió los ojos. Estaba en el sofá y Peggy se hallaba inclinada sobre él, sosteniéndole un lado de la cara con una mano. *¿Era real?*

—Perdón... no sabía si despertarte, pero parecía que tenías una pesadilla —dijo Peggy.

Andrew parpadeó y cerró los ojos.

—No tienes que pedir perdón —murmuró—. ...Nunca... jamás tienes que pedir perdón. Tú eres la que me ha salvado.

– CAPÍTULO 21 –

Creéme, te hará bien.

Andrew tomó con mano temblorosa la lata de Irn-Bru que le ofrecía Peggy y probó a beber un sorbo.

—Gracias —dijo, con voz ronca.

—Nada como un viaje de cuatro horas y media en un tren que huele a pis para curar la resaca —dijo Peggy.

Suze codeó a Maisie y le hizo un gesto para que se quitara los auriculares. —Mamá dijo "pis" —le contó. Maisie puso los ojos en blanco y volvió a su libro.

No iba a beber jamás, eso era lo único que sabía. La cabeza le latía y cada vez que el tren tomaba una curva sentía una horrible punzada de náuseas. Pero mucho peor eran las imágenes incompletas de la noche anterior. ¿Qué había dicho? ¿Qué había hecho? Recordaba que Peggy e Imogen lucían molestas. ¿Fue cuando había comenzado tres veces la misma frase, cada vez más alto y con más urgencia ("yo estaba... En todo caso, yo estaba... YO ESTABA") porque parecía que no prestaban atención? Al menos se las había arreglado para llegar a la cama en lugar de dormir en el sofá, pero —carajo— recordaba ahora que Peggy prácticamente había tenido que arrastrarlo hasta allí. Por suerte, no se había quedado lo suficiente para ponerse aún más en ridículo. Idealmente, ahora deberían estar recreando el espíritu de excitación y aventura que había antes, pero Andrew tenía que dedicar todos sus esfuerzos a no vomitarlo todo. Para empeorar las cosas, había un niño pequeño sentado exactamente detrás de él que pateaba su asiento mientras formulaba a su padre una serie de preguntas cada vez más complejas:

—Papá, ¿papá?

—¿Sí?

—¿Por qué el cielo es azul?

—Bueno... Es por la atmósfera.

—¿Qué es la atmósfera?

—Es el poco de aire y gas que evita que nos queme el sol.

—¿Y de qué está hecho el sol?

—Yo... mmm... ¿Por qué no buscamos tu oso, Charlie? ¿Adónde se fue El Oso Billy, eh?

Espero que El Oso Billy sea el apodo de un sedante fuerte, pensó Andrew. Trató de quedar inconsciente por mera fuerza de voluntad, pero fue inútil. Notó que Peggy lo miraba con los brazos cruzados y la expresión inescrutable. Apretó los ojos y entró en un patrón horriblemente desagradable de dormirse y despertarse de golpe, casi de inmediato. Al fin logró dormitar, pero cuando se despertó, esperando estar al menos al sur de Birmingham, resultó que estaban parados por una rotura antes siquiera de York.

"Nos disculpamos por la demora", dijo el conductor. "Parece que tenemos algún tipo de problema técnico". Sin saber, aparentemente, que no había apagado el micrófono, el conductor les ofreció un vistazo de la trastienda: "¿John? Sí, estamos cagados. Tendremos que tirar a todo el mundo en York, si acaso conseguimos un empujón hasta allí".

Después de que el mencionado empujón se produjo, Andrew y Peggy sacaron sus bolsos del tren junto con cientos de pasajeros cuyos *phasers* estaban en la posición "refunfuñar", elevada a "carta de tono fuerte" cuando les dijeron que el nuevo tren tardaría cuarenta minutos en llegar.

La breve siesta había revivido a Andrew lo suficiente para que ahora pudiera, con horrible claridad, considerar en toda conciencia cómo había arruinado las cosas. Estaba deliberando sobre cómo encarar con cuidado la posibilidad de que quizás Peggy y él pudieran *tener una pequeña charla sobre, ya sabes, todo*, cuando ella regresó del café con patatas fritas y manzanas para las niñas y cafés para Andrew y para ella, y dijo, —OK, tenemos que hablar. —Se inclinó y besó a Suze en la coronilla.

—Solo un minuto, cariño. Iremos a estirar las piernas, pero no lejos.

Caminaron un poco por la plataforma.

—Entonces —dijo Peggy.

—Mira —dijo Andrew rápido, maldiciéndose por interrumpir, pero desesperado por disculparse lo antes posible—. Siento mucho lo de anoche; como bien dijiste, es claro que no tengo resistencia al alcohol. Y sé, en especial, que es muy estúpido hacer eso cuando es lo que ha estado haciendo Steve. Te prometo, por mi vida, que no volverá a ocurrir".

Peggy cambió su café de mano.

—Primero —dijo—, emborracharte con unas cervezas y ponerte un poco tonto no te convierte en Steve. Te convierte en un poco tonto. Steve tiene un problema de verdad. —Sopló su café—. No te dije esto, pero fue despedido del trabajo por beber. Tenía una botella de vodka en un cajón, el idiota.

—Oh, Dios, qué mal —dijo Andrew.

—Está recibiendo ayuda, según dice.

Andrew se mordió el labio. —¿Le crees?

—Realmente no sé. De hecho, para ser honesta, lo único de lo que puedo estar segura en este momento es de que todo es un gran lío y que no hay forma de que alguien no salga herido. —Se oyó el alegre tema musical que precede a los anuncios. Sobre la plataforma, todo el mundo alzó la oreja, pero era solo una advertencia sobre un tren que se acercaba pero que no se detendría allí.

—Sé que es complicado —dijo Andrew, solo porque sonaba como lo que la gente decía en ese tipo de conversación.

—Lo es —dijo Peggy—. Y puedes ver que quizás mi cabeza ha estado como en otra parte últimamente. Quizás es por eso por lo que no he estado pensando debidamente y he sido un poco, bueno... imprudente.

Andrew tragó fuerte.

—¿Quieres decir conmigo?

Peggy se apretó el cabello detrás de la cabeza y lo soltó.

—Escucha, no digo que me arrepiento de lo que ocurrió ayer, ni por un segundo, y lo digo sinceramente.

Se venía un "pero". Andrew podía sentirlo avanzar más rápido que el tren.

—Pero... la cosa es... —Mientras Peggy trataba de pensar lo que iba a decir, se oyó el bocinazo familiar del tren que advertía a la gente que se apartara—. Solo pienso —dijo Peggy, acercándose a Andrew, la boca junto a su oído para que la escuchara pese al ruido del tren que aceleraba hacia ellos—, que no quiero que te entusiasmes, y que esto debería ser tan solo algo encantador que ocurrió. Una sola vez. Porque conocerte y hacernos amigos ha sido algo inesperado y maravilloso. Pero solo podemos ser amigos.

El tren rugió al pasar y desapareció en el túnel. Andrew deseó muy fervientemente estar a bordo.

—¿Tiene sentido? —preguntó Peggy, dando un paso atrás.

—Sí, claro —respondió Andrew, agitando una mano en lo que esperaba fuera un gesto de restar importancia. Peggy le tomó la mano.

—Andrew, por favor, no te enojes.

—No estoy enojado. De veras. En lo más mínimo.

Por la forma en que Peggy lo miraba, comprendió que fingir carecía de sentido. Se le hundieron los hombros.

—Es solo que... Realmente sentí que había algo entre nosotros. ¿Podemos al menos darle una chance?

—Pero no es tan fácil, ¿no? —replicó Peggy. Andrew

jamás se había sentido tan patéticamente desesperado. Pero tenía que seguir, tenía que tratar.

—No, tienes razón. Pero no es imposible. Podemos divorciarnos, ¿no? Es una opción. Va a ser duro, obviamente, con los niños y todo, pero podemos encontrar un modo. Un modo de ser una familia.

Peggy le puso una mano en la boca, los dedos repartidos sobre sus labios. —¿Cómo puedes ser tan ingenuo? —dijo—. ¿En qué universo ocurre eso tan lisa y rápidamente, con todos los problemas resueltos y ningún puto dolor? No somos adolescentes, Andrew. Hay consecuencias.

—Me estoy adelantando, lo sé. Pero lo de ayer tiene que contar para algo, ¿no?

—Por supuesto que sí, pero... —Peggy se mordió el labio y se tomó un momento para recomponerse—. Tengo que pensar en las niñas, y eso implica asegurarme de estar en el mejor estado mental posible para estar allí cuando me necesiten, pase lo que pase.

Andrew iba a hablar, pero Peggy lo cortó.

—Y, de momento, dado lo que he pasado con Steve, lo que realmente necesito, aun si resulta difícil de escuchar, es un amigo que me comprenda con la mejor intención, que esté allí para apoyarme. Alguien honesto, en quien pueda confiar.

———————

Les habían prometido un tren de reemplazo, pero lo que significaba en realidad era que debían apelotonarse en el siguiente, que ya estaba lleno. Era un sálvese quien pueda, pero Andrew se las arregló para colocarse junto a una puerta para permitir que Peggy y las niñas entraran primero, antes de que algunos oportunistas se le adelantaran. Al final, sin esperanzas de llegar hasta ellas, se vio obligado a sentarse, incómodo, sobre su estúpida mochila púrpura en el vestíbulo. La puerta del baño de enfrente estaba rota y se abría y cerraba, soltando un coctel de olores que combinaba pis y químicos. A su lado, dos adolescentes miraban en un iPad una película en que dos señoras mayores interpretadas por hombres travestidos grotescamente pedorreaban y caían sobre tortas, lo que los adolescentes observaban sin una chispa de emoción.

Cuando al fin llegaron a King's Cross y salieron cansadamente del tren, Andrew advirtió que había perdido su tiquete. Ni se molestó en argumentar y pagó para que lo dejaran pasar. Al otro lado de la barrera, Suze tenía la expresión evidente de un niño fastidiado después de un viaje largo. Pero, para sorpresa de Andrew, cuando lo vio corrió hacia él y extendió los brazos para darle un abrazo de despedida. Maisie optó por un estrechón de manos más formal, pero afectuoso. Mientras las niñas peleaban sobre quién se merecía el helado de frutilla que quedaba, Peggy se acercó cautelosamente a Andrew, como si temiera que él recomenzara la conversación previa. Al advertirlo, Andrew se las arregló para poner una sonrisa tranquilizadora. Peggy se relajó y se inclinó para abrazarlo. Andrew iba a apartarse, pero Peggy lo tomó por las manos. —No deberíamos olvidar, en medio de todo, que ¡encontramos a Beryl! —dijo—. Era la razón del viaje, después de todo.

—Totalmente —dijo Andrew. Era demasiado dolorosa esta intimidad. Decidió fingir que su teléfono estaba vibrando, disculparse y retroceder con un dedo metido en su oído libre como si quisiera bloquear el ruido de la estación. Buscó una columna, todavía con el teléfono en la oreja y hablando en silencio con nadie, mientras veía que Peggy y las niñas se alejaban hasta perderse en la multitud.

———————

Más tarde se encontraba parado afuera del raído edificio, que parecía haber envejecido diez años desde la semana anterior, decidiendo si buscar un *pub* o algún otro lugar donde sentarse y fingir durante al menos unas horas que no estaba de regreso. Recordó la extraordinaria prisa de su salida de la casa, molesto por el cambio en su rutina, pero mareado por la excitación de poder pasar tanto tiempo con Peggy. Apenas si había tenido tiempo de apagar su computadora antes de lanzarse escaleras abajo, doblado por el peso de su mochila, y salir a la calle.

Finalmente, se resignó a entrar, al pasillo con el familiar aroma del perfume de su vecina, los rayones en la pared y la luz titilante.

Estaba por abrir la puerta cuando advirtió un ruido que provenía del otro lado. Dios, ¿no un ladrón? Apretando los dientes, se puso la mochila al frente como escudo, giró la llave y abrió la puerta de golpe.

Parado allí, en la semioscuridad, con el corazón latiéndole fuerte, comprendió que el sonido provenía del toca-discos que se hallaba en el rincón opuesto. En su apuro por irse debía haberlo dejado encendido, así que la púa saltaba, tartamudeando la misma nota en constante repetición, una y otra y otra vez.

– CAPÍTULO 22 –

Su nombre era Warren, tenía cincuenta y siete años, y habían pasado once meses y veintitrés días antes de que alguien advirtiera que estaba muerto. El último registro de Warren vivo había ocurrido en el banco al que había ido a depositar un cheque, tras lo cual había regresado a casa, se había muerto y luego podrido, como disculpándose, sobre un sofá, bajo un cobertor estampado con colibríes.

El único otro apartamento del edificio estaba desocupado, lo que explicaba que el olor —que provocó arcadas a Andrew antes siquiera de haber puesto un pie en el interior— no hubiera alertado a nadie. De hecho, la única razón por la que no llevó más tiempo que lo encontraran fue que los débitos de la renta y las facturas de energía habían rebotado al mismo tiempo por falta de fondos. Un desafortunado recolector de deudas impagas —que al parecer se había precipitado hacia el lugar con la urgencia de un agente antiterrorista— había espiado por la ranura del correo de la puerta y se había encontrado con un montón de moscas.

Peggy le había enviado un mensaje el domingo por la noche, un día después de regresar de Northumberland, para decirle que había contraído "un maldito resfrío" y que no iría a trabajar al día siguiente. En verdad, Andrew se sentía aliviado de que no estuviera con él. No estaba seguro de que pudiera actuar normalmente después de lo ocurrido. Así fue como se encontró en su primera inspección solitaria en meses, con la máscara muy empapada de loción para después de afeitar apretada contra la cara y reuniendo fuerzas para entrar. Aunque había tratado de prepararse lo mejor posible, no pudo evitar las arcadas. Dejó la bolsa en el piso y espantó las moscas excitadas por el alboroto. Trabajó tan rápido como pudo, separando las bolsas de basura que contenían indiscriminadamente comida podrida y ropa sucia, mientras buscaba alguna señal de un familiar. Trabajó durante casi dos horas sin encontrar nada. Habiendo cubierto ya todos los sitios usuales, se forzó a mirar incluso en el horno, que estaba empastado de grasa cuajada, y en el refrigerador, que estaba vacío excepto por un solitario yogurt Petits Filous. Cuando al fin se marchó sin haber encontrado un solo rastro de que Warren tuviera familia o dinero escondido, se dirigió a su apartamento en lugar de a la oficina. Tan pronto como entró se quitó la ropa y se duchó, con el agua tan caliente como podía soportar y frotándose frenéticamente la piel con una botella entera de gel de ducha.

Todo el tiempo se esforzaba por pensar en algo que no fuera Warren. ¿Cómo debían haber sido sus últimas semanas en esa mugre? Siempre había pensado que prefería el caos a la asepsia, pero, a nivel puramente sensorial, era difícil aceptar cómo alguien podía haber vivido así. Tenía que estar fuera de sus cabales para no comprender qué mal estaba. Andrew pensó en un sapo que hierve hasta morir sin comprender que el agua se va poniendo más y más caliente.

Se dirigió a la oficina oliendo como si el Body Shop le hubiera vomitado encima. Llegó justo para encontrar a Cameron sentado sobre la bola de yoga de Meredith, con los ojos cerrados en plena meditación y una taza de lo que parecía agua de pantano humeando junto a él.

—Hola, Cameron —dijo Andrew.

Cameron mantuvo los ojos cerrados y alzó la palma de su mano, como un policía de tránsito sonámbulo que detiene a carros imaginarios. No había suficiente espacio para que Andrew se apretara y pasara por el costado de la bola para llegar a su escritorio, así que tuvo que esperar a que Cameron terminara lo que fuera que estaba haciendo. Al fin, Cameron soltó una exhalación tan larga y tan fuerte que Andrew pensó que la bola se había pinchado.

—Buenas tardes, Andrew —dijo, levantándose con tanta dignidad como era posible al bajarse de un testículo de plástico extragrande—. ¿Cómo fue la inspección domiciliaria?

—A decir verdad, probablemente la peor que he tenido que hacer —dijo Andrew.

—Ya veo. ¿Y cómo te sientes al respecto?

Andrew se preguntó si era una pregunta capciosa.

—Pues... mal.

—*Realmente* siento oír eso —dijo Cameron, arremangándose la camisa hasta el codo, antes de cambiar de idea y devolver las mangas a su sitio—. Peggy no viene hoy, pobre.

—No —dijo Andrew, derrumbándose en su silla.

—Meredith y Keith se han tomado un par de días —dijo Cameron, pasando un dedo por la parte superior de la pantalla de Andrew.

—Ajá.

—Eso significa que solo estamos nosotros dos... para sostener el viejo fuerte.

—Síp —dijo Andrew, inseguro de hacia dónde iba todo esto y preguntándose si sugerir que el siguiente paso de Cameron hacia la iluminación fuera un período de silencio forzoso. Estaba desagradablemente claro, sin embargo, que Cameron tenía algún propósito. Lo vio alejarse, para luego hacer un gran alarde de haber cambiado de idea, chasqueando los dedos mientras se volvía.

—A decir verdad, ¿te molesta si tenemos una rápida charla? Puedo hacer un poco de té de hierbas, si quieres.

No sabía qué era peor: la perspectiva de tener una charla del largo que fuera con ese tonto, o el hecho de que hubiera dicho "de hierbas".

El área de descanso había evolucionado mientras Andrew había estado fuera. Había cobertores azul y púrpura sobre los sofás, y un libro de mesa sobre la meditación trascendental estaba colocado con habilidad sobre un puf, en el sitio donde solía estar la mesa baja. Andrew se sintió aliviado de que no hubiera ningún gancho del que colgar campanas de viento.

—¿Entusiasmado por lo del jueves a la noche? —preguntó Cameron.

Andrew lo miró perplejo.

—Es el turno de Meredith de organizar la cena —explicó Cameron, claramente decepcionado de que Andrew lo hubiera olvidado.

—Ah, sí, por supuesto. Será... divertido.

—¿Lo crees? Mira, sé que fue un poco raro cuando Clara y yo lo hicimos... —Andrew no estaba seguro de si se suponía que se mostrara de acuerdo o no, así que mantuvo la boca cerrada—. Pero estoy seguro de que esta vez será más tranquilo —dijo Cameron.

Sorbieron su té y Andrew echó un vistazo a su reloj.

—Me alegro de que estemos solos, en verdad —dijo Cameron—. Me da la oportunidad de que nos conectemos por un tema.

—OK —dijo Andrew, resistiendo la tentación de gritarle *¡SI LO QUE QUIERES DECIR ES "HABLAR", SIMPLEMENTE DI "HABLAR"!*

—Recordarás mi presentación de hace un tiempo, cuando apareció cierta notificación en la pantalla.

Recortes. Con todo lo que había pasado, Andrew apenas si había tenido tiempo de pensar en ello.

—La verdad es —prosiguió Cameron—, que no sé si seremos *nosotros* quienes tengamos que contar con menos gente para hacer más cosas, u otro departamento.

Andrew se removió en su asiento. —¿Por qué me dices esto, Cameron?

Cameron sonrió de manera particularmente desesperada, con los dientes bien a la vista.

—Porque, Andrew, el asunto ha estado en mi mente hasta distraerme de todo lo demás, y solo sentí que tenía que decir algo a alguien de aquí, y porque... somos amigos, ¿no?

—Seguro —dijo Andrew, evitando con culpa la mirada de Cameron. Si Cameron le estaba diciendo todo esto, ¿significaba que estaba a salvo? Su optimismo se desvaneció muy pronto, cuando comprendió que ello implicaba que sería Peggy quien tendría que irse.

—Gracias, amigo —dijo Cameron—. Me siento muchísimo mejor después de largar todo esto.

—Bien, bien —dijo Andrew, preguntándose si debía intentar defender a Peggy en ese momento.

—Entonces, ¿cómo va la familia? —preguntó Cameron.

La pregunta lo sorprendió con la guardia baja. Para su desasosiego, le tomó un momento comprender que Cameron se refería a Diane y a los niños. Iba a responder, pero su mente estaba en blanco, sin las falsas anécdotas o noticias habituales. *Vamos, ¡piensa! Solo inventa algo como haces normalmente.*

—Emm... —dijo. Luego, temiendo que Cameron dedujera de su vacilación que algo andaba mal, se apresuró a añadir—: Están bien. Todo está bien, realmente. Escucha... —Se paró—. Tengo montones de cosas que hacer, así que mejor que me ponga con ello. Lo siento.

—Oh, bien, si tienes que...

—Lo siento —dijo Andrew de nuevo, casi tropezando con un cobertor errante en el suelo mientras se apresuraba a largarse, de pronto falto de aliento. Llegó justo a tiempo al baño para toser bilis en el lavabo.

———

Esa noche, chateó con Bambam, TinkerAl y BriadGauge-Jim, y trató de no pensar en lo que había ocurrido con Cameron. Había sido aterrador quedarse en blanco así. Quizás se estaba descuidando más que lo usual porque había tenido el foco puesto en Peggy. Cuando más se había acercado a ella, más distante se había vuelto Diane. Había descuidado a su "familia", la gente con la que contaba para apoyarlo, y sentía una culpa real y profunda. La fuerza de ese sentimiento era terriblemente preocupante. *Esto. No. Es. Normal*, se dijo, hundiéndose las uñas en el muslo.

Se sintió mal por interrumpir la conversación del subforo (¿qué tipo de pelo de caballo engomado es mejor para crear matorrales en el paisaje?), pero no había a quién más recurrir.

Amigos, no es por tirar los ánimos abajo, pero ¿recuerdan cuando les conté sobre la persona con la que estaba empezando a llevarme realmente bien? Resulta que era algo más que amistad, pero lo eché a perder.

BriadGaugeJim: Siento oír eso, T. ¿Qué pasó?

Tracker: Es un poco complicado. Hay alguien más en su vida. Pero ese no es el mayor problema. Básicamente, he estado ocultándole algo y sé que si se lo digo es muy probable que no vuelva a verla jamás.

BamBam67: Uh, eso suena muy serio.

TinkerAl: Difícil, viejo. Lo que diría es que tal vez deberías ser sincero con ella. Quizás tienes razón, no volverá a hablarte, pero si existe la más mínima chance de que lo acepte, ¿no vale la pena intentarlo? ¡Para esta misma hora de la próxima semana, podrían estar juntos! Es un cliché, lo sé, pero ¿¿¿no es mejor haber amado y perdido, y todo eso???

La discordante "*Blue Moon*" llegó un instante después, y el chirrido del acople y la punzada en las sienes eran tan severos que tuvo que deslizarse al suelo y llevarse las manos a la cabeza y las rodillas al pecho, y esperar a que el dolor pasara.

Esa noche, durmió en forma entrecortada. Tenía dolor de oídos, la garganta rasposa y como en carne viva, y comenzaba a dolerle todo el cuerpo. A la mañana temprano, todavía acostado y escuchando la lluvia golpear contra la ventana, pensó en Peggy y se preguntó si había cogido este resfrío de ella, o de un simple desconocido.

CAPÍTULO 23

Al día siguiente, Peggy todavía estaba con parte de enferma. Andrew le había enviado un mensaje para preguntar si se sentía mejor, pero no obtuvo respuesta.

El resfrío había evolucionado hacia algo que le minaba la energía, pero también lo incomodaba para dormir. Se sentó a temblar o sudar bajo el cobertor mirando películas de acción sin importancia, cuya moraleja parecía ser que si uno maneja un carro suficientemente rápido una dama se quitará el corpiño.

A la mañana siguiente, se hallaba a medio camino de la oficina, sintiendo que luchaba por avanzar en un barro espeso, cuando, de pronto, recordó que era el día del funeral de Alan Carter. Se obligó a regresar y llamar un taxi.

El vicario —un hombre rechoncho de ojos porcinos— lo recibió en la entrada de la iglesia.

—¿Familiar?

—No, Concejo —respondió Andrew, aliviado de *no ser* un familiar, dada la brusquedad del vicario.

—Ah, sí, por supuesto —dijo este—. Bueno, hay una dama adentro. Pero no parece que vaya a venir nadie más, así que mejor arrancamos. —Se puso el puño en la boca para tapar un eructo; las mejillas le sobresalieron como el cuello de un sapo.

Beryl estaba sentada en la banca delantera de la iglesia vacía. Andrew se metió la camisa dentro del pantalón y se alisó el pelo mientras avanzaba por la nave central. —Hola, cariño —dijo Beryl cuando él llegó a su lado—. Oh, ¿estás bien? Luces enfermo. —Le puso el dorso de la mano en la frente.

—Estoy bien —dijo Andrew—. Un poco cansado, eso es todo. ¿Cómo está usted?

—No tan mal, querido —dijo Beryl—. Tengo que decir, ha pasado largo tiempo desde que estuve en una iglesia. —Bajó la voz hasta el susurro—. No soy exactamente una creyente en el barbudo de allá arriba. Tampoco Alan, a decir verdad. Estoy segura de que toda esta palabrería le habría parecido una broma. ¿Sabes si Peggy viene?

—Me temo que no lo sé —respondió Andrew, mirando hacia la puerta por si acaso—. Desgraciadamente, se sentía muy mal. Pero le envía cariños.

—Oh, bueno, no hay problema —dijo Beryl—. Más para nosotros.

Andrew no logró entender lo que quería decir hasta que miró hacia abajo y vio que sostenía un Tupperware lleno de *cupcakes*. Después de un momento de duda, tomó uno.

El vicario apareció ahogando otro eructo y Andrew temió lo peor sobre el sermón, pero por suerte fue lo suficientemente sentido. El único incidente en toda la ceremonia ocurrió cuando un hombre con gorra de beisbol y pantalones impermeables —Andrew supuso que era un jardinero— abrió con violencia la puerta de la iglesia, murmuró "oh, mierda" lo bastante fuerte como para que lo oyeran y se deslizó hacia fuera.

Aun con esa interrupción, Beryl se mantuvo compuesta durante todo el servicio. Quizás porque se había involucrado más de lo usual, Andrew escuchó con atención las palabras del vicario y, para su gran vergüenza, se halló al borde de las lágrimas. Sintió que lo golpeaba una ola de remordimiento: jamás había conocido al hombre; no le correspondía llorar. Pero esa culpa solo empeoraba las cosas, y al fin fue incapaz de impedir que dos lágrimas corrieran por cada una de sus mejillas. Por suerte, logró limpiárselas antes de que lo viera Beryl. Si le decía algo sobre sus ojos hinchados, culparía al resfrío.

Mientras el vicario les pedía que se le unieran en un Padre Nuestro, comprendió que no había estado llorando por Alan, o por Beryl, sino por la futura versión de sí mismo, por su muerte no lamentada durante un servicio en una iglesia fría, en la que solo las paredes oirían las palabras de rigor.

———————

Se despidieron cortés, pero fríamente del vicario ("No confío en hombres que estrechan tan fuertemente la mano; te lleva a pensar que están compensando algo", observó Beryl), y caminaban del brazo por el sendero que atravesaba el jardín de la iglesia cuando Andrew le preguntó si necesitaba que la acompañara a la estación. —No te preocupes, cariño. En realidad, estoy de visita en lo de una pareja de viejos amigos. *Viejos* es la palabra clave: creo que hoy en día tienen siete dientes entre los dos, Sheila y Georgie.

Habían llegado al fin del sendero. El viento soplaba entre las ramas del imponente tejo negro que se alzaba dentro de los muros del jardín. Apenas empezaba septiembre, pero aquel sublime día de agosto en Northumberland parecía haber ocurrido mucho tiempo atrás.

—¿Tienes tiempo para una taza de té antes de que me vaya? —preguntó Beryl.

Andrew se rascó la nuca. —Desafortunadamente, no.

—El tiempo no espera a nadie, ¿eh? Espera un momento, de todos modos. —Beryl rebuscó en su cartera y encontró papel y lápiz—. Estaré aquí unos días. Dame tu número. Tengo mi teléfono especial de vieja, del tamaño de un ladrillo, así que podríamos encontrarnos durante la semana, o algo así.

—Eso me encantaría —dijo Andrew.

Llegó otra ráfaga de viento, esta vez más fuerte. Beryl se ajustó su sombrero y tomó a Andrew de la mano.

—Eres un buen hombre, Andrew, por venir aquí hoy. Sé que Alan lo habría apreciado. Cuídate.

Se marchó, luciendo frágil contra el viento, pero a los pocos pasos se detuvo y regresó.

—Toma —dijo, extrayendo la caja de *cupcakes* de su bolso—. Compártelos con Peggy, ¿sí?

– CAPÍTULO 24 –

Andrew se inclinó para confirmarlo, pero no había confusión posible: lo que veía era un ratón muerto.

Había estado buscando un cubo, porque caía agua sobre las escaleras traseras por algún agujero imposible de identificar en el cielorraso. Cameron había llamado al equipo de mantenimiento, pero lo habían engatusado. Por toda reacción, se había puesto a repetir por lo bajo, una y otra vez, una suerte de mantra con los ojos cerrados.

—Vuelvo en un segundo —había dicho Andrew, retrocediendo lentamente.

Mientras abría la alacena que se hallaba bajo el fregadero, lo golpeó el familiar olor de la muerte y, en efecto, de espaldas, entre las botellas de lavandina y una chaqueta fluorescente, yacía un ratón. No caía exactamente dentro de la jurisdicción de Andrew, pero no podía dejarlo allí, así que se puso un guante de goma y lo tomó por la cola. Vio su propio reflejo, distorsionado, sobre el costado brillante de la máquina de café y al ratón balanceándose hacia adelante y hacia atrás, como en un macabro acto de hipnotismo. A fin de no perturbar el ritual de Cameron, cualquiera que fuera, su única opción era atravesar la oficina y salir por la puerta del frente para encontrar dónde descartar el cuerpo. Así que fue por una horrible fatalidad que, tras haber atravesado todo el camino hasta la puerta sin cruzarse con un alma, se encontró con Peggy, que venía en sentido contrario. Estaba distraída por el colapso de su paraguas. En una súbita decisión Andrew abrió el bolsillo de su abrigo y metió el ratón dentro. Con el paraguas finalmente cerrado, Peggy vio a Andrew y se acercó.

—Hola —dijo—, ¿qué tal todo?

¿Aparte del ratón muerto en mi bolsillo?

—Sí, todo OK. Nada nuevo, realmente. ¿Te sientes mejor, entonces?

Pretendía ser una verdadera pregunta, pero por sus nervios sonó como un sarcasmo. Por suerte, Peggy no pareció tomarlo así.

—Sí, mucho mejor —dijo—. ¿Cuál es el entretenimiento de hoy?

—Oh, lo de siempre.

El ratón en mi bolsillo, el ratón en mi bolsillo, el ratón en mi bolsillo.

—¿Keith y Meredith?

—Todavía no volvieron.

—Alabado sea Dios por sus pequeñas bendiciones. ¿Y no hemos sido despedidos todavía?

—No que yo sepa.

—Bueno, eso es algo.

Por primera vez desde que se conocían, hubo una pausa incómoda.

—Bueno, mejor arranco —dijo Peggy—. ¿Vienes?

—Seguro —dijo Andrew—. Solo tengo que... Te veo allí.

Se desembarazó del ratón en la maleza de un rincón del aparcadero. Apenas había entrado, vio por la ventana que Keith llegaba en su *scooter*, del lado del cementerio. Era tal su tamaño en relación con el vehículo que le hizo pensar en un payaso en uno de esos triciclos que les llegan a los tobillos. Apenas medio minuto después, Meredith aparcó su cinco puertas amarillo mostaza. Los vio echar un vistazo de soslayo alrededor antes de chocar los labios. Cuando el beso se hizo más apasionado, Keith rodeó a Meredith con sus brazos: parecía que ella hubiera caído en arenas movedizas.

Andrew trataba de escribir un obituario para Warren, pero se distraía espiando a Peggy, quien, pese a su afirmación de que se sentía mejor, todavía lucía pálida y agotada. Aunque tal vez eso tenía algo que ver con verse obligada a escuchar a Meredith machacar sobre algún tipo de "minirretiro" en el que había estado. Estaba considerando rescatarla, pero las cosas eran diferentes ahora. Andrew no podía soportar la idea de que Peggy sonriera con precaución cuando él se acercaba, temiendo que intentara sacar a colación lo que había ocurrido en Northumberland. En su lugar, se dirigió cansadamente hacia la cocina a hacer té. Alguien había terminado la leche y vuelto a poner el envase vacío en el refrigerador. Andrew esperaba sinceramente que quien hubiera sido —y, había que decirlo, había sido Keith— pisara algún enchufe descalzo en un futuro próximo. Desde la puerta de la cocina podía ver la oficina de Cameron. Este se hallaba sentado frente a su computadora, los brazos en alto, apretando fuerte una bola contra el estrés con cada mano. Al ver a Andrew, su mueca se convirtió en una sonrisa ligeramente dolorida, la misma expresión que hace un bebé mientras llena su pañal. Al menos el día ya no podía empeorar, pensó Andrew. Y como si hubiera leído su mente, Cameron eligió ese momento para rodar en su silla hacia afuera.

—Recuerden, muchachos. Esta noche es la Cena 2.0.

– CAPÍTULO 25 –

Andrew espió la casa de Meredith desde atrás del árbol que se hallaba al otro lado de la calle, mientras quitaba la etiqueta con el precio de la botella de vino más barata que había podido encontrar en la tienda de la esquina. No era un experto, pero estaba bien seguro de que Letonia no era famosa por su rosé.

Reunió fuerzas para entrar en la refriega. Cameron había estado sospechosamente callado desde la conversación sobre los recortes y, aunque supuestamente eran "amigos", Andrew no iba a suponer por un minuto que estaba a salvo. Se comportaría lo mejor posible esta noche. Cameron iba a seguir dando una gran lata con estas estúpidas cenas, así que, si fingir que era el tipo de persona que disfrutaba hablando de distritos escolares mientras comía un flan mal cocinado lo dejaba en buena posición, que así fuera.

Estaba por cruzar la calle cuando se detuvo un carro ante la puerta. Se escondió de nuevo detrás del árbol al ver que Peggy descendía del lado del pasajero y se despedía de Maisie y Suze, que se hallaban en el asiento trasero. Se abrió la ventanilla y Andrew oyó la ronca voz de Steve. Peggy se volvió y se inclinó para tomar la bolsa de mano que él le ofrecía. Había suficiente luz en el carro para ver que se besaban. Esperó a que Peggy entrara en la casa y pudo ver cómo Steve hacía sonar sus nudillos, tomaba de la guantera lo que sin dudas era una petaca y bebía un largo trago antes de arrancar el carro, con los neumáticos estremeciéndose contra el asfalto.

————

Meredith abrió la puerta y depositó un beso en cada una de las mejillas de Andrew, un saludo que recibió inmóvil, como si fuera una estatua que ella besaba para obtener suerte. La música que sonaba en altoparlantes escondidos por toda la casa, le informó Meredith alegremente, era Michael Bublé.

—¡Es jazz! —añadió, mientras recibía el vino que él había traído.

—¿De veras? —dijo Andrew, buscando alrededor algo duro y puntiagudo que clavarse en la cara.

Los demás ya estaban allí. Para sorpresa de Andrew, Keith estaba vestido con un traje gris y una corbata púrpura, con la mayor parte del nudo cubierto por los pliegues de su cuello. Parecía perturbadoramente feliz. Cameron, quien ya estaba sentado a la mesa con una gran copa de vino tinto, vestía una camisa blanca con tres botones suelto,s que dejaba ver el pelo gris de su pecho, y un brazalete de cuentas de madera alrededor de la muñeca.

Andrew tropezó con Peggy que regresaba del baño. Los dos actuaron una danza torpe e interminable al intentar dejar pasar al otro.

—Sabes qué, me voy a quedar parada y a cerrar los ojos hasta que hayas encontrado la forma de pasar —dijo Peggy.

—Buena idea —respondió Andrew, con una risa forzada. Mientras la pasaba, olió lo que parecía un nuevo aroma, algo fresco y sutil. Por alguna razón, lo deprimió más que ver el beso; sintió que se le hundía el estómago.

—Creo que deberíamos empezar con un juego, para soltarnos —dijo Meredith, una vez que todos se reunieron en el comedor.

Qué alegría, pensó Andrew.

—Cada uno dice una palabra hasta crear una historia. Puede ser sobre cualquier cosa. El primero al que no se le ocurre nada, o que se ríe, pierde. Andrew, ¿por qué no empiezas tú?

Oh, mi Dios.

Andrew: —OK, mmm. Nosotros.

Peggy: —fuimos.

Cameron: —a.

Meredith: —casa.

Keith: —de.

Andrew: —Meredith.

Peggy: —y.

Cameron: —todos.

Meredith: —nosotros.

Keith: —realmente.

Andrew: —odiamos.

Andrew miró a Peggy. ¿Por qué lo veía así? ¿Había perdido? Y entonces se dio cuenta de lo que había dicho.

Por suerte, Peggy salió al rescate al decir "tener", y el resto de la historia siguió hasta que Cameron inexplicablemente comenzó a reírse a carcajadas y el juego rápidamente llegó a su fin. La cena pasó sin incidentes. Meredith sirvió varios platos que parecían variaciones de un corte de césped y lo dejaron hambriento. Había vaciado la mayoría de su botella de vino letón, que era sorprendentemente agradable —así que, además de tacaño, era racista—, y tamborileaba con los dedos sobre la mesa, mientras escuchaba que los otros hablaban de una serie policial escandinava que todavía no había visto. Meredith comenzó sus comentarios diciendo "No voy a anticipar nada" y pasó a revelar la muerte del personaje principal, dos giros de la historia y el diálogo completo de la escena final. Tendría que tachar la serie de su lista.

Cameron había estado tan animado como siempre, pero bordeando cierta euforia. Andrew no lo había considerado inusual hasta que, al ponerse de pie para ir al baño, Cameron se tambaleó y tuvo que aferrarse de un mueble antes de salir zigzagueando del cuarto.

—Llegó una hora antes —susurró Meredith, con regocijo—. Se quedó anclado en el Malbec de un modo increíble. Creo que hay problemas en casa, con Clara.

—¿Y dónde está tu hombre esta noche? —preguntó Peggy, justo cuando Keith estaba por quitar una miga de la manga de Meredith. Retiró la mano abruptamente, pero Meredith la tomó, como un león al que dan un pedazo de carne en el zoológico, y la aplastó contra la mesa, entrelazando sus dedos con los de él.

—Bueno, de hecho —dijo—, iba... *íbamos* a esperar hasta después de los profiteroles caseros, pero tenemos que anunciar algo.

—¿Que están cogiendo? —dijo Peggy, ahogando un bostezo.

—Bueno, no hay necesidad de ser tan groseros al respecto —dijo Meredith, con la sonrisa pegada en la cara—. Pero sí, Keith y yo somos oficialmente pareja. Amantes —añadió, en caso de que alguien pensara que eran un dúo musical.

La puerta del comedor se abrió con violencia y se estrelló contra la pared. Cameron trastabilló hacia su silla.

—¿Qué me perdí? —preguntó.

—Estos dos son "amantes", al parecer —dijo Peggy. Andrew iba a servirle más vino en la copa, pero ella puso una mano encima y negó con la cabeza.

—Bueno, es... quiero decir, bueno... Qué bien por ustedes —dijo Cameron—. ¡Eso es lo que yo llamo unidad de equipo! —Se rió ruidosamente de su propia broma.

—Keith, ¿te molestaría ayudarme en la cocina un momento? —preguntó Meredith.

—Sí, seguro —dijo Keith, con su usual sonrisa maligna en la cara.

—Yo voy a salir a tomar un poco de aire —dijo Peggy. Miró a Andrew y alzó las cejas.

—Creo que yo también —dijo Andrew.

—Qué sorpresa —comentó Keith en voz baja.

—¿Qué dijiste? —le preguntó Peggy.

—Nada, nada —dijo Keith, levantando las manos en gesto de inocencia.

Los cuatro se pararon y Cameron los miró confundido, como un niño perdido en una multitud.

Afuera, Peggy sacó un cigarrillo y ofreció otro a Andrew, quien aceptó pese a no tener intención de fumarlo. Bajó el brazo y dejó que el cigarrillo se consumiera, mientras miraba cómo Peggy inhalaba profundamente.

—Qué descaro el de ese idiota de Keith —dijo, torciendo la cabeza mientras exhalaba. Andrew olió otra vez el nuevo perfume y sintió que iba a perder el equilibrio. No estaba seguro de por qué lo afectaba así. Tarareó una melodía sin tono alguno, porque el silencio le resultaba insoportable.

—¿Qué? —preguntó Peggy, que al parecer lo había tomado como que no estaba de acuerdo con ella respecto de Keith.

—Nada —dijo Andrew—. Es un idiota, como dijiste.

Peggy exhaló otra vez. —No les has... dicho nada, ¿verdad?

—No, por supuesto que no —dijo Andrew, servil.

—OK. Bien.

Era deprimente. Oír la preocupación en su voz ante la idea de que el secreto se supiera, saber que su principal preocupación era poner en riesgo su reconciliación con Steve, era una tortura. ¿Debía decirle que lo había visto bebiendo mientras conducía? Sin importar lo ocurrido entre ellos, tenía derecho a saber que Steve le mentía, especialmente si ponía en peligro a las niñas. Peggy lo examinaba con sospecha.

—Solo para que quedemos en claro, ¿no vas a hacer nada tonto, verdad? ¿Ningún gesto loco inspirado por esos dos idiotas de ahí dentro? Porque, créeme, no funcionará.

Esta vez sintió furia. No había pedido venir a pararse en el frío para ser humillado de este modo.

—Oh, no te preocupes —dijo—. Ni en sueños se me ocurriría arruinarte las cosas.

Peggy dio una última pitada y arrojó la colilla al piso, aplastándola con el taco de su bota y echando a Andrew una mirada de acero.

—Solo para que sepas —dijo, con un tono tan áspero que Andrew retrocedió un paso—, esta no ha sido una semana fácil para mí. Ha sido bastante agotadora, de hecho, en gran parte porque me he pasado todo el tiempo haciendo lo que el tonto de Cameron sin duda describiría como una revisión de mi matrimonio desde la raíz. Pero, afortunadamente, pese a lo doloroso del asunto, ha resultado en que Steve se desintoxicara y decidiera ser marido y padre de nuevo. Y así es como deben ser las cosas, para mí. No hay otra opción. No me corresponde decirlo, pero, si no estás feliz con Diane, quizás deberías tener una conversación franca con ella también.

Andrew la iba a dejar marcharse adentro, pero las últimas palabras lo hirieron tanto que no pudo contenerse.

—Vi a Steve dejarte aquí, antes —le soltó—. Con las niñas en el carro.

—¿Y? —dijo Peggy, con una mano en el picaporte.

—Cuando entraste, sacó una petaca.

Peggy bajó la cabeza.

—Lo siento —dijo Andrew—. Creí que debías saberlo.

—Oh, Andrew —dijo Peggy—. Todo lo que hablamos antes, de ser amigos, apoyar al otro... ¿no significó nada para ti?

—¿Qué? Por supuesto que sí.

Peggy negó con la cabeza, triste.

—¿Y sin embargo te parece bien mentirme?

—No, yo...

Pero Peggy no se quedó a oírlo, sino que cerró la puerta con firmeza detrás de sí.

Andrew se quedó escuchando el débil sonido de la música y las voces que venían de la casa. Miró el cigarrillo de Peggy quemándose en el piso y se dio cuenta de que todavía tenía el suyo en la mano. Apuntó y lo arrojó sobre el de ella, y luego los aplastó juntos con el taco.

———————

Durante el resto de la noche, se retiró a su interior, pensando en sus discos de Ella y en todos los componentes de trenes modelo que poseía como si estuvieran dispuestos prolijamente en el piso, y deliberó sobre qué podía soportar vender si lo despedían. Quizás *Souvenir Album*. Era el disco que probablemente escuchaba menos. El DB Schenker Class 67 había tenido mejores días, pensó. Todavía lucía magnífico, pero apenas podía dar la vuelta a la pista sin apagarse al menos un par de veces, sin importar cuánto lo arreglara.

Peggy se sentó con aire sombrío, mientras Cameron, Keith y Meredith entraban en ese estado de embriaguez en que la arrogancia se disfraza de broma. Hubo alardes sobre beber, anécdotas forzadas sobre encuentros con celebridades y, lo más repelente, hazañas sexuales.

—Vamos, vamos —dijo Keith, alzando la voz por encima de los demás. Había parecido inusualmente cohibido más temprano, antes de que Meredith hubiera hecho público su *affaire*, pero ahora se iba relajando hasta ser él mismo, la camisa salida del pantalón, la corbata floja, como un sapo un viernes informal. —¿Quién lo ha hecho en público?

Hasta ese momento, Andrew se las había arreglado manteniéndose en silencio y comiendo, sonriendo y asintiendo cada tanto para dar la impresión de que seguía la conversación. Pero ahora habían retirado los platos y no tenía dónde esconderse. Keith lo miró y Andrew supo de inmediato que no iba a perder la oportunidad de avergonzarlo.

—Vamos, Andy Pandy. Tú y tu señora han estado juntos ¿cuánto?

Andrew tomó un sorbo de agua. —Un largo tiempo.

—Vamos, ¿alguna vez han...?

—¿Hemos qué?

—¡Se han puesto a hacerlo en un lugar público!

—Ah. Em. No. No que yo sepa.

Meredith se echó a reír sobre su copa de vino. Cameron rió también, pero sus ojos vidriosos sugerían que estaba demasiado borracho para entender qué pasaba.

—¿No que tú sepas? —dijo Keith—. ¿Tú sabes cómo funciona el sexo, Andrew? No es que puedas hacerlo a tus propias espaldas.

—Bueno... depende de qué tan flexible seas —dijo Meredith, con una horrible carcajada. Andrew se excusó para ir al baño.

—No creas que nos hemos olvidado de ti —le gritó Keith.

No tenía apuro alguno en regresar a ese comedor convertido en patio de juegos de una escuela, pero había algo desconcertante en el baño de Meredith: una imagen de ella con, presumiblemente, su ahora expareja. Era una fotografía profesional: alfombra blanca y mullida, expresión corporal artificial. Miró al hombre sonreír con ánimo a la cámara y se preguntó dónde estaba en ese momento. Quizás ahogando sus penas con amigos, con esa misma sonrisa pegada a la cara, diciendo a todo el mundo que no, en serio, honestamente, esto es lo mejor que me ha pasado nunca.

De regreso en el comedor, no había indicio alguno de que las cosas se hubiesen calmado, aunque Cameron parecía haberse desmayado. Keith estaba parado junto a él con una fibra, aparentemente listo para dibujarle algo en la cara. Meredith estaba a su lado, saltando de un pie al otro y agitando los brazos, excitada como una niña que acaba de aprender a pararse sin ayuda. Justo cuando Andrew se acercaba a la mesa, vio a Peggy perder la paciencia, marchar hacia Keith e intentar arrancarle la fibra de la mano.

—¡Eh! —dijo Keith, quitando rápido la mano—. Vamos, es solo diversión.

—¿Podrías ser aún más inmaduro? —dijo Peggy. Intentó otra vez tomar la fibra, pero esta vez Meredith se interpuso, los ojos feroces en defensa de Keith.

—No sé cuál es tu problema, Sra. Estirada —siseó.

—Oh, no sé —replicó Peggy—. ¿Qué tal el hecho de que está claramente mal por su esposa, como tuviste la amabilidad de mencionar? Solo porque ustedes dos estén aparentemente tan felices no significa que puedan humillarlo.

Meredith torció la cabeza a un lado y sacó hacia afuera su labio inferior. —Oh, mi amor, suenas tan estresada. ¿Sabes lo que necesitas? Una buena sesión de yoga. Conozco un gran lugar, Synergy, donde estuve la semana pasada. Te saca afuera toda la frustración, ¿te parece?

¿Synergy? ¿Por qué me suena?, pensó Andrew, dando vuelta a la mesa para pararse junto a Peggy. Quería tratar de calmar las cosas, pero Peggy tenía una idea muy diferente.

—¿Sabes qué? —dijo—. Cada vez que he tenido que estar en el mismo cuarto que tú en estos meses lo único que me ha dado algún tipo de placer es tratar de imaginar cómo serían ustedes dos juntos.

—Peggy —dijo Andrew, pero ella levantó una mano. Una mano con la que no se jugaba—. Y, me place decirlo, finalmente llegué a una conclusión, porque es muy claro para mí que tú, Keith, luces como la advertencia sobre la salud en una cajetilla de cigarrillos.

Meredith hizo un extraño borboteo.

—Y en cuanto a ti, *mi amor*, luces como si a un perro le hubieran pedido que dibujara un caballo.

Por más que disfrutaba de la expresión de los rostros de Keith y Meredith, Andrew sabía que ese silencio era su última chance de detener las cosas antes de que se salieran de madre.

—*Oigan* —dijo, sorprendido de lo fuerte que había hablado—. ¿Recuerdan lo de los recortes que vimos en la presentación de Cameron? ¿Piensan realmente que este tipo de comportamiento va a caer bien si tiene que tomar una decisión? Sé que puede ser un idiota, pero sigue siendo la persona más importante en este cuarto.

En ese momento, Cameron comenzó a roncar.

—Ja, sí, luce realmente importante —dijo Keith—. Tú solo estás asustado, como siempre. Yo, por mi parte, estoy harto de fingir que es algo más que pis de té de camomila. Que me despida, me importa un carajo.

Quitó el capuchón de la fibra con los dientes y lo escupió en el piso, como para alardear doblemente. Por primera vez, Meredith parecía incómoda; estaba claro que las palabras de Andrew sobre los recortes le habían llegado. Andrew y Peggy intercambiaron una mirada. Él quería decirle que debían irse de allí y dejar a esos dos idiotas sellar su propio destino. Pero antes de que pudiera decir nada, Peggy se lanzó hacia Keith y le arrebató la fibra.

—¡Perra! —ladró Keith, manoteando en el aire mientras Peggy lo eludía.

—¡Ey! —gritó Andrew, corriendo y golpeándose la cadera contra la mesa. Peggy gambeteó hacia un lado, luego retrocedió y se subió a una silla, donde sostuvo la fibra en alto, mientras Keith y Meredith se afanaban por alcanzarla. Si un extraño hubiera entrado en la habitación, podría haber pensado que acababa de irrumpir en medio de una furiosa danza folklórica. Justo cuando Andrew llegaba a sumarse al tumulto, Peggy empujó a Keith con un pie, y éste trastabilló hacia atrás. Andrew podía ver la furia en sus ojos mientras se lanzaba de nuevo hacia Peggy. Instintivamente, lo empujó hacia un lado tan fuerte como pudo. Sin equilibrio, Keith se tambaleó y se estrelló contra la pared, con un horrible doblete de espalda y cabeza contra el marco de la puerta.

En ese momento, ocurrieron varias cosas a la vez.

Cameron despertó de golpe.

Keith se tocó la nuca, vio la sangre en la punta de sus dedos y cayó al piso con un ruido sordo. Meredith gritó.

Y entonces, mientras el cerebro de Andrew finalmente hacía clic —*Cynergy*, no Synergy—, sintió que vibraba su teléfono y lo sacó del bolsillo. Era Carl.

– CAPÍTULO 26 –

Andrew no estaba seguro de cuánto tiempo había estado en la tina (o de por qué había decidido tomar un baño en primer lugar), pero el agua casi hervía cuando se metió con mucho cuidado y ahora estaba apenas tibia. Había puesto a Ella en la sala, pero la puerta del baño se había cerrado, así que solo podía oír la melodía. Consideró salir y abrir la puerta, pero había algo diferente en oír la música así, afinando tanto el oído que distinguía cada cambio de clave, cada sutil matiz en la inflexión de la voz, como si lo estuviera haciendo por primera vez. Se sintió sobrecogido por la capacidad de Ella de sorprenderlo y emocionarlo después de tanto tiempo, pero el disco se había acabado y cada vez que cambiaba de posición sentía el frío del agua penetrándole las carnes.

No podía recordar realmente haberse ido de la casa de

Meredith. Se había tambaleado hacia afuera, el timbre de su teléfono todavía sonaba, apenas consciente de que Meredith gritaba "¡Lo ha matado! ¡Lo ha matado!", mientras Peggy trataba de explicar con calma la situación al servicio de emergencia en el teléfono. Lo siguiente que podía recordar eran los rayones en la pared y las tiras de luces y el perfume de la vecina. Quizás estaba en *shock*.

Finalmente juntó coraje para salir del baño y sentarse temblando en la cama envuelto en una toalla, mirando el teléfono en el rincón donde lo había arrojado. Lo había apagado después de que Carl llamara por tercera vez, pero sabía que no podía ignorarlo mucho más. Carl y Meredith. Meredith y Carl. No había forma de que la llamada fuera una coincidencia. Y luego estaba Keith. Quizás debía llamar primero a Peggy, ver qué había pasado. No podía haberlo herido tanto, ¿no?

Fue a la sala y se sentó con el teléfono, pasando de uno a otro número, incapaz de tomar una decisión. Al fin, presionó la tecla para llamar. Hundiéndose las uñas en el brazo, esperó que Carl respondiera, en un silencio terriblemente absoluto. De pronto, se sintió desesperado por alterar la inmovilidad y corrió hasta el tocadiscos y volvió a poner con torpeza la púa. La voz de Ella llenó el cuarto. Era lo más cercano a un refuerzo que iba a conseguir. Caminó alrededor de la pista en forma de ocho, mientras el teléfono seguía sonando.

—Hola, Andrew.

—Hola.

Hubo una pausa.

—¿Bien? —preguntó Andrew.

—¿Bien qué?

—Estoy devolviendo tu llamada, Carl. ¿Qué quieres?

Lo oyó tragar. Sin dudas, algún asqueroso batido de proteínas.

—Conocí a una de tus colegas la semana pasada —dijo Carl—. Meredith.

La cabeza de Andrew empezó a dar vueltas y fue cayendo lentamente de rodillas.

—Vino a una de mis clases de yoga. Las cosas han estado un poco lentas, así que eran solo ella y unos pocos más. No hemos podido pagar suficiente publicidad, claro.

—Ya —dijo Andrew, aferrándose a la ínfima esperanza de que Carl no se dirigiera adonde creía que se dirigía.

—Empezamos a charlar después de la clase —dijo Carl—. Un poco incómodo, la verdad. De pronto comenzó a largar todo sobre un patético *affaire* suyo. No sé por qué pensó que me interesaría. Estaba desesperado por librarme de ella y de pronto, de la nada, mencionó dónde trabajaba. Y, oh sorpresa, trabaja contigo. Qué pequeño es el mundo, ¿no?

Andrew pensó en colgar. Podía quitar el chip de su teléfono, tirarlo en el váter y no volver a hablar con Carl en su vida.

—Andrew, ¿estás ahí?

—Sí —dijo Andrew, con los dientes apretados.

—Bien —dijo Carl—. Creí que alguien podía estar distrayéndote. Diane, quizás. O los niños.

Andrew cerró su mano libre en un puño y se lo mordió fuerte hasta que pudo sentir el gusto a sangre.

—Es curioso cómo la memoria distorsiona —dijo Carl.

Andrew podía notar que hacía un esfuerzo por mantener un tono de voz parejo—. Porque podría haber jurado que vivías solo en un cuarto alquilado, a la vuelta de Old Kent Road, que no habías estado en una relación desde... bueno... Pero de acuerdo con esta Meredith, eres el feliz padre de dos niños y vives en una casa elegante. —La voz de Carl vibraba con furia contenida—. Y hay solo dos explicaciones posibles. O Meredith entendió todo espectacularmente mal, o le has estado mintiendo y quién sabe a quién más acerca de tener mujer y niños y, Cristo, espero que sea lo primero, porque si es lo segundo, creo que podría ser lo más horrible y patético que haya oído jamás. Y puedo imaginarme lo que tu jefe pensaría al respecto si se enterase. Gran parte del tiempo trabajas con gente vulnerable, y para el Concejo también. No puedo pensar que una revelación así caiga bien, ¿no?

Andrew se quitó la mano de la boca y vio la caricaturesca marca de sus dientes sobre la piel. Recordó a Sally arrojando una manzana a medio comer sobre la cerca y protestando a su madre porque la había regañado.

—¿Qué quieres? —dijo en voz baja. Al principio, no hubo respuesta. Solo el sonido de sus respiraciones. Luego Carl habló.

—Lo arruinaste *todo*. Sally podría haber mejorado, sé que podría haberlo hecho, si solo hubieras compuesto las cosas. Pero ahora ella ya no está. ¿Y adivina qué? Hablé ayer con su abogada, y me dijo que hoy te pagarán el dinero, los ahorros de Sally de toda la vida, solo para que lo recuerdes. Cristo, si ella hubiera sabido qué clase de persona realmente eras, ¿crees de verdad que habría hecho lo que hizo?

—Yo no... Eso no es...

—Cállate y escucha —dijo Carl—. En vista de que ahora sé qué clase de mentiroso eres, déjame que te ponga en claro qué va a ocurrir si decides no cumplir tu promesa de darme lo que me corresponde. Te voy a enviar los datos de mi cuenta en este momento. Y si no me transfieres el dinero en el momento que los recibas, todo lo que necesito es hacer una llamada a Meredith y todo se acabará para ti. Todo. ¿Entendiste? Bien.

Tras decirlo, colgó.

Andrew retiró el teléfono de su oreja y de a poco su cerebro se sintonizó con la voz de Ella: *It wouldn't be makebelieve, if you believed in me*. De inmediato, entró en su cuenta de banco a través del teléfono. Cuando la pantalla le mostró la cuenta, le tomó un momento comprender lo que veía: el dinero ya estaba allí. Su teléfono vibró: era la información de la cuenta de Carl. Comenzó a hacer la transferencia: tecleó el número de la cuenta de Carl con el corazón acelerado. Un clic más y el dinero se habría ido y todo acabaría. Pero, pese a que todos sus instintos lo empujaban a hacerlo, algo lo detuvo. Más allá de todo lo que Carl le había dicho sobre qué pensaría Sally de sus mentiras, ¿acaso pensaría mejor sobre lo que estaba haciendo Carl? Este dinero era lo último que lo conectaba con Sally. Había sido su último regalo para él. El último emblema de su vínculo.

Antes de poder detenerse, había cancelado la transferencia, dejado caer el teléfono en la alfombra y, con la cabeza entre las manos, inspirado y expirado profundamente hasta calmarse.

Estaba sentado en el suelo, alternando entre sentir una cansada derrota y un pánico desesperado, cuando sonó el teléfono de nuevo. Casi esperaba que fuera Carl —que de algún modo hubiera averiguado que ya tenía el dinero—, pero era Peggy.

—¿Hola? —dijo. El ruido de fondo era caótico, gente que gritaba una encima de otra, clamando por ser oída.

—¿Hola? —dijo de nuevo.

—¿Andrew?

—Sí, ¿quién es?

—Es Maisie. Espera. ¿Mamá? ¿MAMÁ? Lo encontré.

Andrew escuchó un "Uuuuh!" colectivo y bocinazos, y luego todo se ensordeció con el sonido de unos dedos que manoteaban el teléfono.

—¿Andrew?

—¿Peggy? ¿Estás bien? ¿Keith está...?

—Tenías razón sobre Steve. Regresé y les estaba gritando a las niñas, fuera de sí por el alcohol y Dios sabe qué más. No puedo más, no puedo. Cogí cuanto pude y metí a las niñas en el carro. Steve estaba demasiado ocupado destrozando la casa para detenerme, pero subió a su motocicleta y me persiguió.

—Carajo, ¿estás bien? —Sonó otro bocinazo.

—Sí, bueno, no, no realmente. Lo siento mucho, Andrew, tendría que haberte creído antes.

—No importa, no me importa. Solo quiero saber que están a salvo.

—Sí, lo estamos. Creo que lo perdimos. Pero la cosa es que, mira, sé que es tarde y todo eso, pero hemos intentado con todo el mundo y... No te pediría esto normalmente, pero ¿podríamos ir a tu casa, solo por una hora o algo así, para ver qué hacer?

—Sí, por supuesto, dijo Andrew.

—Me salvas la vida. No seremos una carga, te lo prometo. OK, ¿cuál es tu dirección? Maisie, toma un lápiz, querida, necesito que escribas la dirección de Andrew.

Andrew sintió que el estómago le daba un salto al comprender lo que acababa de aceptar.

—¿Andrew?

—Sí, aquí estoy, aquí estoy.

—Gracias a Dios. ¿Cuál es tu dirección?

¿Qué podía hacer? No tenía otra opción que decirle. Y casi tan pronto como las palabras salieron de su boca, la línea se cortó.

—Está bien —dijo en voz alta. La soñolienta indiferencia del apartamento se tragó sus palabras, las cuatro paredes que comprendían sala, cocina y cuarto.

OK, considerémoslo con lógica, pensó, tratando de aplacar el creciente pánico en su interior. ¿Podía ser su segunda casa?

Un pequeño lugar que tenía solo para sí mismo, para un poco de... ¿cuál había sido la frase detestable que había dicho Meredith el otro día? "Tiempo para mí", eso. Se volvió lentamente y examinó el lugar, tratando de imaginar que era la primera vez que lo veía. No ayudó. Daba demasiado la sensación de haber sido habitado para parecer otra cosa que un hogar.

Le voy a contar todo.

La idea lo cogió con la guardia baja. Momentos después, oyó el sonido de un carro que se detenía fuera. Miró. Quizás debería tratar de ordenar el lío, aunque apenas si había lío alguno. Como siempre, había un solo plato, un cuchillo y un tenedor, un vaso y una sola sartén sobre el secadero. Nada fuera de lugar. Oh Dios, ¿qué sentido tenía?

Echó un último vistazo alrededor, tomó las llaves y se dirigió a la puerta. Bajó las escaleras. Pasó los rayones en la pared. La vaga nube de perfume. Cuanto más bajaba, más frío se volvía el aire, y la confianza comenzaba a abandonarlo.

No, tienes que hacerlo, se urgió. *Hazlo. No retrocedas ahora.*

Estaba en el corredor, apenas un juego de puertas lo separaba de Peggy y las niñas. Veía sus figuras distorsionadas a través del vidrio traslúcido.

Hazlo. No hay vuelta atrás.

La mano en el picaporte. Las piernas le temblaban tanto que pensó que cederían. *Las cosas tienen que empeorar antes de mejorar. Hazlo, maldito cobarde, hazlo.*

Peggy le arrojó los brazos al cuello y sintió sus lágrimas sobre las mejillas. Él la abrazó tan fuerte que podía sentir cómo ella se apartaba un poco por la sorpresa.

—Ey, hola —le susurró, y su suavidad lo hizo lagrimear. Podía ver a Suze tratando de cargar tres valijas diferentes a la vez fuera del carro, luchando por mantener el equilibrio. Maisie estaba a su lado, el rostro pálido, los brazos cruzados con fuerza. Peggy puso sus manos sobre el pecho de Andrew—. ¿Entramos? —preguntó. Andrew vio que los ojos de ella buscaban los suyos, con naciente preocupación.

—¿Andrew...?

– CAPÍTULO 27 –

Andrew estaba sentado en la cama de un muerto, preguntándose si se había roto un pie. Se le había hinchado de forma grotesca desde la noche anterior, los fluidos expandiéndose bajo la carne esponjosa, y ahora latía y estaba caliente, como si empezara a infectarse. No había sido capaz de calzarse un zapato esa mañana: a lo más, había podido ponerse unas gastadas ojotas que había encontrado en el fondo de un armario. El dolor era atroz, pero nada en comparación con lo que sentía cuando cerraba los ojos y veía otra vez la decepción en la cara de Peggy.

Todo había pasado como en un borrón, su incoherente disculpa (no, perdón, no podían entrar, lo sentía tanto, tanto, lo explicaría cuando pudiera, pero no era posible esta noche), la perplejidad en el rostro de Peggy, la pena y al final, la decepción. Había huido hacia adentro, incapaz de ver cómo Peggy arreaba a sus confundidas niñas de nuevo al auto y metiéndose los dedos en las orejas para no oírlas preguntar por qué debían irse ya. Estaba de nuevo en el corredor, pasados los rayones y la nube de perfume, y escaleras arriba, y adentro, y luego escuchaba impotente cómo se marchaba el carro, y cuando ya no podía oír el motor, miró el piso y vio el juego de tren dispuesto con toda su precisión y cuidado y empezó a patearlo y pisotearlo, y los pedazos de pista y paisaje golpearon contra las paredes, hasta que lo que quedó fue la masacre cubierta por el silencio. No había sentido nada al principio, pero luego pasó el efecto de la adrenalina y el dolor le llegó en una ola sorda que lo descompuso. Se arrastró a la cocina y encontró unas arvejas congeladas, luego buscó en el armario vecino esperando, optimista, encontrar un botiquín de primeros auxilios. En cambio, había dos botellas de vino para cocinar cubiertas de una fina capa de polvo. Bebió media botella de un trago, hasta que la garganta le ardió y el vino se le derramó fuera de la boca y cuello abajo. Se acomodó para sentarse contra el refrigerador y así cayó en un sueño intermitente, del que se despertó después de las tres, para arrastrarse hasta su cama. Yació allí, con lágrimas cayéndole por las mejillas, y pensó en Peggy conduciendo en la noche con la cara iluminada por las luces de la calle, pálida y con miedo.

Había apagado su teléfono y lo había arrojado en un cajón de la cocina. No podía soportar oír nada de nadie. No tenía idea de qué había ocurrido con Keith. Quizás ya lo habían despedido por lastimarlo.

Cuando llegó la mañana, no pudo pensar en otra cosa que realizar la inspección que tenía programada. Se sentó en el subterráneo, entre los pasajeros de la hora pico, el dolor en el pie tan severo que, extrañamente, le daba el coraje de mirar a todos, uno a uno, sintiéndose patético por lo mucho que deseaba que alguien le preguntara si estaba bien.

La dirección le había sonado familiar, pero solo cuando cojeó hacia allí la reconoció como el sitio al que Peggy y él habían venido en su primer día. (¿Era Eric el nombre?). Mientras se preparaba para entrar en la propiedad del difunto Trevor Anderson, miró las lajas de cemento, resbaladizas por la lluvia, donde todavía se distinguía una rayuela, y vio a un hombre que cargaba dos bolsas de compras luchando por abrir la puerta del apartamento donde había vivido Eric. Se preguntó si sabría qué había ocurrido allí. Cuántos miles de personas, de hecho, podían estar abriendo en ese momento la puerta de una casa cuyo último ocupante había muerto y se había podrido sin que nadie lo notara.

———————

De acuerdo con la forense, Trevor Anderson había muerto después de resbalarse y golpearse la cabeza contra el piso del baño. Había añadido que las condiciones de la casa eran "bastante malas", en el tono aburrido de alguien que comenta la decepcionante quiche que sirven en un café. Andrew se puso su traje protector, obligándose a ignorar una nueva ola de dolor en el pie, y, antes de entrar, cumplió su ritual de recordarse por qué estaba allí y cómo debía comportarse.

Era claro que a Trevor le habían resultado difíciles los últimos días. La basura se apilaba en un rincón de la sala. La colección de manchas acumuladas en un punto de la pared sugería que varias cosas habían sido arrojadas allí antes de deslizarse hacia la pila. Había un feroz olor a orín, que emanaba de botellas y latas llenas hasta el borde y diseminadas como en un halo alrededor de un pequeño taburete de madera frente a un televisor en el piso. Las únicas otras cosas que podían considerarse posesiones eran una pila de ropa y una rueda de bicicleta apoyada contra un radiador beige con marcas de quemaduras. Andrew buscó en la basura, pero supo íntimamente que no encontraría nada. Se levantó y se quitó los guantes. En el costado del cuarto que funcionaba como cocina, la puerta del horno colgaba abierta en un grito silencioso. El congelador zumbó un momento, luego se apagó.

Rengueó hasta el cuarto de dormir, alguna vez separado de la sala por una puerta, pero ahora apenas por una delgada sábana pegada con cinta de embalar. Junto a la cama había un espejo, chorreado con espuma de afeitar y apoyado contra la pared, junto a una mesa de luz improvisada con cuatro cajas de zapatos.

De pronto, el dolor fue demasiado, y Andrew se vio forzado a saltar en un pie y sentarse en la cama. Había un libro sobre las cajas de zapatos, una autobiografía de un golfista del que jamás había oído hablar; la sonrisa cursi y el traje abultado lo situaban con seguridad en los ochenta. Abrió el libro al azar y leyó un párrafo sobre una experiencia particularmente difícil en un búnker durante el Abierto de

Phoenix. Pocas páginas después, una alegre anécdota sobre un torneo para recaudar fondos para caridad y demasiada champaña gratis. Mientras pasaba las páginas, algo se cayó sobre su regazo. Era un tiquete de tren de doce años atrás: el regreso de Euston a Tamworth. En el reverso había una publicidad de los samaritanos: "No solo te oímos, te escuchamos". Abajo, en un pequeño espacio en blanco, había algo dibujado con bolígrafo verde.

Pasó largo tiempo estudiando el dibujo. Sabía que era de Trevor porque consistía en tres formas oblongas, cada una con un nombre y unas fechas dentro:

> *Willy Humphrey Anderson: 1938–1980*
> *Portia Maria Anderson: 1936–1989*
> *Trevor Humphrey Anderson: 1964–????*

Las únicas otras palabras eran: *Glascote Cemetery— Tamworth*.

Tenía tantas preguntas. ¿El dibujo estaba destinado a ser visto por alguien en particular, o por el primero que lo hallara? ¿Cuántos años, después de escribir dónde quería ser enterrado, se había sentado a esperar la muerte?

Andrew quería pensar que Trevor Anderson había vivido una vida de glorioso hedonismo. Que esta pequeña pieza administrativa había sido un raro momento de planificación en medio de la diversión despreocupada. Mirando el apartamento mugriento, comprendió que era de un optimismo desesperado. Lo probable era que, en sus últimos años, Trevor hubiera abierto los ojos cada mañana, comprobado que no estaba muerto y se hubiera levantado... hasta que un día ya no lo hizo.

La espera, esa era la peor parte: cuando los días estaban destinados exclusivamente a comer y beber lo suficiente como para mantenerse con vida. Mantenimiento: eso era todo. Pensó de pronto en los opacos ojos de Keith antes de estrellarse contra el piso. Por Dios, ¿qué había *hecho*? En algún punto tendría que enfrentar las consecuencias. Y luego estaba Carl. ¿Cómo iba a lidiar con eso? Podía simplemente doblegarse y transferir el dinero. ¿Pero sería realmente el final? Carl parecía tan amargado y furioso. ¿Qué le impediría cambiar de idea en cualquier momento, tomar el teléfono y llamar a Meredith? La espera sería una tortura. Jamás podría pensar en ser feliz con eso colgando sobre su cabeza. ¿Y Peggy? Recordó esa tarde en Northumberland. Se había sentido tan lleno de posibilidades, convencido de que todo iba a cambiar. Qué equivocado había estado. No había forma de que pudiera esperar que Peggy entendiera sus mentiras, no después de que rehusara ayudarla cuando ella lo había necesitado más que nunca.

Había, claro, una forma muy simple de arreglar todo. Era una idea que se le había ocurrido hacía mucho. No en un momento de crisis, sino como una mera posibilidad que registró mientras iba sumido en su rutina. Había estado esperando en fila, quizás en el supermercado, quizás en el banco. Tan pronto como aceptó la idea, se quedó con él para siempre. Había sido como si una piedra golpeara un parabrisas y dejara una pequeña grieta. Un recordatorio permanente de que el vidrio podía romperse en cualquier momento. Y ahora, comprendía, tenía total y absoluto sentido. No solo disponía de una salida, sino que, por una vez en su vida, tendría completo control.

Se miró en el espejo; su rostro estaba parcialmente cubierto por una raya de polvo. Dejó el tiquete con cuidado sobre los libros y se levantó despacio. Se quedó de pie un momento escuchando el suave sonido del lugar: las risas enlatadas de la televisión en el apartamento de al lado, la música góspel que venía del apartamento de abajo. Podía sentir que sus hombros se aflojaban. Décadas de tensión comenzaban a ceder. Todo iba a estar bien. Los primeros compases de *"Isn't This a Lovely Day?"* de Ella, sonaron en su cabeza. Sintió un nuevo relámpago de dolor en el pie. Pero esta vez apenas lo registró. No importaba. Ya no. Nada importaba.

En la cocina, el congelador volvió a la vida por unos momentos, tembló y se apagó.

———————

Dio una última pasada al apartamento de Trevor y envió el informe por correo a la oficina. Con suerte, había enviado suficiente información para que alguien se ocupara del funeral.

Tomó el autobús a su casa. Viajó parado con una pierna levantada, como un flamenco, sintiéndose liberado por lo poco que le importaba la forma en que la gente lo miraba. Tan pronto como llegó, se fue derecho al baño y puso a llenar la tina. Mientras esperaba, cojeó hasta la cocina y, casi como si tratara de engañarse, revolvió en un cajón sin mirar hasta que su mano tocó lo que buscaba. Recorrió con los dedos el cuarteado mango de plástico del cuchillo y se sintió extrañamente reconfortado por su familiaridad. Lo dejó bajo el agua del grifo: suponía que debía estar limpio, aunque realmente no importaba. Iba a dirigirse a la cocina, pero se detuvo y regresó. No iba a cambiar nada, se dijo, pero sintió que debía fijarse, por las dudas. Abrió el cajón y extrajo su teléfono. Le pareció que tardaba una eternidad en encender. Cuando vibró, casi lo dejó caer por la sorpresa. Pero luego vio que el mensaje era de Carl. *¿Tienes el dinero ya? Mejor que no tengas reparos.* Sacudió la cabeza, despacio. Por supuesto que Peggy no le había enviado un mensaje. Él ya estaba muerto para ella. Arrojó el teléfono sobre la mesada.

Pasó revista a sus discos de Ella y decidió cuál poner. Normalmente, hubiera seguido su instinto. Pero para esto necesitaba encontrar el álbum que cifraba todo lo que amaba de ella. Al final optó por *Ella in Berlin*. Colocó la púa sobre el disco y escuchó cómo se desvanecía el volumen de la audiencia: los excitados aplausos sonaban como lluvia en el vidrio de una ventana. Se desvistió donde estaba y dobló su ropa sin mucho cuidado y la dejó sobre el brazo de un sillón. Pensó que quizás debía escribir una nota, pero solo porque era lo que hacía la gente. ¿Para qué, si uno no tenía nada que decir? Sería apenas otro pedazo de papel esperando las pinzas de la basura.

Para cuando se sumergió en la tina, boqueando por el dolor del agua caliente en el pie, sonaban de nuevo los aplausos, al final de *"That Old Black Magic"*. El suave contrabajo y el piano de *"Our Love is Here To Stay"* llenaron el aire.

Había querido beberse el resto del vino, pero había olvidado traer la botella de la cocina. Mejor así, decidió. Estar completamente lúcido. En control.

El sonoro golpeteo del bajo y la apurada coda del piano marcaron el final de la canción, y Ella agradeció a la multitud. Andrew siempre pensó que sonaba tan auténtica al hacerlo, nunca forzada, nunca falsa.

Empezaba a sentirse mareado. No había comido en horas y el vapor estaba empañando el cuarto y sus sentidos. Golpeteó los dedos contra sus muslos bajo el agua y sintió las ondas ir y venir. Cerró los ojos e imaginó que estaba flotando en un lánguido río al otro lado del mundo.

Más aplausos, y ahora estaban con *"Mack The Knife"*. Aquí era donde Ella olvidaba la letra. *Quizás esta vez será diferente*, pensó Andrew, tanteando el costado de la tina hasta que encontró el mango de plástico, que aferró con firmeza. Pero no, la vacilación, y luego la audaz, excitante revelación de que había arruinado su propia canción, y ahora la atrevida improvisación en que se transformaba en la voz rasposa de Louis Armstrong, y el rugido de la multitud. Estaban con ella, alentándola a seguir.

Puso la mano en el agua. Apretó más fuerte. Apenas había tiempo para respirar antes de los urgentes tambores de *"How High The Moon"*, y Ella se lanzaba al *scat*. La música perseguía sus palabras, pero ella era demasiado rápida, siempre era demasiado rápida. Torció el brazo y apretó el puño. Sintió el filo del metal, su piel tensándose contra él, a punto de ceder. Pero entonces hubo otro ruido, cortando la música, compitiendo por su atención. Era el teléfono, comprendió, abriendo los ojos y soltando el mango del cuchillo.

CAPÍTULO 28

Era Peggy.

—Estás en el horno por no estar aquí. Cameron está que vuela y se está desquitando con todos nosotros. ¿Dónde diablos estás?

Sonaba enojada. Feliz, quizás, de tener una excusa para llamarlo y descargarse con él sin mencionar la otra noche.

Logró arrastrarse a su cuarto, donde se sentó en el suelo, desnudo, exhausto. Sentía como si hubiera despertado de un sueño increíblemente intenso. Tuvo una súbita visión de un florecer escarlata que enlodaba el agua del baño y tuvo que agarrarse las rodillas para detener la sensación de que se caía.

¿Todavía estaba aquí? ¿Era esto real?

—Estoy en casa —dijo, con una voz gruesa e inusual.

—¿Te vas a dar por enfermo?

—No —dijo—. No es eso.

—Ya. Bueno, ¿qué, entonces?

—Mmm, bueno, creo como que casi traté de matarme.

Hubo una pausa.

—¿Cómo?

———————

Se encontraron en el pub, después de que Andrew rechazara los pedidos de Peggy de llevarlo al hospital. Pronto llegarían los parroquianos del viernes a la noche, a la salida del trabajo, pero por ahora el lugar estaba vacío, excepto por un hombre sentado en la barra que daba conversación al cortés, pero claramente aburrido barman.

Andrew encontró una mesa, maniobró para sentarse en una silla y cruzó los brazos sobre el pecho. De pronto se sentía increíblemente frágil, como si sus huesos estuvieran hechos de madera podrida.

Unos momentos después, Peggy empujó la puerta con el hombro y se apuró a llegar hasta él, ahogándolo en un abrazo que aceptó, pero no pudo devolver, porque había empezado a temblar sin control.

—Espera aquí. Sé qué te compondrá —dijo Peggy.

Volvió de la barra con lo que parecía un vaso de leche. —No tenían miel, así que tendrá que ser esto. No es un verdadero ponche caliente, pero bueno. Mi mamá solía dárnoslo a Imogen y a mí cuando teníamos resfríos. En esa época pensaba que era un auténtico remedio, pero, a la distancia, es claro que quería noquearnos para tener un poco de paz.

—Gracias —dijo Andrew, tomando un sorbo que le dio calor y en el que sintió la punzada nada desagradable del güisqui. Peggy lo miró beber. Lucía ansiosa, movía nerviosamente las manos, se tocaba los aretes —unos delicados botones azules que parecían lágrimas—. Andrew estaba sentado frente a ella, inerte. Se sentía tan desconectado.

—Entonces —dijo Peggy—. Lo que dijiste, mmm, en el teléfono sobre, ya sabes...

—¿Matarme?

—Eso. Sí. ¿Estás... es decir, supongo que es una pregunta estúpida, pero... estás bien?

Andrew lo pensó. —Sí —dijo—. Bueno, supongo que me siento un poco como... como si estuviera *realmente* muerto.

Peggy miró el trago de Andrew. —OK, en serio creo que deberíamos ir al hospital —dijo, estirándose y tomándole la mano.

—No —respondió él con firmeza. Sentir la mano de Peggy lo había arrancado de su ensueño—. No hay necesidad. No me hice daño y me siento mejor ahora. Esto ayuda. —Tomó un sorbo de güisqui y tosió, apretando las manos para que dejaran de temblar, hasta que los nudillos se pusieron blancos.

—OK —dijo Peggy, con aire escéptico—. Bueno, veamos cómo te sientes después de esto.

Justo en ese momento se abrió la puerta del bar y cuatro

ruidosos trajes con corbatas que contenían hombres entraron y se ubicaron en la barra. El cliente regular terminó su pinta, encajó su periódico bajo el brazo y se marchó.

Peggy esperó a que Andrew terminara su güisqui antes de recordar que tenía una cerveza y tomarse dos grandes tragos. Se acomodó hacia adelante y habló suavemente. —¿Qué pasó?

Como respuesta, Andrew se estremeció y Peggy le rodeó las manos con las suyas. —Está bien, no tienes que contarme detalles, solo trato de entender por qué... querrías hacer algo así. ¿Dónde estaban Diane y los niños en ese momento?

La sinapsis de Andrew finalmente se disparó mientras buscaba una explicación. Pero no surgió nada; no esta vez. Sonrió con tristeza y comprendió. Esta vez, *esta vez*, iba a decir la verdad. Inhaló profundamente, tratando de calmarse, de aplastar la parte de él que trataba desesperadamente de detenerlo.

—¿Qué? ¿Qué pasó? —preguntó Peggy, luciendo aún más preocupada—. ¿Están bien?

Andrew comenzó a hablar, vacilando, haciendo una pausa a cada momento: —¿Alguna... alguna vez has contado una mentira tan grande que sentiste que no había forma de escapar de ella... que tú... que no podías más que seguir fingiendo?

Peggy lo miró con calma. —Una vez le dije a mi suegra que había cortado una cruz en la base de las coles, pero no era cierto. Eso volvió algo tensa la Navidad... pero no es exactamente a lo que te refieres, ¿no?

Andrew sacudió la cabeza despacio y esta vez las palabras salieron antes de que pudiera detenerlas.

—Diane, Steph y David no existen —dijo—. Todo se derivó de un malentendido, pero luego mantuve viva la mentira, y cuanto más lo hacía, más difícil era decir la verdad.

Peggy lucía como si estuviera pensando y sintiendo cien cosas diferentes a la vez.

—Creo que no te entiendo —dijo.

Andrew se mordió el labio. Tenía la extrañísima sensación de que estaba a punto de reírse.

—Solo quería sentirme normal —dijo—. Empezó como algo muy pequeño, pero luego —soltó una carcajada extrañamente aguda— se me fue un poco de las manos.

Peggy parecía perpleja. Había estado toqueteando tanto uno de sus aretes que se le soltó de la mano y rebotó en la mesa, como una pequeña lágrima azul que se había congelado al caer.

Andrew la miró y la melodía apareció en su cabeza. Esta vez, sin embargo, la forzó a seguir sonando. *Blue moon, you saw me standing alone.* Empezó a tararearla en voz alta. Podía sentir que Peggy estaba empezando a asustarse. *Pregúntame. Por favor*, suplicó en silencio.

—Entonces, para aclararlo —dijo Peggy. —¿Diane simplemente... no existe? La inventaste.

Andrew tomó el vaso y volcó en su boca el líquido que le queda.

—Bueno, no completamente.

Peggy se restregó los ojos con las palmas de sus manos, luego buscó su teléfono en su bolso.

—¿Que estás... a quién estás llamando? —preguntó Andrew, comenzando a levantarse y gritando de dolor, porque había olvidado su pie lastimado.

Peggy le hizo un gesto con la mano para que se sentara.

—Hola, Lucy —dijo al teléfono—. Solo llamo para saber si puedes cuidar a las niñas otro par de horas. Gracias, cariño.

Andrew se preparó para hablar, pero Peggy alzó una mano. —Voy a necesitar un cambio de aceite antes de que sigamos —dijo, tomándose el resto de su trago. Tomó los vasos vacíos y marchó a la barra. Andrew juntó sus manos con fuerza. Todavía estaban tan frías que apenas podía sentirlas. Cuando Peggy regresó con los tragos, tenía un aire decidido y una mirada endurecida que decía que estaba preparada para oír lo peor y no parecer conmocionada por ello. Era, se dio cuenta, el tipo de mirada que Diane solía echarle.

– CAPÍTULO 29 –

El verano tras la muerte de su madre, Andrew se había ido al Politécnico de Bristol. Con Sally en Manchester viviendo con su nuevo novio, había sido más por tener con quién hablar que por anhelo de educarse. Sin hacer ningún tipo de averiguación de antemano, se instaló en una parte de la ciudad llamada Easton. La casa estaba justo a la vera de un pedazo de césped que, en forma optimista, había recibido el bucólico nombre de Fox Park, aunque en realidad era un minúsculo parche verde que separaba la calle residencial de la carretera M32. Cuando Andrew llegó a la casa arrastrando sus posesiones en una abultada mochila de color púrpura, vio a un hombre vestido de pies a cabeza con bolsas de basura patear a una paloma en el parque. Una mujer salió de un arbusto y apartó al hombre del pájaro, pero, para horror de Andrew, solo para poder proseguir con el ataque ella misma. Mientras todavía se recuperaba de ese horrible despliegue en equipo, la dueña de casa lo hizo entrar en su nuevo alojamiento. La Sra. Briggs tenía una feroz tintura azul y una tos como de trueno distante; Andrew advirtió pronto que tenía un buen corazón debajo de un severo exterior. Parecía estar siempre cocinando, a menudo a la luz de las velas cada vez que se acababa la electricidad, lo que ocurría regularmente. También tenía el inquietante hábito de insertar alguna crítica en medio de una frase sin conexión alguna: "No te preocupes por ese tipo y la paloma, amor, está un poco tocado ese muchacho —uff, necesitas un corte de pelo, pequeño—, creo que le falta algún tornillo, la verdad". Era el equivalente coloquial de cómo esconder las malas noticias.

Pronto le tomó cariño, lo cual le vino bien, porque odiaba a todo el mundo en su curso. Tenía la experiencia suficiente como para deducir que Filosofía iba a atraer a cierto tipo de personas, pero era como si todos hubieran sido engendrados en un laboratorio solo para molestarlo. Todos los muchachos tenían barbitas, fumaban cigarritos enrollados y pasaban la mayor parte del tiempo tratando de impresionar a las chicas citando los pasajes más oscuros que conocían de Descartes y Kierkegaard. Ellas vestían *jeans* y parecía que pasaban todas las clases con cara de piedra y una furia hirviente bajo la superficie. Fue más tarde que descubrió que se debía a que los tutores debatían animadamente con los varones, pero se dirigían a ellas como se le hablaría a un *pony* más o menos inteligente.

Después de unas pocas semanas se hizo un par de amigos, un galés de cara de budín, por su mayor parte benigno, llamado Gavin, que bebía *gin* puro y afirmaba haber visto un plato volador sobre el campo de rugby de Llandovery; y su novia Diane, de tercer año, que usaba gafas de marco anaranjado y no toleraba a los tontos. Andrew comprendió pronto que Gavin era el más tonto de todos, y que ponía a prueba la paciencia de Diane a todas horas, de formas cada vez más creativas. Habían estado juntos desde antes de la universidad —"novios de la infancia, viste", le dijo Gavin por séptima vez una noche, después de su sexto *gin*— y Gavin la había seguido a Bristol y se había inscripto en las mismas clases. Más tarde, Diane le confiaría que se debía menos a que no soportara estar separado de ella y más a que la más simple de las tareas le parecía demasiado. "Una vez llegué a casa cuando intentaba cocinar *nuggets* de pollo en una tostadora".

Por razones que Andrew no entendía, Diane era la única persona en toda su breve vida adulta con quien no tenía problema alguno para hablar. Cuando estaba con ella, no tartamudeaba ni trastabillaba con las palabras y compartían un muy específico sentido del humor: negro, pero jamás cruel. En las pocas ocasiones en que estaban solos —esperando que Gavin se les sumara en el pub, o en momentos robados, cuando Gavin estaba en el baño o en la barra—, Andrew comenzó a abrirse con ella sobre Sally y su mamá. Diane tenía un don natural para ayudarlo a encontrar lo positivo en lo que había vivido sin trivializar nada, así que cuando le hablaba de su madre se encontró recordando las raras ocasiones en que parecía despreocupada y feliz, usualmente cuando trabajaba en el jardín bajo el sol, con Ella Fitzgerald como música de fondo. Cuando hablaba de Sally, recordaba una fase, por la época en que veían películas de horror con Spike, en que había empezado a volver del pub con regalos que había "adquirido" de un cliente regular algo sospechoso, que a su vez los había obtenido de la parte trasera de un camión —incluidos un juego de Subbuteo, un pequeño instrumento de madera al parecer conocido como arpa de boca, y, lo más espléndido de todo, un Flying Scotsman R.176 con locomotora verde manzana y coche de teca—. Amaba la locomotora, pero fue Diane quien le hizo comprender que era algo más que un aprecio por la cosa en sí misma: que era un emblema de ese breve período en que Sally había sido más afectuosa con él.

A veces, a través de la nube de humo del tumultuoso pub, descubría que Diane lo miraba. Sin embarazo alguno por haber sido sorprendida, le sostenía la mirada por un segundo antes de volver a la conversación. Vivía para esos momentos, al punto que se convirtieron en lo único que lo impulsaba. Le iba tan mal en el curso que había dejado de preocuparse totalmente por él. Estaba resignado a abandonarlo en Navidad. Conseguiría un trabajo en alguna parte y ahorraría algo de dinero. Se dijo que viajaría, pero en verdad le había resultado ya bastante difícil mudarse a Bristol.

Una noche, Diane, Gavin y él fueron invitados a una fiesta improvisada en el dormitorio de otro estudiante, con la condición de que cada uno llevara una caja de cervezas. Una gran pandilla se comprimió en el cuarto y se abrieron las latas. Nadie quería hablar de la universidad, pero Gavin encontró una copia de *Sobre la libertad* y comenzó a leer pasajes en voz alta, borracho, mientras todo el mundo trataba de ignorarlo. Mientras Gavin buscaba otro libro —¡quizás Voltaire era lo que hacía falta en esta fiesta!—, Andrew trató de tomar lo que estaba a medias seguro de que era su Holsten Pils, pero alguien le cogió la mano libre por detrás y lo sacó fuera. Era Diane. Lo guió por el corredor y por tres pisos de escaleras hasta la calle, donde la nieve caía en gruesos puñados.

—Hola —le dijo, poniéndole los brazos alrededor del cuello y besándolo antes de que pudiera responder. Para cuando abrió los ojos de nuevo, había una alfombra de nieve.

—Sabes que vuelvo a Londres esta semana —dijo él.

Diane levantó las cejas.

—¡No! No quise decir que... Solo... Solo pensé que debía decírtelo.

Diane le aconsejó cortésmente que se callara y lo besó de nuevo.

Se escabulleron en lo de la Sra. Briggs esa noche. A la mañana siguiente, al despertar, Andrew creyó que Diane se había marchado sin decir adiós, pero sus gafas todavía estaban en la mesa de luz, apuntando hacia la cama, como si lo observaran. Oyó el ruido del váter y luego el sonido de dos tipos de pasos diferentes que se encontraban en el rellano. Un corto retraimiento. Una presentación incómoda. Diane volvió a la cama y castigó a Andrew por no haber venido a su rescate adosándole los pies helados a las piernas.

—¿Nunca entras en calor? —dijo él.

—Quizás —susurró ella, subiendo el cobertor sobre sus cabezas—. Vas a tener que ayudarme ¿no?

Después, se recostaron de lado con sus piernas todavía

entrelazadas. Andrew recorrió con su dedo una pequeña cicatriz blanca sobre la ceja de Diane.

—¿Cómo te hiciste esto?

—Un chico llamado James Bond me tiró una manzana —dijo.

———————

Cinco días después, estaban parados en la plataforma del tren, mientras el sol los calentaba por un hueco en la cerca. Habían tenido su primera cita oficial la noche anterior, para ver *Pulp Fiction* en un cine, aunque ninguno de los dos podía recordar gran cosa de la trama.

—Ojalá hubiera estudiado más duro —dijo Andrew—. No puedo creer que lo eché a perder así.

Diane tomó la cara de Andrew entre sus manos. —Oye, todavía estás de duelo, por amor de Dios. El solo hecho de que hayas logrado salir de esa casa es algo de lo que deberías estar orgulloso.

Se quedaron acurrucados juntos hasta que llegó el tren. Andrew bombardeó a Diane con preguntas. Quería saber todo sobre ella, tener cuanto más pudiera de lo que aferrarse una vez que se hubiera ido.

—Prometo que iré a visitarte cuando pueda pagar el tiquete, ¿OK? —dijo Andrew—. Y te llamaré. Y te escribiré.

—¿Qué tal una paloma mensajera?

—¡Ey!

—Perdón, pero estás hablando como si te fueras a la guerra en alguna parte, no a Tooting.

—Recuérdame, ¿por qué no puedo quedarme?

Diane suspiró. —Porque a) creo que deberías pasar algún tiempo con tu hermana, especialmente en Navidad, y b) porque creo que necesitas ir a casa un tiempo y decidir qué harás después, independientemente de mí. Yo tengo que concentrarme en por lo menos graduarme y, de todos modos, cuando termine, probablemente me mude a Londres.

Andrew hizo una mueca.

—*Probablemente*.

Después de un momento de silencio, advirtió qué poco atractivo era su enojo. Pero mientras le daba un abrazo de despedida, Diane lo aferró tan fuerte que sintió su calor durante todo el viaje de vuelta a Londres.

―――――――――

Se mudó al cuarto libre de una casa ocupada por dos dublineses que acababan de descubrir las anfetaminas, y a quienes él se las arreglaba para evitar, excepto cuando lo convocaban para decidir debates completamente incomprensibles, en los que tendía a dar la razón al que parecía más próximo a incendiar algo si no se le concedía la victoria. Sobrevivía a base a Rice Krispies y la idea de que volvería a hablar con Diane. Habían arreglado una hora cada semana en la que él iba al teléfono público al final de la calle y la llamaba. Diane exigía que comenzara cada conversación describiendo a las mujeres "pechugonas" o "exóticas" de los avisos pegados en la cabina telefónica. Tenía un jarro de Nescafé vacío en el alféizar de su cuarto en el que ahorraba dinero para comprar tiquetes a Bristol. Había hallado trabajo detrás del mostrador de una tienda que rentaba vídeos, al que asistían exclusivamente borrachos de ojos ladinos que compraban pornografía, algo que solo había contado a Diane después de una larga juerga en el pub.

Para entonces, había renunciado totalmente a la idea de volver y terminar su carrera. El verano reptaba hacia ellos y lo ponía ansioso la sola idea de regresar a clases.

—¿Así que te vas a quedar en Londres trabajando en una tienda de porno? —le preguntó Diane—. ¿Qué pasó con tomar decisiones? ¿O es esta, realmente, tu mayor ambición? Necesitas descubrir qué quieres hacer. Si no vas a conseguir un diploma, tienes que averiguar cómo te vas a hacer una carrera.

—Pero...

Ella desestimó sus protestas con un gesto. —Hablo en serio. No quiero oír más nada al respecto. —Le puso las manos en la cara y le apretó la boca hasta que parecía un pez—. Necesitas creer en ti mismo un poco más y salir de allí de una puta vez. ¿Cuál es tu trabajo soñado, tu carrera soñada? —Liberó al pez y esperó la respuesta.

¿Cuál *era* su trabajo soñado? Y más importante, ¿que podía decir de lo que ella no se burlara?

—Trabajar para la comunidad de algún modo, o algo así, supongo.

Diane entrecerró los ojos y examinó su rostro para descubrir si inventaba.

—Está bien, entonces —dijo—. Es el primer paso positivo. Ya sabes en qué área quieres trabajar. Solo necesitas un poco de experiencia. Eso implica un trabajo de oficina, primero que nada. Así que tan pronto como regreses a Londres, buscarás uno. ¿De acuerdo?

—Seh —balbuceó Andrew.

—¡No refunfuñes! —dijo Diane, y cuando él no respondió, se deslizó hacia la parte de abajo en la cama y le resopló en la panza.

—¿Y qué hay de ti? —dijo Andrew, riéndose y tirando de ella para que se recostara encima de él—. ¿Cuál es *tu* trabajo soñado?

Diane recostó la cabeza en su pecho. —Bueno, por más que pasé toda mi adolescencia diciendo que haría exactamente lo opuesto a mis padres, de ahí mi título en Filosofía, bla, bla, bla, estoy pensando en pasarme a Derecho.

—¿Ah sí? ¿Negociar acuerdos para informantes de tráfico de drogas? ¿Ese tipo de cosas?

—El hecho de que eso sea lo primero que se te ocurre me hace pensar que has estado viendo demasiadas películas clase B de tu tienda.

—Era eso o el porno.

—Y no viste nada de porno.

—Absolutamente no.

—Así que si quieres pasar un "tiempo solo", te imaginas...

—A ti. Solo a ti. Sin nada más puesto que un delantal hecho con páginas de novelas de Virginia Woolf.

—Así lo pensé.

Se deslizó para que quedaran lado a lado.

—Así que vas a ser abogada —dijo Andrew.

—Eso, o astronauta —replicó ella con un bostezo.

Andrew rio. —No puede haber un astronauta galés. ¡Es ridículo!

—Mmm, ¿por qué no?

Andrew improvisó su mejor acento de los Valles. —Bien, ya ya, segurro. Un pequeño paso para el hombre, esto es, y un gran grande gigante paso para la humanidad, viste.

Diane resopló y empezó a salir de la cama, pero Andrew se zambulló y le aferró el brazo que ella había dejado colgando deliberadamente. Le encantaba cuando hacía eso: provocarlo. Saber que solo daría un paso antes de que él la atrajera de nuevo.

———————

De regreso en Londres, se la pasó marcando posibles trabajos en el periódico detrás del mostrador de la tienda de vídeos . Había vendido uno de aspecto terrorífico a un hombre de cara demacrada que le explicó que "pajearme ayuda con el bajón", cuando sonó el teléfono. Cinco minutos después, lo colgó, mientras consideraba la posibilidad de que la mujer que acababa de pedirle que fuera a una entrevista hubiera sido contratada por Gavin como una suerte de revancha.

—Primero, estás loco —dijo Diane, cuando él le habló esa tarde desde la cabina (bella, hermosa rubia pechugona)—. Segundo, estoy segura de que tengo el derecho de decir: te lo dije. Así que podemos hacerlo ya o esperar a que consigas el trabajo. Tú decides...

La entrevista era para ser asistente de administración en el Concejo local. Pidió prestado un traje a uno de los irlandeses que había pertenecido a su padre. Al revisar los bolsillos, mientras esperaba en la antesala, encontró el talón de un tiquete de una obra de teatro de 1964 llamada *Filadel-fia, ¡aquí vengo!* que había sido montada en el Gaiety Theatre de Dublín. ¿Habría ido Sally a Filadelfia cuando estaba en los Estados Unidos? No podía recordarlo y hacía mucho que había tirado las postales. Decidió que el optimismo del título era una buena señal.

A la mañana siguiente, la primera frase de Diane cuando atendió el teléfono fue: —Te lo dije.

Andrew se rio. —¿Qué habrías hecho si lo decías y no lo hubiera conseguido?

—Mmm, ¿fingir que eras uno de mis otros novios?

—¡Ey!

Pausa.

—Espera. ¿Estás bromeando, verdad?

Un suspiro.

—Sí, Andrew, estoy bromeando. Hamish Brown tocó accidentalmente uno de mis pechos cuando trataba de arreglar un proyector la semana pasada. Eso es lo más cerca que he estado de serte infiel...

A su pesar, Andrew pasaba posiblemente el 70% (OK, 80, 90 a lo sumo) del tiempo preocupado porque Diane se sintiera atraída por alguien más. Por algún motivo, siempre imaginaba a un remero de cabello lacio llamado Rufus. Puros hombros y aristocracia.

—Por suerte para ti, ese Rufus de ficción no puede competir con el flacucho desertor de Filosofía que trabaja en una tienda de porno y vive con dos frikis de la anfetamina.

En su primera mañana en el Concejo, Andrew estaba tan nervioso que se vio forzado a decidir si era menos extraño pasar todo el tiempo en el baño o estar sentado en su escritorio retorciéndose con calambres de estómago cada cinco segundos. Por suerte, logró terminar el día, luego la semana, luego el mes, sin cagarse encima ni iniciar un incendio por accidente. ("Realmente tenemos que trabajar en tus metas", comentó Diane).

Luego, llegó el día más glorioso: 11 de junio de 1995. El curso de Diane se había acabado y venía a Londres. Andrew dijo adiós a los irlandeses, que parecían sorprendentemente emocionados (aunque podría haber sido porque no habían dormido en tres días seguidos), y apiló sus cosas en el taxi que lo esperaba para llevarlo al apartamento que había encontrado para él y Diane, quien había logrado meter todo en un par de valijas y tomar el tren desde Bristol.

—Mamá quiere llevarme en carro —le dijo—, pero temí que hubieras rentado una guarida de adictos al *crac*, o algo así, y no quería que le diera un ataque de pánico.

—Ah. Mmm. Qué curioso que lo menciones...

—Oh, Dios...

Andrew no podía estar seguro de que el pequeño apartamento que había encontrado a la vuelta de Old Kent Road *no hubiera* sido utilizado como guarida de adictos al *crac* —era el tipo de edificio hecho a las apuradas, con rayones en las paredes del corredor y olor a humedad—, pero al yacer en la cama esa noche con Diane a su lado, las rodillas apretadas contra el pecho, no pudo dejar de sonreír. Ya se sentía como un hogar.

La mudanza ocurrió durante un verano de un calor ferozmente pegajoso. Julio fue especialmente duro. Andrew compró un ventilador y ambos se sentaban en ropa interior en la sala cuando se ponía demasiado caluroso para salir. Estaban moderadamente obsesionados con Wimbledon ese mes; Steffi Graf era la heroína de Diane.

—Hace un calor de puta madre, ¿no? —bostezó Diane, tirada boca abajo mientras Graf firmaba autógrafos antes de dejar la cancha central.

—¿Esto ayudaría? —preguntó Andrew, antes de pescar dos pedazos de hielo de su vaso y depositarlos cuidadosamente en la espalda de Diane, disculpándose con aire inocente mientras ella gritaba y reía por partes iguales.

El calor fue implacable al entrar en agosto. La gente se espiaba nerviosamente en el subterráneo, buscando posibles candidatos al desmayo. Las calles se agrietaban y partían. Había una fuerte prohibición de usar mangueras. En el día más caliente del año, Andrew se encontró con Diane después del trabajo y se tiraron en el césped reseco de Brockwell Park, mientras alrededor la gente se sacaba los zapatos y enrollaba las mangas. Habían llevado botellas de cerveza, pero habían olvidado el abridor. —No hay problema —dijo Diane, y encaró con confianza a una pareja que estaba fumando y les pidió prestado un encendedor para abrir las botellas.

—¿Dónde aprendiste ese truco? —preguntó Andrew, mientras volvían a tenderse en el césped.

—Mi abuelo. También podía usar sus dientes en caso de emergencia.

—Suena como que era... divertido.

—El bueno de mi abuelo David. Solía decirme —imitó una voz grave y resonante— "Si hay una sola lección que he aprendido, Di, es: nunca seas tacaño con el alcohol. La vida es demasiado corta". Mi abuela ponía los ojos en blanco. Mi Dios, yo lo amaba, era un héroe. Sabes qué, si alguna vez tengo un hijo, quiero llamarlo David.

—¿Ah sí? —dijo Andrew—. ¿Y si es una niña?

—Mmm. —Diane inspeccionó su codo, arrugado con la forma del césped—. Ah, ya sé: Stephanie.

—¿Otro pariente?

—¡No! Steffi Graf, obvio.

—Obvio.

Diane le sopló la espuma de su cerveza encima.

Más tarde, en la casa, lo montó sobre el sofá mientras un relámpago cruzaba el cielo.

La lluvia llegó mientras la ciudad dormía, un diluvio de agua grasienta que castigó las calles. Andrew se quedó parado junto a la ventana mientras amanecía, bebiendo una taza de café. No podía decir si todavía estaba un poco borracho o se venía la resaca. Una de esas horribles que se te trepan, de esas en que estás comiendo tocino en el camino de la sartén al plato. Oyó a Diane moverse. Se sentó en la cama y dejó que el pelo le cayera sobre la cara.

Andrew se rió y volvió a mirar por la ventana. —¿Te duele la cabeza? —preguntó.

—Me duele todo —se quejó Diane con voz quebrada.

La oyó arrastrar los pies y sintió sus brazos alrededor de la cintura y su mejilla contra la parte superior de su espalda.

—¿Hacemos una fritanga?

—Seguro —dijo Andrew—. Solo tenemos que conseguir unas cosas en la tienda.

—¿Quedecesidamos? —dijo Diane con un bostezo que Andrew sintió resonar en todo su cuerpo.

—Oh, solamente tocino. Y huevos. Y salchichas. Y pan. Probablemente frijoles. Sin dudas leche, si quieres té. —Sintió que ella aflojaba los brazos mientras gemía, derrotada.

—¿Y adivina a quién le toca *hacer algo*? —preguntó él, con tono inocente.

Ella enterró la cara en su espalda. —Lo dices solo porque sabes que me toca a mí.

—¿Qué? ¡Jamás! —dijo Andrew—. Es decir, repasemos: yo cambié de canal, tú pusiste la tetera, yo saqué la basura, tú compraste el periódico, yo lavé.... Oh, tienes razón, es *tu* turno.

Ella le clavó la nariz en la espalda una y otra y otra y otra vez.

—Ey —dijo él, pero al final cedió, se dio vuelta y la tomó en sus brazos.

—¿Me prometes que todo será mejor después del tocino y los frijoles? —dijo ella.

—Sí. Lo prometo.

—¿Y me amas?

—Aún más que al tocino y los frijoles.

Sintió que la mano de ella se deslizaba dentro de sus *boxers* y lo apretaba.

—Bien —dijo, besándole los labios con un exagerado "muá" y alejándose abruptamente para ponerse unas ojotas en los pies y un fino suéter sobre el pijama.

—Eh, no es justo —protestó Andrew.

—Ey, es mi turno de hacer algo, solo sigo las reglas... —dijo Diane encogiéndose de hombros y tratando de mantenerse seria. Buscó sus gafas, tomó su cartera y se fue tarareando. A Andrew le tomó un segundo darse cuenta de que era *"Blue Moon"*, de Ella. *Al fin*, pensó, *la he convertido*. Se quedó allí, sonriendo estúpidamente, sintiéndose tan desesperadamente enamorado que era como un boxeador atontado que trata de mantenerse en pie.

Se permitió dos pasadas de *"Blue Moon"* antes de ir a la ducha, deseando con culpa que para cuando saliera ya pudiera oler el tocino friéndose. Sin embargo, cuando emergió, no había señal alguna de Diane. Y todavía no la había diez minutos después. Quizás se había cruzado con un amigo, algún graduado del Poli de Bristol, mundo pequeño y todo eso. Pero había algo que no sonaba bien. Se vistió rápido y salió.

Pudo ver la aglomeración de gente alrededor de la tienda, al otro lado de la calle. "Esa es la cosa", escuchó que farfullaba uno de la manada, justo cuando él llegaba. "Todo ese calor, y de pronto hay una gran tormenta... Tiene que causar daño".

Había oficiales de policía parados en semicírculo, bloqueando a todo el que quería pasar. Una de las radios brotó a la vida, una confusión de acoples y estática que hizo retroceder al policía que se hallaba en una punta del semicírculo y que alejó el aparato a un brazo de distancia. Una voz atravesó la interferencia: "...confirma que es un fallecido. Caída de mampostería. Nadie ha podido determinar de quién es el edificio, cambio".

Andrew sintió que el pánico lo penetraba mientras atravesaba la última línea de la multitud antes del semicírculo policial. Temblaba como si una corriente eléctrica fluyera en su interior. Adelante, pudo ver unas sábanas plásticas azules en el piso, ondeando por el viento, y una pila de lajas destrozadas. Y allí, al lado, perfectamente intactas, luciendo exactamente como en la mesa de luz de la casa de la Sra. Briggs, un par de gafas de marco anaranjado.

Un policía le había puesto las manos sobre su pecho y le decía que retrocediera. Su aliento olía a café y tenía una marca de nacimiento en una mejilla. Estaba enojado, pero de pronto dejó de gritar. Sabía. Entendía. Trató de hacerle preguntas, pero Andrew se derrumbó de rodillas, incapaz de sostenerse. Hubo manos en sus hombros. Voces preocupadas. Estática. Luego alguien lo puso de pie.

El ruido del pub flotó de regreso y las manos del policía se convirtieron en las de Peggy, y fue como si saliera de debajo del agua, rompiendo la superficie, y Peggy le decía que todo estaba bien, y lo apretaba muy fuerte, ahogando sus sollozos. Y aunque no podía parar de llorar —sentía que jamás podría—, lentamente sintió un hormigueo en los dedos, el calor que al fin retornaba.

– CAPÍTULO 30 –

Apenas tuvo energía para volver a su apartamento. Peggy lo condujo, cargando a medias su peso, e insistió en entrar con él. Él protestó sin energía, pero ahora que Peggy sabía la verdad no tenía mucho sentido.

—Es esto o el hospital —declaró Peggy, lo que zanjó la cuestión.

El modelo de tren todavía yacía roto, intocado desde que lo destrozara. —De ahí la cojera —balbuceó.

Se recostó en el sofá y Peggy lo cubrió con una manta y su propio abrigo. Hizo té y se sentó con las piernas cruzadas en el piso, apretándole ocasionalmente la mano, y calmándolo cada vez que se despertaba sobresaltado.

Cuando al fin despertó, ella estaba sentada en un sillón leyendo las notas de la cubierta de *Ella Loves Cole* y bebiendo café de una taza que no había usado en una década. Sentía una contractura en el cuello —debía haber dormido en una posición forzada— y el pie todavía le latía, pero se sentía más controlado. Había soñado con la cena en lo de Meredith y de pronto le surgió la pregunta. —¿Qué pasó con Keith?

Peggy lo miró. —Buen día para ti también —dijo—. Keith, te complacerá saber, está bien.

—Pero te oí llamar a una ambulancia —dijo Andrew.

—Sí, señor. Para cuando la ambulancia llegó, estaba consciente y tratando de persuadir a los paramédicos de que no se lo llevaran. Para ser franca, ellos parecían más preocupados por Cameron, el tonto desmayado con marcador por toda la cara. Creo que pensaron que lo habíamos secuestrado para ser parte de algún culto demente o algo así.

—¿Keith volvió a trabajar?

—Síp.

—¿Y está, ya sabes, enojado conmigo?

—Bueno, no está encantado, exactamente. Pero Meredith lo trata como a un héroe de guerra, lo atiende constantemente, así que creo que, por dentro, lo está disfrutando bastante. Ella es la que quiere... —Peggy se contuvo.

—¿Qué?

—Sigue hablando de convencer a Keith de que presente cargos en tu contra.

—Oh, Dios —gimió Andrew.

—No te preocupes, está bien —dijo Peggy—. Puede que yo haya tenido unas palabras con ella al respecto. Desde entonces, no lo ha dicho más.

Andrew no estaba seguro, pero parecía que Peggy trataba de reprimir una sonrisa.

—Suenas como un jefe de la mafia —dijo—. Pero te lo agradezco, sea lo que sea que hayas dicho. —Miró el reloj del horno y se apresuró a levantarse.

—Dios —dijo—. ¿Realmente dormí durante doce horas? ¿Qué estas haciendo aquí? Deberías estar en tu casa.

—Todo está bien —respondió Peggy—. Hablé por FaceTime con las niñas. Se están quedando en Croydon con una de las amigas de Imogen. Pudieron quedarse levantadas hasta tarde y mirar cosas horriblemente inapropiadas en la televisión anoche, así que no podría importarles menos que no esté allí.

Dio vuelta al disco. —Tengo que confesar algo. Nunca escuché el compilado que me hiciste.

—Te la dejo pasar —dijo Andrew—. Como dije, apenas si me llevó tiempo hacerlo.

Peggy devolvió el disco a la pila con cuidado. —¿Dijiste que tu mamá era una gran fan?

—No lo sé realmente. Solo tengo recuerdos muy vívidos de ella poniendo estos discos y cantando las canciones mientras hacía algo en la cocina, o escuchándolos por la ventana mientras trabajaba en el jardín. Siempre parecía, no sé, como una persona completamente diferente cuando se dejaba llevar así.

Peggy se llevó las rodillas al pecho. —Me gustaría decir que tengo recuerdos similares de mi mamá de cuando era más joven, pero si bailaba en la cocina era porque estaba tratando de darnos un mamporro, o porque algo se había prendido fuego. O ambas cosas. OK, parece que necesitas algo de comer.

—Está bien, yo lo hago —dijo Andrew, y empezó a ponerse de pie, pero Peggy le dijo que se quedara sentado. Andrew rogó a Dios que no lo juzgara demasiado por las tres latas de frijoles cocidos y la posible barra de pan viejo que era todo el contenido de sus alacenas. Antes de que pudiera disculparse por anticipado, su teléfono vibró. Leyó el mensaje y se sintió débil de nuevo. Esperó a que Peggy le trajera un plato de tostadas con bastante manteca y una taza de té.

—Hay algo más que tengo que decirte —comenzó Andrew.

Peggy dio un gran mordisco a su tostada. —OK —dijo—. Pero para ser honesta, Andrew, después de anoche no creo que haya algo con lo que puedas causarme un *shock*. Pero inténtalo.

Para cuando terminó la historia de Carl y su chantaje, Peggy había perdido interés en su tostada, que había arrojado al plato con disgusto. Caminaba de un lado a otro con las manos en la cintura.

—No puede hacer eso. Hubo una razón por la cual Sally te dio el dinero, y que te amenace es indignante. Lo vas a llamar ahora mismo y le vas a decir que se vaya a la mierda.

—No —dijo Andrew—. No puedo.

—¿Por qué carajo no?

—Porque...

—¿Qué?

—No es fácil. No puedo... Simplemente no puedo.

—Pero es solo una falsa amenaza, porque no es como

si... —Peggy dejó de pasearse y lo miró—. Porque vas a contar la verdad a todos en el trabajo, ¿cierto?

Andrew no dijo nada.

—Bueno —dijo Peggy, como cosa decidida—, vas a tener que hacerlo. En dos semanas se supone que organices la siguiente cena, así que realmente no tienes alternativa.

—¿Qué? —dijo Andrew—. Pero ¿y lo que pasó en lo de Meredith? Fue un desastre. Seguro que Cameron no quiere que ocurra de nuevo.

—Por el contrario, se le metió en la cabeza que es el modo perfecto para que Keith y tú hagan las paces. Estaba tan pasado esa noche que realmente no entendió lo que había ocurrido, excepto que tú y Keith se habían "peleado". Yo logré limpiarle la cara y meterlo en un taxi. Seguía farfullando algo sobre "redundancias", pero Dios sabe qué es eso.

Andrew se cruzó de brazos.

—No se los voy a decir —anunció, en una voz que era apenas más que un susurro—. No puedo.

—¿Por qué no?

—¿Qué quieres decir con por qué no? ¡Porque me despedirán! No puedo permitirme eso, Peggy. No tengo habilidades para ninguna otra cosa, para empezar.

Se quedaron callados un momento. Andrew deseó que hubiera música. Peggy fue hasta la ventana y se quedó parada dándole la espalda.

—En verdad, creo que sí tienes otras habilidades —dijo—, y creo que puedes hacer otra cosa. Y creo que tú también lo sabes.

—¿Qué significa eso?

Peggy se volvió para hablarle, pero al parecer cambió de idea y se detuvo.

—¿Puedo preguntarte algo? —dijo al fin.

Andrew asintió.

—¿Cuánto ha cambiado este lugar desde que te mudaste?

—¿Qué quieres decir?

Peggy echó una mirada alrededor. —¿Cuándo compraste algo nuevo por última vez? ¿Haz cambiado algo desde que Diane...? —Andrew se sintió de pronto horriblemente cohibido.

—No sé —dijo—. No mucho. Un poco. La computadora es nueva.

—Ya. ¿Y cuánto tiempo has estado haciendo este trabajo?

—¿Qué es esto, una entrevista? —replicó Andrew—. ¿Por cierto, quieres otra taza de té?

Peggy vino a sentarse a su lado y le tomó las manos. —Andrew —dijo suavemente—. No voy siquiera a fingir que sé con cuánta mierda has tenido que lidiar, pero sé por experiencia lo que es vivir negando, no enfrentar las cosas. Míranos a mí y a Steve. Sabía en el fondo que él no iba a cambiar, pero hubo que tocar el fondo absoluto para hacer algo al respecto. ¿No llegaste a la misma conclusión anoche? ¿No sientes que es tiempo de intentar seguir adelante?

Andrew sintió que la garganta se le cerraba. Los ojos le comenzaban a picar. Parte de él quería que Peggy insistiera; parte de él quería que lo dejara en paz.

—La gente no va a ser tan amable como tú —dijo él,

despacio—. Y no puedes culparlos. Necesito más tiempo. Para pensar en qué voy a hacer, ¿OK?

Peggy levantó la mano de Andrew y usó la suya para presionarla contra el pecho de él. Andrew sintió su propio corazón latiendo contra sus costillas.

—Tienes que elegir —dijo Peggy—. O intentas mantener la farsa, le pagas el dinero a Carl aunque sea tuyo, sigues mintiendo a todo el mundo, o cuentas la verdad y empiezas a aceptar las consecuencias. Sé que es duro, de veras que lo sé, pero... OK, aquel día en Northumberland. Cuando tuvimos nuestro "momento", digamos. —Andrew deseó en realidad, *realmente*, no sonrojarse tan fácilmente.

—Sí —balbuceó, frotándose los ojos.

—Mírame. Por favor.

—No puedo.

—OK, entonces cierra los ojos. Recuerda, imagina ese momento. No tienes que decirme, solo piensa en cómo te hizo sentir. Qué encantador y *diferente* e... intenso fue. No sé. Solo digo cómo fue para mí. —Andrew abrió los ojos.

—Después —dijo Peggy—, cuando te caíste dormido en el sofá. Repetías "me salvaste". Pensaste que era tu vía para salir de todo esto. Pero, y cree en lo que te digo, solo tú puedes cambiar las cosas. *Tiene* que venir de ti mismo.

Los ojos se le fueron a los restos de la pista del tren. Era como si hubiera ocurrido un choque.

Peggy miró su reloj. —Oye, probablemente debería marcharme. Necesito asegurarme de que las niñas hayan comido algo más que dulces. —Se paró, abandonando la mano de Andrew, y tomó su abrigo y su bolso—. Solo piensa en lo que te he dicho, ¿OK? Y si empiezas a sentirte... ya sabes... llámame. ¿Lo prometes?

Andrew asintió. Realmente no quería que se fuera. No iba a ser capaz de lograrlo sin ella, sin importar lo que ella pensara. —Lo haré —soltó—. Les contaré la verdad a todos, pero no puedo ahora, mientras Cameron habla de redundancias. Necesito encontrar una forma de pasar por esa estúpida cena con mi reputación intacta, y entonces, cuando las cosas se hayan calmado, arreglaré todo, lo prometo. Todo lo que pido es un poco de ayuda, en el corto plazo, para cómo voy a... —Sus palabras se fueron apagando al ver la decepción en los ojos de Peggy. Ella se dirigió a la puerta y el cojeó detrás.

—¿Qué vas a...? Por favor, no...

—Ya he dicho lo que tenía para decir, Andrew. No voy a cambiar de idea. Además, tengo que lidiar con mis propios líos.

Apenas logró contenerse y no rogarle que se quedara.

—Seguro —dijo—. Por supuesto. Entiendo. Y lo siento, no quería arrastrarte a esto. Y siento haberte mentido. Quería decirte la verdad. Realmente quería.

—Te creo —dijo Peggy, dándole un beso en la mejilla.

Andrew se quedó parado allí mismo hasta mucho después de que ella se marchara. Miró la mancha de vino en la alfombra. Estaba en el sitio exacto en que se había parado el día después de la muerte de Diane, inmóvil en su desesperación, y el teléfono sonaba y sonaba, y Sally intentaba conseguir que le hablara. Se sentía enormemente culpable por cómo se había comportado entonces —cuán cobarde y débil había sido al esconderse, demasiado roto como para enfrentar el funeral, y cómo había rehusado que Sally lo coñsolara— e incluso más todavía ahora, con la sola idea de cómo se había permitido gozar la fantasía de su vida si Diane jamás hubiera salido de la casa esa mañana. No podía creer cuán amable y comprensiva había sido Peggy al enterarse de la verdad. Había esperado que saliera corriendo. A menos, claro, que le estuviera inoculando una falsa seguridad antes de correr al psiquiátrico más cercano para denunciarlo como un alucinado peligroso... Con toda seguridad, *con toda seguridad*, nadie más sería igual de comprensivo si les contara. Imaginaba cómo se agrandaban los ojillos de Cameron, cómo Keith y Meredith pasaban de la sorpresa a la mofa en un parpadeo.

Sintió que su teléfono vibraba de nuevo. Otro mensaje de Carl, sin duda. Su piloto automático quería poner algo de Ella, pero se detuvo junto al tocadiscos con la mano encima de la púa. Sin música o sin el suave zumbido del tren, era más consciente de lo que podía oír. Abrió la ventana. Los gorriones cantaban. Una abeja revoloteó hacia él, luego se desvió.

Pese a que se sentía agitado por la cafeína, se hizo otra taza de té y disfrutó el reconfortante calor mientras la bebía, mientras sus ideas se filtraban. Entendió la frustración de Peggy con que él no contara todo ahora que le había revelado la verdad a ella, pero lo que quizás ella no había captado completamente era cuán potente era la fantasía, qué tan atado a ella se sentía. No era algo de lo que pudiera simplemente alejarse.

Se quedó allí, evaluando el desastre del tren. Era difícil decir qué era reparable y qué estaba arruinado sin remedio. La locomotora —una 04 Robinson class— probablemente estaba perdida, así como los vagones. Gracias a Dios, no había sido ninguna de las que realmente quería. La mayoría del paisaje —lo de menos valor— era definitivamente irreparable. Árboles y animales estaban doblados o aplastados. Las figuras humanas yacían en el piso. Todas, advirtió, excepto tres granjeros que todavía se hallaban de pie en lo que solía ser un huerto, con un aire desafiante.

Peggy le había dicho que él solo tenía que elegir qué hacer y quizás tenía razón. Pero ¿qué si elegía contar únicamente la verdad para la que se sentía listo? Eso también significaría que tomaba el control, ¿no? Ignoró la voz disidente en su cabeza y se enfocó en la que se dijo que era su preocupación inmediata: es decir, la próxima cena. Era absolutamente vital mantener feliz a Cameron. Lo que necesitaba era algo de ayuda. Peggy no era una opción. Así que eso lo dejaba con... bueno, "Nadie", como dijo en voz alta. Pero mientras miraba de nuevo a los estoicos granjeros, recordó que eso no era estrictamente cierto.

– CAPÍTULO 31 –

El sábado a la tarde no era el día y la hora más concurridos del subforo, pero Andrew imaginaba que Bambam67, TinkerAl y BriadGaugeJim entrarían en algún momento de la noche —un rápido vistazo mientras esperaba que se cocinara la cena, en caso de que alguien posteara una confirmación de que el nuevo Wainwright H Class 0-4-4T realmente justificaba su demencial bombo publicitario—.

En su favor, los eventos recientes habían limitado su actividad en el foro durante la semana previa. Los dos últimos mensajes que mencionaban su nombre, uno de TinkerAl y otro de BriadGaugeJim, expresaban auténtica preocupación:

Tracker, has estado un poco callado. ¿Todo bien?

¡Justo estaba pensando eso! ¿No me digas que el viejo T se fue sin más?

Que estuvieran tan evidentemente preocupados por él lo hizo sentir menos incómodo respecto de pedir ayuda. Redactó el mensaje en un documento vacío, cambiando y retocando las palabras de principio a fin muchas veces.

Todavía le costaba calentarse completamente, así que había revuelto un armario y encontrado unas mantas, que había lavado y secado antes de envolverse con ellas hasta los hombros, de modo tal que parecía que su cabeza salía del extremo superior de una tienda india. También —en un rapto de locura, de pronto consumido por la audacia— había preparado una sopa casera.

Copió y pegó su mensaje en un nuevo posteo para el foro, lo revisó por última vez y apretó "enviar" antes de poder arrepentirse.

———

Tomó un trago de cerveza y tomó nota mental de que sus instintos —como las hamburguesas compradas en furgonetas y la gente que empezaba sus frases con un "Seré honesto contigo"— no eran de fiar. Había elegido un pub cercano a King's Cross porque se llamaba La Taberna Ferroviaria y sintió que era un buen augurio. Había imaginado algo como Barter Books: el mismo ambiente, pero reemplazando el té, los bollos y los libros con densas pintas de cerveza y patatas fritas dudosas. El pub, en realidad, parecía uno de esos lugares que uno oía mencionar como parte de las frases "huyó de la escena del crimen" y "ataque no provocado". Hacía tiempo que había perdido la cuenta de qué clubes peleaban por la punta en la primera división, o como fuera que la llamaban ahora, pero la veintena de hombres que había allí estaban, por decirlo suavemente, comprometidos con el asunto. Lanzaban insultos a la pantalla con furioso regocijo. En forma algo más desconcertante, un hombre de patillas rojizas aplaudía cada vez que una decisión del árbitro favorecía a su equipo o había un cambio de jugadores, como si el aplauso pudiera viajar a través de la pantalla y llegar al jugador que estaba por entrar al campo. Otro hombre, que vestía una chaqueta de cuero sobre los colores de su equipo, alzaba cada tanto los brazos al aire y trataba de hablar con un grupo de hinchas que lo ignoraba sin falta. Un poco más allá, en la barra, una joven tiraba nerviosamente de su cabello púrpura, que parecía tener la consistencia del algodón de azúcar. Andrew jamás había visto a tanta gente en un mismo lugar, alentando a un mismo equipo, vistiendo una misma camiseta y luciendo tan sola.

En otras circunstancias, se habría ido y encontrado otro sitio, pero ya no era una opción. Había concluido su mensaje al foro con el nombre del pub y la hora. Por lo que sabía, podía haber habido tres respuestas instantáneas para rechazar el plan, con o sin disculpas, pero no había sido capaz de enfrentarlo. Había deslizado la página hacia abajo con una mano sobre la cara y espiado a través de un hueco entre los dedos, como si mirara un eclipse.

Jugó nerviosamente con un posavasos hasta que al fin cedió al deseo de despedazarlo. Dejó sobre la mesa una pila de cartón que parecía el nido de un hámster. Tuvo súbita conciencia de cuán desesperado se sentía. Se retorció al pensar en su alegre despedida en el foro (Además, sería divertido encontrarnos en persona, ¿no?), que ahora parecía muy claramente lista para provocar el rechazo y el ridículo. Iba contra prácticamente todo lo que ellos defendían. El foro era un lugar en el que uno podía fingir que era otro y, más importante, hacerlo desnudo mientras comía queso si así lo deseaba. ¿Cómo podía competir con ello la vida real?

Echó una cuidadosa mirada alrededor y recordó cómo lo había amonestado Peggy aquel primer día en el pub por su obviedad. Esperaba ver a alguien que luciera como un miembro del foro. Hacía todo lo posible para evitar los ojos del hombre de la campera de cuero, quien, mientras Andrew pedía una pinta al canoso barman, se había vuelto hacia él con ojos inyectados de sangre y había gruñido: "¿Todo bien?". Andrew había fingido no escucharlo antes de escabullirse, y había fingido también no escucharlo murmurar "pajero" a sus espaldas.

Se enderezó la solapa del abrigo para hacer más visible la insignia con el pequeño tren a escala que había colgado de ella. Esperaba que fuera un toque sutil, que lo hiciera reconocible a los otros sin a la vez llamar la atención de nadie más. Así que tuvo que contenerse para no estallar en carcajadas cuando vio al hombre que acababa de entrar al pub con una camiseta que contenía el eslogan: "Los trenes a escala son la respuesta. ¿A QUIÉN LE IMPORTA CUÁL ES LA PREGUNTA?".

Andrew saludó y se paró a medias, y, para su abrumador alivio, el hombre le sonrió.

—¿Tracker?

—¡Sí! Por cierto, mi nombre es Andrew en la vida real.

—Encantado, Andrew. Yo soy BriadGauge... Jim.

—¡Bien!

Andrew extendió el brazo y estrechó la mano de Jim, tal vez con demasiado entusiasmo a juzgar por la expresión de este, pero se sentía demasiado excitado como para avergonzarse. ¡Alguien había venido!

—Espectacular insignia, por cierto —dijo Jim.

—Gracias —respondió Andrew. Iba a devolver el cumplido hablando de la camiseta de Jim, pero evidentemente alguien había convertido un gol, y el pub estalló en aullidos de desaprobación. Jim estudió brevemente la conmoción y se volvió alzando las cejas—. Perdón, es un mal lugar —dijo Andrew, rápido.

Jim se encogió de hombros. —Nah, está bien. ¿Qué vas a beber?

—Oh, una cerveza, por favor —dijo Andrew, y esperó a que Jim se dirigiera a la barra para tragar el último tercio de su pinta.

Cuando Jim volvía con los tragos, la mujer de pelo púrpura, que justo acababa de salir del baño, lo siguió con la vista. Antes de que este o Andrew pudieran decir nada, se sentó en la mesa y les ofreció un saludo tentativo.

—Eh, perdón —dijo Jim—, pero, de hecho, estamos esperando a alguien. —Andrew esbozó una sonrisa de disculpas.

—Sí, a mí —dijo la mujer. Andrew y Jim se miraron.

—Espera un momento —dijo Andrew—, tú eres...

—TinkerAl —dijo ella.

—Pero... ¡pero eres una mujer! —exclamó Jim.

—Bien visto —dijo ella. Luego, cuando ni Andrew ni Jim lograban articular una respuesta, puso los ojos en blanco y dijo—: "Al" viene de Alexandra. Pero la gente me llama Alex.

—Bueno —balbuceó Jim—. Es, ya sabes... ¡bien por ti!

—Gracias —dijo Alex, ahogando una sonrisa antes de lanzarse a un apasionado monólogo sobre su última adquisición—. Honestamente, pienso que sobrepasa al Caerphilly Castle 4-6-0 —dijo.

—¡Ni modo! —exclamó Jim, con los ojos que se le salían de las órbitas.

Los tres continuaron hablando de trenes, por momentos obligados a levantar las voces por encima de los que gritaban contra alguna supuesta injusticia en la pantalla. A pesar de la ocasional mirada furiosa del hombre de la chaqueta de cuero, Andrew comenzaba a sentirse relajado. Aunque, si BamBam no se presentaba, tendría un gran problema. Lo necesitaba más que a nadie.

Fue durante el tumulto de unas celebraciones porque el equipo local había logrado igualar el marcador, que un hombre entró tranquilamente en el pub y acercó una silla a la mesa. Vestía una camisa de *jean* azul oscura metida dentro de unos pantalones *beige* y olía a loción de afeitar cara. Se presentó como BamBam, luego Rupert, ante lo cual los otros intentaron no mostrarse sorprendidos... y fracasaron. Jim vio a Rupert estrechar la mano de Alex y no pudo contenerse. —¡Es una mujer! —dijo.

—Es verdad —confirmó Alex—. Tengo el certificado y todo. OK, ¿quién quiere algo para masticar?

Los cuatro bebieron y comieron de unas bolsas de patatas fritas, abiertas democráticamente sobre la mesa. Mientras hablaban de compras recientes y varias convenciones por venir —y prometían encontrarse en una exhibición en el Alexandra Palace—, Andrew empezó a desear no tener que romper la armonía con su plan. Pero al volver del baño —lapso que los otros claramente habían aprovechado para hablar de su mensaje—, Jim se aclaró la garganta y dijo:

—Entonces, Andrew, tú, mmm, nos invitaste aquí para... ¿algo?

Andrew había ensayado con cuidado lo que iba a decir, pero aun así podía sentir que la sangre le latía en las sienes. Había decidido sacar todo a la luz lo más pronto posible, pero revelar solo lo necesario. Habló sin detenerse a respirar, tanto que se sentía un poco mareado cuando terminó.

—Eso es —dijo, tomándose un trago de cerveza.

Hubo una pausa terriblemente larga. Andrew tomó otro posavasos y comenzó a retorcerlo.

Entonces habló Rupert.

—Solo para que quede claro —dijo—. ¿Necesitas mi casa para organizar una cena?

—¿Y que todos te ayudemos a cocinar esa cena? —dijo Alex.

—Y, en términos generales, que estemos allí para dar una mano... y lo que sea —dijo Jim.

—Porque —dijo Alex—, hay posibilidad de despidos y necesitas tener al jefe de tu lado.

Andrew comprendió lo demencial que sonaba todo al ser expuesto tan crudamente. —Francamente, no puedo explicarles qué tan loco es mi jefe —dijo—. Creí que nos obligaba a hacer estas cenas porque quería que todos fuéramos amigos, pero parece más como si estuviera tratando de decidir quién le cae mejor y a quién se anima a despedir. Y yo... bueno, realmente no puedo permitirme ser esa persona.

Los otros intercambiaron miradas y Andrew sintió que querían consultarse.

—Voy a conseguir otra ronda —dijo. A pesar de que le preocupaba qué decidirían Jim, Rupert y Alex, no pudo dejar de sonreír para sí mismo camino a la barra. *Voy a conseguir otra ronda...* ¡tan relajado! ¡Como si fuera lo más natural del mundo!

—Tengo que cambiar el barril de la rubia —le dijo el barman.

—Está bien, tómese su tiempo —respondió Andrew, y se dio cuenta demasiado tarde de que podía sonar sarcástico. El barman lo miró fijo por un momento antes de dirigirse a la bodega.

—Ten cuidado —dijo Chaqueta de Cuero—. Lo he visto partirle la madre a alguien por mucho menos. Un segundo está bien, al siguiente se pone frenético.

Pero Andrew no lo escuchaba. Había un espejo justo detrás de la fila de bebidas y podía ver en el reflejo que los demás deliberaban en la mesa. De pronto tomó conciencia del sube y baja del ruido de los hinchas a su alrededor, como si las quejas e insultos y gritos de aliento fueran la banda sonora de la conversación que presenciaba.

—¿Por qué no me prestas atención, viejo? —le espetó Chaqueta de Cuero.

Andrew fingió ignorancia y contó su dinero para las bebidas.

—Holaaaaa —dijo el hombre, agitando una mano delante de la cara de Andrew.

Andrew fingió sorpresa. —Perdón, estoy en otra parte hoy —dijo, y deseó no sonar tanto a nervioso maestro sustituto.

—No hay excusa para ignorarme así —dijo el hombre, pinchándole el hombro con un dedo—. Es básica cortesía, carajo.

Ahora Andrew estaba desesperado por que el barman regresara. Miró el espejo. Los otros todavía parecían sumidos en su discusión.

—Entonces, ¿qué piensas? —dijo el hombre, apuntando a la pantalla.

—Oh, no sé realmente —respondió Andrew.

—Adivina, viejo. Solo por diversión. —El hombre le clavó el dedo en el hombro otra vez, ahora más fuerte.

Andrew retrocedió tan sutilmente como pudo. —¿Empate? —dijo.

—Bah. Mamadas. ¿Eres de West Ham, de incógnito? ¡Eh, todos, este es de West Ham!

—No es verdad, no soy nadie —dijo Andrew, con la voz en falsete. Por suerte, nadie les prestó atención y, para su alivio, el barman reapareció por fin y terminó de servir los tragos.

Cuando regresó a la mesa, enfrentó un silencio incómodo y comprendió que se había olvidado de un punto vital.

—Olvidé decir que no les estoy pidiendo que lo hagan gratis. Podemos arreglar, claro, un pago, sea en efectivo o eligiendo de mi colección. Logré dañar mi 04 Robinson hace poco, pero hay otras locomotoras y paisaje, solo diganm....

—No seas tonto —lo interrumpió Alex—. Por supuesto que no necesitamos que nos pagues. Solo estamos tratando de resolver la logística.

—Ah. Bien —dijo Andrew—. Quiero decir, qué bueno que estén abordo y todo eso.

—Sí, decididamente —replicó Alex—. Somos amigos, después de todo —añadió, en un tono que parecía resolver la cuestión. Agrandó los ojos en dirección a Rupert.

—Oh, sí, ciertamente —dijo este—, y estás invitado a tener tu *soirée* en mi casa. Mi pareja está fuera por trabajo la próxima semana, así que es un momento oportuno. Pero me temo que soy un pésimo cocinero.

Jim entrelazó los dedos y extendió los brazos, haciendo sonar sus nudillos. —Pueden dejarle la cocina a Jimbo —dijo.

—Así que. Ya. Arreglado —dijo Alex.

Hablaron un poco más sobre los cuándos y los dóndes, pero después de un rato la conversación regresó a los trenes. Por segunda vez esa tarde, Andrew tuvo que concentrarse para esconder la sonrisa tonta que insistía en colarse en su boca.

———————

El fútbol había terminado —había *sido* un empate, al final— y la mayoría de los hinchas ya se habían marchado, sacudiendo la cabeza y gruñendo. Chaqueta de Cuero tenía otra idea en mente, sin embargo, y Andrew gimió por dentro mientras lo veía acercarse y arrimar una silla a una mesa cercana.

—Trenes a escala, ¿eh? —dijo, examinando la camiseta de Jim antes de poner sus pies en el respaldo de la silla de Andrew—. Puta, ¿la gente todavía hace esa huevada?

Alex alzó las cejas mirando a Andrew. —¿Lo conoces? —le preguntó, moviendo la boca en silencio. Andrew sacudió la cabeza.

—Lo siento, viejo —dijo Alex—. Estamos ocupados. ¿Te molesta darnos un poco de espacio?

El hombre miró a Alex de arriba abajo ostentosamente. —Bueno, bueno, bueno. Si fuera diez años más joven...

—No te prestaría la menor atención —replicó Alex—. Ahora vete, sé un buen chico.

La mirada lasciva del hombre se convirtió en un ceño fruncido. Pateó el respaldo de la silla de Andrew. —Dile a esa perra que cierre la boca.

—Ya es suficiente —dijo Andrew, poniéndose de pie—. Quiero que nos dejes en paz. —Le temblaba la voz.

—¿Sí? ¿Y qué pasa si no? —dijo el hombre, poniéndose de pie y estirándose en toda su altura. Fue el pie para que Rupert, Jim y Alex se pusieran de pie.

—Dios, mírenlos —se burló el hombre—. Un cagado, una puta, un inspector de tiquetes rechoncho y un Sherlock Holmes de mierda.

—Bueno, eso no es muy cortés, ¿verdad? —dijo Rupert, en un tono extraordinariamente tranquilo. Andrew habría cuestionado si el sarcasmo era la mejor forma de encarar el asunto, pero entonces advirtió lo que Rupert ya había visto. Es decir, que, sin que Chaqueta de Cuero lo notara, el barman iba hacia él, girando la cabeza alrededor de los hombros como si estuviera por correr los cien metros llanos. Esperó a que Chaqueta de Cuero diera un paso más hacia Andrew antes de avanzar rápido, tomarlo por el cuello, arrastrarlo a la salida y empujarlo fuera de la puerta, tras darle una patada en el trasero por las dudas. Hasta se limpió una imaginaria mugre de las manos mientras regresaba a su barra, algo que Andrew solo había visto en las caricaturas.

Andrew, Jim, Alex y Rupert se quedaron allí un momento; nadie parecía saber qué decir. Fue Jim quien rompió el silencio. —¿Inspector de tiquetes rechoncho? Lo tomo, cómo no.

– CAPÍTULO 32 –

A Peggy le preocupaba que Andrew volviera directamente a la oficina. *Deberías tomarte un tiempo, poner tu cabeza en orden*, le dijo por mensaje de texto. *Recuerda qué sórdido puede ser este trabajo. No eres degustador de helados.* Pero Andrew sufría en su casa. Estaba solo con sus pensamientos, y odiaba sus pensamientos, eran unos bastardos, en su mayoría. Encima, desde la visita de Peggy, había empezado a darse cuenta de lo ridículo que era el estado en que se hallaba el apartamento. Había pasado la noche después del encuentro del subforo limpiándolo todo hasta que quedó sudoroso y exhausto.

Mientras dejaba el edificio, a la mañana siguiente, llegó a atisbar, tentadoramente, cómo se cerraba la puerta de la mujer del perfume detrás de ella. Estaba tan sorprendido de contar con alguna evidencia de que existía que casi la llamó.

———

La noche de la cena coincidió con la primera inspección conjunta de Peggy y Andrew en dos semanas: Malcolm Fletcher, sesenta y tres años, ataque cardíaco masivo en un futón maltrecho. Por una vez, les tomó solo unos minutos hacer un descubrimiento.

—Encontré algo —anunció Peggy desde el dormitorio. Andrew la halló sentada con las piernas cruzadas en el piso de un vestidor, rodeada de pares de zapatos cepillados perfectamente y chaquetas de traje casi idénticas que le colgaban por encima, como si estuviera jugando a las escondidas. Le pasó una agenda de aspecto lujoso. Andrew la hojeó, pero no había nada escrito en sus páginas, de la A a la Z.

—La última página —indicó Peggy, estirando la mano para que Andrew la ayudara a levantarse. Él pasó las páginas hasta llegar a la sección de "Notas", ubicada después de la agenda.

—Ah —dijo. En la parte superior de la página, en letra manuscrita pequeña y prolija, estaba escrito *Mamá y Papá* y *Kitty*, con sus correspondientes números de teléfono. Tomó su móvil y llamó a *Mamá y Papá*, pero respondió una mujer que sonaba joven y que jamás había oído hablar de alguien llamado Malcolm y no tenía registro alguno de los anteriores ocupantes de la casa. Tuvo más suerte con Kitty.

—Oh, Dios mío, es... es mi hermano... pobre Malcolm. Dios. Qué *shock* horrible. Me temo que habíamos perdido el contacto. —Andrew le masculló las últimas palabras a Peggy mientras las oía.

———————

—¿Cómo van las cosas? —preguntó Andrew cuando dejaron el apartamento. Decidió hacer la pregunta en forma suficientemente vaga como para que Peggy respondiera lo que quisiera.

—Bueno, Steve vino a recoger sus últimas cosas ayer, lo que fue un alivio. Me dijo que no había tomado un trago en diez días, aunque olía como una destilería, así que, a menos que tuviera muy mala suerte y alguien le hubiera volcado un montón de *gin* encima mientras venía, creo que estaba mintiendo.

—Lo siento —dijo Andrew.

—No lo sientas. Debería haber hecho esto hace mucho. A veces necesitas un empujoncito más. Un motivo que te ayude a tomar la decisión.

Andrew sintió que Peggy se había vuelto a mirarlo, pero no tuvo el coraje para devolverle la mirada. Sabía a qué se refería... y no quería aceptar que tenía razón.

Justo en ese momento recibió un mensaje de texto de Jim con el menú para la noche. Para su tranquilidad, la comida sonaba elegante —¿qué era, en verdad, *kohlrabi*?—. Le pedía que eligiera la bebida. Se quitó toda duda de la cabeza. Tenía que concentrarse en que todo saliera perfecto esa noche, sin importar lo que pensara Peggy.

—Necesito hacer una parada rápida —dijo. Fueron a Sainsbury's y se dirigió al pasillo de las bebidas alcohólicas.

—Esa persona con la que hablaste... ¿Kitty era? —preguntó Peggy.

—Ajá —dijo Andrew, distraído leyendo la etiqueta de un *pinot noir*.

—Debe haber sido la persona número cien a la que oíste decir "habíamos perdido el contacto", ¿no?

—Probablemente —dijo Andrew, tomando una botella de champaña y pasándosela a Peggy—. ¿Esta es elegante?

—Emm, no, la verdad que no. ¿Qué tal esta? —Le pasó una botella con una red plateada alrededor del cuello—. Lo que quiero decir es que —prosiguió—, está muy bien hacer lo que hacemos, pero es un poco *"ex post facto"*, ¿no? Quiero decir, ¿no sería bueno si todo el mundo hiciera un poco más para darle a la gente al menos la opción de encontrar compañía, de ser capaz de conectarse con alguien que se encuentra en una situación similar, en lugar de esta suerte de aislamiento inevitable?

—Sí. Buena idea, buena idea —dijo Andrew. *Tentempiés. ¿Necesitaban tentempiés? ¿O estaban pasados de moda en estos días?* No había estado tan ansioso hasta ahora, pero empezaba a sentir que le bullían los nervios.

—Me preguntaba —insistió Peggy—, si hubiera algo como una organización de caridad que hiciera eso, o, sé que suena un poco loco, si podríamos pensar en montarla noso-

tros mismos. O, si no eso, encontrar una manera de asegurarnos de que al menos *alguien* más que uno de nosotros se
va a presentar en el funeral si no es posible encontrar a un
pariente.

—Suena fabuloso —dijo Andrew. *¿Por qué la paprika
tenía tal monopolio sobre los fritos? Puta, ¿y si alguien era alérgico
a la paprika o algo de lo que Jim estaba cocinando? OK, cálmate.
Respira profundo. Profundo. Puta. Respiración.*

Peggy suspiró. —Y también me gustaría entrar a la mar
montada en un elefante, desnuda, cantando la letra de "Rap-
sodia Bohemia".

—Ajá, buena idea. Espera, ¿qué?

Peggy se rió. —No importa. —Le quitó la botella de las
manos y la reemplazó con otra—. Entonces, esta noche...
—dijo.

Andrew le guiñó un ojo. —Lo tengo todo resuelto
—dijo.

Peggy lo detuvo y esperó a que se diera vuelta y la viera
a la cara.

—Andrew, ¿me guiñaste un ojo?

———

Tan pronto como regresaron a la oficina del supermercado,
Andrew fue derecho al escritorio de Keith.

Keith comía una rosquilla y se reía de algo en la pantalla. Pero, cuando vio a Andrew, soltó la rosquilla y frunció
el ceño.

—Hola, Keith —dijo Andrew—. Escucha, solo quería

disculparme por lo que ocurrió la otra semana. Las cosas se salieron de madre, pero estoy muy, muy apenado por empujarte así. No pretendía lastimarte. Espero que puedas perdonarme.

Le pasó la champaña que Peggy había elegido y le ofreció la mano. Al principio, Keith pareció impactado por esta carismática ofensiva, pero no le costó mucho recuperar la compostura. —Una marca barata, ¿no? —dijo, ignorando la mano de Andrew y dando vuelta a la botella para leer la etiqueta, mientras Meredith se apresuraba a pararse, protectora, a su lado.

—Bueno, no lo compensa del todo —dijo Meredith.

Andrew alzó las manos. —Lo sé. Estoy de acuerdo. Es solo un gesto. Espero de veras que podamos reunirnos esta noche en mi casa, tener un momento agradable y dejar todo esto atrás. ¿Qué piensan? ¿Vale como plan?

OK, OK, no exageres, no luzcas tan desesperado.

—Bueno —dijo Keith, aclarando su garganta—, supongo que quizás yo también estuve un poco mal. Y, bueno, asumo que no tratabas de pegarme deliberadamente.

—No —dijo Andrew.

—Obviamente, cualquier otro día te habría noqueado, si no me hubieras encajado ese golpe de pura suerte.

—Seguro —respaldó Meredith, que lo miraba con admiración.

—Pero, en nombre de, ya sabes, mirar para adelante, puedo decir que lo pasado pisado y todo eso.

Esta vez, Keith estrechó la mano que le ofrecía Andrew. Justo en ese momento pasó Cameron, que retrocedió para ver lo que ocurría. Tenía ojeras negras y lucía terriblemente demacrado.

—¿Todo bien, amigos? —dijo, con algo de cautela.

—Sí, absolutamente —dijo Andrew—. Estamos diciendo qué ganas tenemos de compartir la cena esta noche. —Cameron examinó el rostro de Andrew en busca de alguna señal de sarcasmo. Aparentemente satisfecho por su ausencia, sonrió, unió las palmas de sus manos y dijo: *"Namaste"*, antes de retroceder al corredor y dirigirse a su oficina con nuevos ánimos.

—Qué ente —dijo Keith.

Al ver que la etiqueta de la camisa de Keith le sobresalía por el cuello, Meredith se la metió dentro. Andrew notó que Keith lucía un poco avergonzado por ello.

—Entonces, Andrew —dijo Meredith—, ¿finalmente vamos a conocer a Diane esta noche?

—No, me temo que no —dijo Andrew—. Ella y los niños tienen tiquetes para un espectáculo. Se cruzaron las fechas. —Aunque había ensayado esta explicación muchas veces, le costó todo un esfuerzo que sonara auténtica. Mientras se sentaba en su escritorio con una nueva pila de documentos en su bandeja, un nuevo montón de muerte con que lidiar, no pudo sino recordar la mirada de reproche de Peggy cuando le pidió que lo ayudara. *Solo tú puedes cambiar las cosas... Tiene que venir de ti.*

− CAPÍTULO 33 −

Andrew salió de la oficina cargado con bebidas, miró a ambos lados antes de cruzar la calle y de inmediato dejó caer una bolsa de vino en el asfalto, donde aterrizó con un crujido. "Qué mala suerte, amigo", le gritó un hombre en una furgoneta blanca que pasaba por allí en ese momento. Andrew apretó los dientes y caminó hasta otro Sainsbury's. ¿Por qué ir a un supermercado cargando una bolsa de compras previas te hacía sentir que regresabas a la escena de un homicidio malogrado?

Recordó cuáles vinos había comprado antes y agregó uno más para darse suerte. La cajera —Glenda, según la placa con su nombre— escaneó las botellas y tarareó su aprobación. —¿Gran noche, cariño?

—Algo así —dijo Andrew.

Por más inocentes que fueran, las palabras de Glenda abrieron las compuertas de los nervios de Andrew. Podía sentir que el corazón se aceleraba mientras apuraba el paso y que el sudor se le acumulaba en las axilas. Sentía que todos los que pasaban lo miraban deliberadamente, como si hubiera algo en juego también para ellos, y todo fragmento de conversación oído a medias parecía estar cargado de sentido. No ayudaba que las indicaciones de Rupert para llegar a su casa lucieran complicadas sin necesidad. Le había dicho que no usara Google Maps —"la aplicación cree que vivo en una tienda llamada Quirky's Fried Chicken. He enviado varios correos"— y que siguiera sus instrucciones. Cuando finalmente encontró el lugar, chorreaba sudor y estaba sin aliento. Apretó el timbre. El sonido era algo casi patético y extrañamente discordante, como si estuviera a punto de romperse.

Lo recibió una nube de humo, y luego Jim.

—Adelante, adelante —dijo Jim, tosiendo.

—¿Está todo bien? —preguntó Andrew.

—Sí, sí solo un pequeño accidente con algo de papel de cocina y una llama viva. Las entradas están marchando muy bien, sin embargo.

Andrew estaba a punto de preguntar si había una alarma de incendios en la cocina cuando esta empezó a sonar y se quedó parado sin saber qué hacer, cargado con sus compras, mientras Jim agitaba frenéticamente un repasador en el aire.

—Pon el vino en la isla por ahora —dijo Jim, indicando una limpísima mesada de granito, que poseía unos estantes para botellas y unos suplementos dominicales organizados con mucho arte—. Necesito pensar qué voy a emparejar con qué.

—No es una isla —llegó la voz de Rupert desde la puerta—. Al menos según nuestro agente inmobiliario. Como está conectada a la pared, es, en realidad, una península. —Rupert vestía tan bien como cuando lo habían visto en el pub, pero con el agregado de una bata púrpura atada por la cintura. Advirtió que Andrew la miraba.

—Se pone frío en mi oficina, pero no puedo decidirme a subir la calefacción. No te preocupes, solo soy un consultor tecnológico, no Hugh Heffner, o algo así.

Jim extrajo algunos ingredientes de una bolsa y, tras alinearlos sobre la mesada, comenzó a examinarlos de cerca, uno por uno, como si fuera jurado en el concurso de algún festival de pueblo.

—¿Todo bien? —preguntó Andrew.

—Sí. Absolutamente —dijo Jim, tocándose la barbilla con un dedo y entrecerrando los ojos—. Absolutamente.

Andrew miró a Rupert, quien alzó una ceja.

Iba a preguntar a Jim si estaba seguro de que sabía lo que estaba haciendo cuando sonó el timbre, aún más cansado y desafinado que antes. Rupert puso las manos en los bolsillos de su bata.

—Bueno, esta noche es tu casa, así que mejor contesta tú.

Mientras dejaba la cocina, oyó que Jim preguntaba a Rupert si tenía una cuchilla de carnicero y su pulso se aceleró otro poco.

Abrió la puerta y se encontró con Alex. Su cabello estaba teñido de un sorprendente rubio-blanco, aunque no se había librado del todo de la púrpura, que resistía en alguna mecha perdida.

—Tengo un montón de decoraciones y otras cosas —dijo, encajando en manos de Andrew una de las dos bolsas que llevaba—. ¡Van a animar la fiesta y hacerla *enormemente*, *extremadamente* divertida! Mira, ¡lanzadores de serpentinas!

Se fue saltando por el corredor.

—Eh, Alex, cuando dices "enorme, extremadamente divertida" ... obviamente quiero que sea *divertido*, pero no quiero nada demasiado extremo... o enorme.

—Seguro, te capto, no te preocupes —dijo Alex. Andrew la siguió al comedor a tiempo para ver cómo desparramaba brillantina sobre la mesa.

—Mierda —dijo de pronto, golpeándose la frente con una mano.

—¿Qué pasa? —preguntó Andrew.

—Me acabo de dar cuenta de que dejé una bolsa entera de cosas en la tienda. Tengo que regresar. —Cuando quitó la mano, tenía brillantina en el cabello.

En la cocina, Jim estaba hachando una calabaza sin ton ni son con una cuchilla, como si estuviera desmembrando un cuerpo a toda prisa.

—¿Todo bien? —preguntó Andrew, merodeando nervioso.

—Sí, todo bien —dijo Jim—. Ah, esto es lo que iba a decir: Rupert, ¿tienes algo que podamos usar como un carrito en que llevar la comida al comedor?

—¿Un carrito? ¿No puedo simplemente llevarla yo? —preguntó Andrew.

—Sí, pero pensé que luciría muy bien si le dieras los últimos toques al plato principal junto a la mesa. Al estilo Gueridon, ¿viste?

—¿*Gueridon*? —dijo Rupert—. ¿No jugaba como defensor izquierdo para el Leeds?

El timbre gorjeó otra vez. Andrew se preguntó con qué otras decoraciones habría vuelto Alex, pero cuando abrió la puerta descubrió con horror a Cameron parado en los escalones.

—¡Holaaa! —dijo Cameron, estirando la palabra como si estuviera gritando en un túnel para comprobar el eco. La sonrisa desapareció de su cara—. Oh, caramba, no estoy súper temprano, ¿verdad?

Andrew logró recobrar la compostura. —No, no, por supuesto que no, entra, entra.

—Algo huele bien —dijo Cameron, al pasar la puerta—. ¿Qué se está cocinando?

—Es una sorpresa —dijo Andrew.

—Qué intriga —respondió Cameron, con una sonrisa cómplice—. Traje algo de vino tinto, pero probablemente siga con agua esta noche después de mi... cómo decirlo... exceso de la última vez.

—Claro, seguro —dijo Andrew, tomando la botella y guiando a Cameron al comedor.

—Clara y yo tuvimos una charla para aclarar las cosas cuando llegué a casa esa noche, a decir verdad, descargamos todo y fuimos a fondo. Siempre ayuda hablar las cosas, ¿no?

—Por supuesto —dijo Andrew, y advirtió con cierta preocupación que Cameron lucía aún más pálido que antes.

—Bueno, me gusta la brillantina —dijo Cameron—. Muy vivaz.

—Gracias —dijo Andrew—. Siéntate. Vuelvo con tu agua en un segundo. ¡No te muevas! —añadió, formando una pistola con el pulgar y el dedo índice. Cameron alzó sus manos dócilmente, rindiéndose.

Andrew corrió a la cocina y cerró la puerta. —OK, tenemos un enorme problema —dijo—. Uno de los invitados, de hecho, mi jefe, ya llegó y está sentado en el comedor. Así que tienen que ser tan silenciosos como puedan ¡y no dejen que nadie pase por esta puerta que no sea yo!

Rupert se balanceaba adelante y atrás en una silla alta, sin alterarse en lo más mínimo. —¿No podemos fingir que somos el personal, o algo así? —dijo.

—No —replicó Andrew—. Demasiado extraño. Me harían demasiadas preguntas. OK, ¿qué estaba haciendo? Ah, sí, agua. —Andrew se dirigió a las alacenas, buscando una copa.

—Mmm, una pequeña cuestión.

—¿Qué? ¿Y dónde tienes las copas?

—Alacena de arriba a la izquierda. Y la cuestión es que hay una mujer allí fuera, mirándonos.

Andrew casi deja caer la copa al darse vuelta para mirar por la ventana. Afortunadamente, era Peggy. Y mientras intercambiaban miradas y ella sonreía, arqueando ligeramente una ceja, Andrew se sintió abrumado de tan feliz y aliviado que se sentía al verla, de que fuera siempre así como se sentía cuando ella entraba donde él se hallaba.

Deslizó a un lado la puerta de vidrio.

—Hola —dijo Peggy.

—Hola.

Peggy agrandó ligeramente los ojos.

—¿Entro?

—Oh, claro, sí —dijo Andrew, abriéndole paso—. Todos, esta es Peggy.

—Hola... todos —dijo Peggy—. Y creo que tu timbre está *kaput*.

Andrew comenzó a farfullar una explicación, pero Peggy levantó una mano para detenerlo. —Está bien, está bien, no tienes que explicarlo, paso por aquí, ¿sí?

—Buena idea —dijo Andrew—. De hecho... Cameron ya está aquí.

—Espectacular noticia —dijo Peggy—. ¿Es por aquí?

—Sí. Segunda... no, tercera puerta a la derecha.

Andrew la vio irse. Luego se volvió a la mesada, se sostuvo en ella y respiró hondo.

—Parece muy agradable —dijo Jim.

—Lo es —suspiró Andrew—. Tanto, de hecho, que *creo* que existe una buena posibilidad de que esté enamorado de ella. En cualquier caso, ¿cómo va esa cosa de calabaza?

Cuando Jim no respondió, Andrew se dio la vuelta y vio que Peggy había reaparecido sin que se diera cuenta. Hubo un momento en que nadie se movió. Luego, Peggy entró y estiró el brazo pasando de largo a Andrew y evitando mirarlo. —Los vasos están aquí, ¿no? Maravilloso. Solo para llevar el agua de Cameron.

Peggy llenó el vaso con agua del grifo y se marchó silbando bajito.

—Oh, genial —dijo Andrew. Iba a agregar unas palabras no aptas para niños cuando se oyó un golpe en la puerta del frente.

—Voy yo —dijo, encaminándose por el pasillo. Abrió la puerta y encontró a Alex con cara de pánico, flanqueada por Meredith y Keith, que aferraban unas botellas de vino blanco.

—Busqué eso que me habías pedido —dijo Alex, como un robot.

—Ah, claro, sí —dijo Andrew—. Muchas gracias.

—No hay problema... vecino.

Andrew tomó la bolsa e hizo entrar a Meredith y Keith al corredor, haciendo un gesto a Alex para que diera la vuelta y entrara por la puerta de vidrio a la cocina.

—¡Buena suerte! —masculló ella, alzando ambos pulgares.

—¿Puedo usar el baño? —preguntó Meredith.

—Claro, por supuesto —dijo Andrew.

—¿Dónde está?

—Em, ¡buena pregunta!

Ni Meredith ni Keith se unieron a su risa forzada. —Es por ahí —dijo, apuntando vagamente al corredor, y se rascó la nuca. Meredith atravesó una puerta y Andrew suspiró de alivio cuando oyó que se encendía el ventilador del baño.

Condujo a Keith al comedor y le pidió que llevara la bolsa de Alex.

—Tendría que haber algo divertido ahí. Cosas de fiesta, ¿entiendes?

Palmeó a Keith en la espalda, se preguntó cuándo se había vuelto un palmeador de espaldas y corrió de regreso a la cocina.

Jim tenía las manos sobre la cara, murmurando entre sus dedos.

—¿Qué pasó? —dijo Andrew.

Jim quitó las manos. —Lo siento mucho, viejo, no sé qué pasó, pero, para decirlo en términos culinarios, creo que la cagué.

Andrew cogió una cuchara y dio un sorbo tentativo.

—¿Y bien? —preguntó Jim.

Era difícil explicar adecuadamente lo que las papilas gustativas de Andrew acababan de experimentar. Había demasiada información que procesar.

—Bueno, ciertamente tiene sabor —dijo Andrew, que no quería herir la sensibilidad de Jim. Su lengua buscaba entre sus muelas por propia iniciativa. *Vino*, pensó. Esa era la solución. Si estaban suficientemente embriagados, no les preocuparía la comida.

Descorchó dos botellas de Merlot y se dirigió al comedor. Cuando daba vuelta a la esquina y pensaba qué ominosamente silencioso estaba todo —el tipo de silencio que queda en el aire después de una discusión—, fue recibido por una serie de fuertes explosiones. Sobresaltado, sintió que ambas botellas se le deslizaban de las manos. Hubo un momento en que todos vieron cómo el vino tinto se derramaba sobre la alfombra celeste y las serpentinas que caían sobre el charco resultante, antes de que todo estallara a la vida de nuevo, con multitud de consejos.

—Sécalo, necesitas secarlo. Definitivamente —dijo Peggy.

—Pero solo con movimientos de arriba hacia abajo, no de lado a lado, eso lo hace peor, lo vi en QVC —apuntó Meredith.

—Sal, ¿no? —acotó Keith—. ¿O vinagre? ¿Vino blanco?

—Creo que eso es un mito —replicó Andrew, justo cuando vio que Cameron se inclinaba con media botella de vino blanco, que depositó en la alfombra.

—Me va a matar —murmuró Andrew.

—¿Quién? —preguntó Meredith.

—Nadie. Todos, por favor, solo... esperen aquí. —Andrew corrió por el corredor a la cocina. Explicó la situación a Rupert, que escuchó sus divagaciones, lo tomó por los hombros y le dijo: —No te preocupes. Lo arreglaremos después. Lo que tienes que hacer es darle algo de comida a esta gente. Y creo que he encontrado la solución. —Señaló la mesada, donde había cinco contenedores con comida congelada, con la etiqueta: "Canelones".

Andrew se volvió hacia Jim, a punto de disculparse.

—Está bien, hazlo —dijo Jim—. De todos modos, podrían hallar mi comida un poco... difícil.

Siguió un período de relativa serenidad mientras cocinaban los canelones en tandas en el microondas y limpiaban el lío. Andrew se sintió tan relajado que cuando Rupert observó con ironía cuán absurdo era lo que estaban haciendo y Alex bromeó con que no podía creer que Andrew los hubiera convencido de hacerlo, casi se disolvió en risas, y tuvo que callar a los demás. Volvió periódicamente al comedor para darles palillos de pan y aceitunas, mientras Alex asumía el rol de controladora de continuidad en el set de filmación, asegurándose de que llevara una manopla de horno sobre el hombro y pasándole un trapo húmedo por la frente para dar la impresión de que se estaba desviviendo sobre una calurosa cocina.

Cuando la comida estuvo por fin lista para servir, Andrew se sintió más compuesto que en toda la noche. Los canelones no eran deslumbrantes, ni tampoco la conversación, pero no importaba. Lo que se necesitaba era urbanidad, y por el momento todos parecían estar de acuerdo en ello. Keith, que había estado más silencioso que lo usual y menos inclinado a comentarios sarcásticos, relató una historia, a trompicones, sobre un mensaje de voz que había recibido la semana anterior. Una mujer había leído en el periódico local la historia de un funeral de pobres y solo entonces se había dado cuenta de que era su hermano, con quien no había hablado en años. —Me dijo que se habían distanciado por una mesa. Pensaban que era una antigüedad, heredada por diez generaciones. Cuando sus padres murieron, pelearon por la mesa y ella ganó. Solo después de ver que él había muerto decidió hacerla valuar y resultó que era una falsificación. Algo barato. Apenas si valía cinco libras. —Keith pareció súbitamente incómodo por el pensativo silencio—.

En cualquier caso —dijo—. Te hace pensar, supongo. En qué es importante.

—Eso, eso —dijo Cameron. Estuvieron callados después, en la inevitable incomodidad producida luego de que alguien dice algo profundo, cuando nadie quiere ser criticado por romper esa burbuja hablando de algo trivial.

Peggy rompió el silencio. —¿Qué hay de postre, Andrew?

—Tendrán que esperar para ver —dijo Andrew. Esperaba que no comenzaran a molestarse con su vaguedad sobre la comida.

Se dirigió a la cocina y contempló la escena desde la puerta. Jim, Rupert y Alex estaban encimados alrededor de la mesada, añadiendo cuidadosamente fresas y piñones molidos a unos bols de algo que parecía auténticamente delicioso. Andrew se quedó quieto por un momento. No quería que lo vieran todavía. Los tres estaban callados y concentrados, trabajando como un equipo; sintió el vago dolor de las lágrimas que comenzaban a formarse en sus ojos. Qué bondadosa era esta gente. Qué afortunado era de tenerlos consigo. Se aclaró la garganta y los otros miraron con preocupación. Sonrieron cuando vieron que se trataba de él.

—¡Ta-rán! —susurró Alex, compensando el bajo volumen de su voz con unos extravagantes gestos con las manos.

Andrew llevó los platos al comedor y recibió muchos ¡uuu! y ¡aaa! de admiración.

—Vaya, Andrew —dijo Cameron, con helado en la boca—. No sabía que eras un mago en la cocina. ¿Es una de las recetas de Diane?

—Ja, no —dijo Andrew—. Ella no... —Buscó las palabras. Algo ligero. Algo divertido. Algo normal. Mientras rastrillaba su cerebro, el recuerdo le llegó, límpido y cristalino: Diane le cogía la mano y lo sacaba de una fiesta, por unas escaleras, hacia la noche nevada. Se estremeció.

—No está aquí —dijo, finalmente. Miró a Peggy. Estaba rebuscando con su cuchara en el bol, aunque ya no quedaba nada. Su expresión no delataba nada.

Cameron tamborileaba con los dedos sobre la mesa. Parecía estar esperando que todos se apuraran y terminaran. Andrew notó que chequeaba su reloj a escondidas. Peggy dejó al fin de fingir que comía y Cameron se levantó.

—Tengo que decirles algo —empezó, sin prestar atención a las miradas nerviosas que se intercambiaban los demás—. Han sido unos meses difíciles. Y creo que a veces lo personal ha obstaculizado lo profesional... hasta cierto punto, al menos, para todos, en algún momento u otro. Por mi parte, me disculpo por lo que sea que haya hecho que no les cayó bien. Sé, por ejemplo, que estas noches no han sido del gusto de todos, pero espero que entiendan que eran solo un intento de contribuir a unirnos. Porque, como habrán deducido ya, me parecía menos probable que los directivos rompieran un equipo fuerte y unido en la eventualidad de que hubiera recortes. Sospecho que fue ingenuo de mi parte. Y tendrán que perdonarme por ello, y por no ser tan honesto con ustedes como debería haber sido, pero estaba tratando de hacer lo que pensaba era mejor. Sin embargo, resultó que las estadísticas, y se siente extraño decirlo así, les juro, están de nuestra parte. La cantidad de funerales de salud pública se elevó este año aún más de lo que cualquiera de nosotros anticipaba. Y estoy increíblemente orgulloso de cómo han lidiado con ello como equipo. La verdad, para ser completamente brutal, es que no tengo idea de que ocurrirá a continuación. La decisión sobre si los recortes serán necesarios ha sido postergada hasta al menos fin de este año. Alzo mi copa, con la esperanza de que no sea el caso. Todo lo que puedo prometer es que, si se llega a ello, pelearé por ustedes lo mejor que pueda. —Los miró uno a uno—. Bueno, gracias. Eso es todo.

Se sentaron en silencio a digerir las noticias. Era claro, pensó Andrew, que todo seguía en el aire, pero parecía que les habían dado al menos unos meses de respiro. Después de un rato, la atmósfera volvió a algo que se aproximaba a lo que había sido antes, aunque comprensiblemente más apagada. No mucho más tarde, fue tiempo para que todos se marcharan. Andrew buscó sus abrigos. *Ya casi*, se dijo. Mientras los miraba prepararse para salir, esperaba sentir un gran alivio por haber sobrevivido la noche, especialmente ahora que parecía que su puesto estaba a salvo, al menos en el corto plazo. Pero, en cambio, con cada despedida se decía que no sentía alivio sino miedo, que parecía extenderse por su cuerpo como si estuviera entrando en agua helada. Imaginaba a Carl redactando su siguiente mensaje, para exigir que le dijera dónde estaba su dinero, o quizás para anunciarle que iba a destruir su mundo. Y luego estaba Diane. Desde que le había contado todo a Peggy, los recuerdos que había reprimido durante tantos años habían comenzado a reclamar su atención, y esta noche volvían con todo. Era como si se hubiera abierto una trampilla sobre su cabeza y las polaroids se le vinieran encima. Una mirada persistente a través de un cuarto lleno de humo. Besarse mientras cae la nieve. El feroz abrazo en el andén, y las ascuas de ese abrazo calentándolo hasta llegar a casa. El césped reseco de Brockwell Park. La palidez de la piel de Diane iluminada por un relámpago. El marco de anteojos anaranjado junto a la laja partida. Peggy se le acercó para abrazarlo.

—Bien hecho —murmuró.

—Gracias —dijo automáticamente. Cuando ella se apartó, fue como si le quitara todo el aire y lo dejara mareado. Antes de saber lo que hacía, tomó la mano de Peggy. Estaba consciente de que los otros lo veían, pero en ese momento no le importaba: en ese momento, comprendió que todo lo que quería era que Peggy supiera cuán maravillosa la consideraba. Y aunque la idea de decirlo era aterradora, el solo hecho de que pensara en hacerlo significaba algo. Tenía que significar que estaba listo para soltarse.

Fue en ese momento cuando Cameron abrió la puerta de la calle y una ráfaga de aire frío entró en el corredor, buscando ávidamente calor para atacar.

—¡Esperen! —dijo Andrew—. Lo siento, todos, pero ¿les importaría esperar un minuto?

Después de un momento, volvieron, reticentes, al comedor, como niños de escuela que han sido retenidos después de clases.

—Emm, ¿Andrew...? —dijo Peggy.

—Vuelvo en un momento —dijo él. Podía sentir que el corazón comenzaba a golpetear de nuevo mientras se escurría hacia la cocina. Jim, Alex y Rupert miraron a la puerta, paralizados por el miedo de haber sido descubiertos. Cuando Andrew les pidió que lo siguieran, intercambiaron miradas confundidas, pero Andrew se forzó a sonreír para tranquilizarlos.

—Está bien —dijo—. No será largo. —Los condujo por el corredor hasta el comedor, donde presentó a un perplejo grupo con el otro.

—¿Qué es todo esto, Andrew? —preguntó Cameron, una vez que se ordenaron en semicírculo.

—OK —dijo Andrew—. Tengo que decirles algo.

– CAPÍTULO 34 –

Andrew escuchó cómo sonaba la llamada y tragó medio vaso de *pinot grigio* tibio.

—Andrew, qué agradable sorpresa.

—Hola, Carl.

—Qué curioso que llames. Acabo de chequear mi cuenta y aparentemente todavía no tengo el dinero.

—Recién acaba de llegar a mi cuenta —dijo Andrew, tratando de mantener calma su voz.

—Bueno —dijo Carl—, tienes mi información bancaria, así que en tanto lo transfieras de inmediato no tendremos problemas.

—La cosa es —dijo Andrew—, que no creo que vaya a transferirlo.

—¿Qué? —saltó Carl.

—Dije que no creo que vaya a transferirlo.

—Sí que vas a hacerlo —dijo Carl—. *Seguro* que vas a hacerlo. Recuerda lo que ocurrirá si no lo haces. Todo lo que tengo que hacer es levantar el teléfono y estás cagado.

—Esto es lo que quiero decir —dijo Andrew—. Entiendo que tal vez no merezco el dinero, que quizás mi comportamiento causó parte de la infelicidad de Sally, y quizás más que eso. Pero la cosa es que nos seguíamos queriendo. Y sé que quizás habría sido duro para ella lidiar con aquello sobre lo que he estado mintiendo, pero creo que le habría sido más fácil entender eso, que el hecho de que tú me chantajees.

—Oh, *por favor*. No lo estás entendiendo, ¿no? Se me debe ese dinero. No tendría que chantajearte, en primer lugar, si hubieras hecho lo correcto. Así que óyeme. Es muy simple, ¿OK? Si ese dinero no está en mi cuenta de banco en veinticuatro horas, tu vida, tal y como la conoces, se acabó.
—La línea se cortó.

Andrew exhaló largamente y sintió que sus hombros se aflojaban. Se inclinó hacia adelante en la silla y miró el teléfono que estaba sobre la mesa del comedor. Había otros siete en círculo a su alrededor; se veía que todos seguían grabando. Se impuso el silencio en el cuarto. Andrew miró al piso; las mejillas le ardían. Hubo un movimiento rápido, y por un segundo Andrew pensó que alguien iba a atacarlo. Pero entonces, medio segundo antes de que le arrojara los brazos al cuello, comprendió que era Peggy.

– CAPÍTULO 35 –

Andrew esperó a que el taxi saliera del callejón y se detuviera para permitir que una atractiva mujer trotara, diligente, por la cebra peatonal, antes de hablar.

—¿Crees que me van a despedir?

Peggy le pasó una botella de vino que había metido de contrabando en el taxi. Andrew tomó un sorbo disimulado.

—¿Honestamente? No tengo idea —dijo ella.

La gente de la oficina se había ido en otro taxi. Jim y Alex habían decidido quedarse un poco más en lo de Rupert, incapaces de resistir la oportunidad de ir al ático y ver su montaje de trenes dedicado a las Montañas Rocosas.

—No pude descifrar cómo reaccionaron al principio, cuando les conté todo.

Les había dado una versión corta. Dicho así, sonaba

todavía más duro. Se había preparado para interrupciones mordaces de Keith y Meredith, pero ninguno de ellos dijo cosa alguna. Nadie lo hizo, de hecho, hasta que llegó a la parte de Carl, en cuyo punto Alex lanzó un furioso discurso sobre cómo no iban a permitir que se saliera con la suya. Exigió que Andrew lo llamara en ese momento y le explicó con impaciencia exactamente cómo tenía que guiar la conversación para conseguir que Carl revelara sin ambages lo que estaba haciendo. Presionó a los demás para que le dieran sus teléfonos, los alineó sobre la mesa y los puso a grabar. Después, escucharon la grabación de cada uno y decidieron que la de Meredith era la más clara.

—Muy bien. Entonces, ahora solo tienes que enviársela a Andrew —dijo Alex a Meredith.

—Oh, claro, sí. ¿Y cómo lo...?

Alex puso los ojos en blanco y le quitó el teléfono de la mano. —Andrew, ¿cuál es tu número? OK, ahí está. Hecho.

Después, Rupert había sugerido traer un *brandy* "decente" para brindar porque el plan había funcionado tan bien, pero la sugerencia fue recibida con tibio entusiasmo. Cameron, en particular, parecía ansioso por marcharse.

—Bueno. Esta fue, obviamente... qué extraña noche —le dijo a Andrew—. Estaré fuera unos días, ¿lo mencioné? Cursos de entrenamiento y ese tipo de cosas. Pero deberíamos hablar como corresponde cuando vuelva. Sobre todo, de esto.

—Eso puede querer decir que quiere hablar contigo y asegurarse de que estás bien —dijo Peggy, mientras el taxi cruzaba despreocupadamente dos carriles sin hacer señas.

Mil pensamientos clamaban por la atención de Andrew y ni siquiera notó que Peggy se había deslizado por los asientos hasta apoyar la cabeza en su hombro.

—¿Cómo te sientes? —preguntó.

Andrew resopló.

—Como alguien que se ha quitado una astilla que ha tenido en el pie durante cien años.

Peggy reacomodó la cabeza en su hombro.

—Bien.

La radio del taxi brotó a la vida... era la sala de control que le decía que podía irse a casa después de este trabajo.

—Dios, no hay nada que hacer, me estoy quedando dormida —dijo Peggy—. Despiértame cuando estemos en Croydon, ¿eh?

—Creo que eres la primera persona en toda la historia en decir esa frase —dijo Andrew. Peggy le pegó un codazo.

—Antes, cuando entraste en la cocina —dijo Andrew, desinhibido como nunca por lo que había ocurrido—. No sabía si habías escuchado lo que dije. Sobre, bueno, que quizás estoy enamorado de ti.

Por un momento, pensó que Peggy estaba pensando qué responder. Pero entonces oyó el leve sonido de su respiración: estaba dormida. Puso su cabeza suavemente contra la de ella. Lo sentía completamente natural, de un modo que dolía y lo elevaba a la vez.

Tendría mucha suerte si lograba dormir un minuto esa noche; su cerebro estaba a mil revoluciones. Ya le había enviado la grabación a Carl. No había habido respuesta. Se preguntó si alguna vez la habría.

Se encontró pensando en Sally, en el momento en que le dio esa hermosa locomotora verde, le guiñó un ojo y le revolvió el pelo. Quizás, si hubieran tenido tiempo, podrían haber arreglado las cosas. Pero se sacó la idea de la cabeza. Estaba cansado de fantasear, lo había hecho lo suficiente como para una vida entera. Bebió los últimos restos de vino y levantó la botella en un silencioso brindis dedicado a su hermana.

– CAPÍTULO 36 –

Dos mañanas después, Andrew se despertó sobresaltado. Había estado soñando con lo que había pasado en casa de Rupert, y por unos pocos, terribles segundos, no había estado seguro de qué era real y qué era lo que su inconsciente había decidido alterar. Pero cuando chequeó su teléfono, el mensaje que Carl le había enviado la mañana siguiente a la de la cena todavía estaba allí: "Vete a la mierda, Andrew. Disfruta de tu dinero con culpa".

Sabía que en algún punto tendría que pensar sobre esa culpa y cómo iba a lidiar con ella —y qué iba a hacer con el dinero—, pero por ahora estaba desesperadamente aliviado de que lo de Carl se hubiera acabado.

Fue a poner la tetera y sintió una inusual dureza en las piernas. La noche anterior había salido a lo que, con cierta ambición, había descrito como "correr", pero que en realidad se aproximaba más a "tambalearse" alrededor de la manzana. Había sido una agonía, pero hubo un momento, al regreso —después de la ducha, después de comer una cosa con algo verde—, en que sintió un torrente de endorfinas (algo que antes había considerado un mito, como los unicornios) tan fuerte que al fin entendió por qué la gente se sometía a ello. Al parecer, todavía había vida en este vejete.

Frio un poco de tocino y miró directamente al azulejo-cámara.

—Entonces, habrán notado que accidentalmente quemé esta feta, pero dado que voy a ponerle encima una cantidad de salsa tan grande como para llenar el lago Windermere, no importa.

Estiró los brazos detrás de la cabeza y bostezó. Tenía todo el fin de semana por delante y, extraño, tenía planes que no involucraban a Ella Fitzgerald ni mirar el foro.

———

Iba a ser un largo viaje, pero estaba bien preparado. Tenía un libro y su iPod, y había limpiado de polvo su vieja cámara, así que podía tomar unas fotos si le daban ganas. En cuanto al almuerzo, se había salido completamente de la norma y había preparado sándwiches con pan blanco y experimentado con nuevos rellenos, uno de lo cuales —en una movida tan atrevida que apenas era capaz de contenerse— eran puras patatas fritas.

Para su consternación, llegó a su tren en Paddington con

tiempo de sobra, solo para descubrir que su reserva indicaba que iba a quedar sentado justo en medio de una despedida de soltero que ya había empezado con las cervezas. Eran tres horas hasta Swansea, lo que les daba una gran cantidad de tiempo para emborracharse. Tenían camisetas de ocasión que conmemoraban la "Despedida de Damo" y ya parecían bebidos. Pero, contra toda probabilidad, resultaron una agradable compañía, ofrecieron refrigerios a todo el mundo en el coche, ayudaron a la gente a subir sus equipajes a los estantes superiores con falsa competencia, antes de ponerse a hacer crucigramas y adivinanzas para pasar el tiempo. Andrew se sintió tan imbuido de ese aire de bonhomía que terminó zampándose su almuerzo antes del mediodía, como un niño travieso en una excursión. El subsiguiente viaje desde Swansea fue algo más sombrío, aunque una señora de pelo púrpura que tejía un gorro púrpura le ofreció un caramelo púrpura de una lata, como si saliera de un aviso publicitario de una era pasada.

La estación era tan pequeña que apenas si tenía un andén, una de esas paradas donde se sale prácticamente a la calle apenas se baja. Siguiendo las indicaciones en su teléfono, Andrew dobló por una calle angosta en que parecía que las casas de un lado se inclinaban hacia las del otro. Por primera vez, comenzó a sentir de verdad los nervios que habían estado bullendo bajo la superficie desde que había salido de Londres.

La iglesia carecía de pretensión: su torre era tan pequeña que quedaba oculta detrás de dos modestos tejos. El lugar tenía cierto carácter salvaje —el portón cubierto de musgo, el césped del cementerio que había crecido sin control—, pero había una quietud en el aire de ese temprano otoño.

Se había preparado para una larga búsqueda, un proceso de eliminación. Recordaba a medias haber tenido el teléfono en la oreja y la voz que le decía dónde se haría el funeral, y luego la confusión y el dolor que siguió a su falta de respuesta. El único detalle que podía recordar era que la iglesia estaba cerca del campo de rugby donde Gavin afirmaba haber visto un platillo volador.

Solo había pasado una docena de lápidas cuando vio el nombre que buscaba.

Diane Maude Bevan.

Metió las manos en los bolsillos y se meció sobre sus pies, reuniendo el coraje para acercarse. Al fin lo hizo, lento, como si se aproximara al borde de un acantilado. No había traído nada —flores, o algo así—. De cierto modo, no parecía correcto. Ahora estaba tan cerca que podía tocarla. Cayó de rodillas y pasó una mano suave por el nombre de Diane, por el contorno de cada letra. —Bueno —dijo—, me había olvidado de cuánto odiabas tu segundo nombre. Me costó un domingo entero sonsacártelo, ¿recuerdas?

Respiró hondo y escuchó su exhalación temblorosa. Se inclinó hasta que su frente dio contra la lápida.

—Sé que no cuenta mucho ya, pero siento tanto no haber venido a verte. Y haber tenido tanto miedo. Probablemente lo dedujiste mucho antes que yo, pero, sabes, nunca fui capaz de aceptar de verdad que ya no estabas. Después de papá, de mamá... y después Sally que se fue... No podía dejarte ir también. Y después tuve la chance de construir ese lugar, ese mundo en que todavía estabas, y no pude resistirlo. No se suponía que durara mucho, pero se me fue de las manos muy pronto. Antes de que me diera cuenta, ya inventaba *peleas* que habríamos tenido. A veces eran cosas tontas, en la mayoría, estabas harta de mí y de mis trenes, pero otras veces eran más serias: peleas por cómo íbamos a criar a los niños, la preocupación de que no habíamos vivido nuestras vidas al máximo y que no habíamos visto suficiente del mundo. Esa es la punta del iceberg, en realidad: pensé en todo. Porque no es solo una vida juntos lo que imaginé, sino un millón de vidas, con cada posible desvío o variación. Por supuesto, cada tanto sentía que te alejabas, y sabía que era tu forma de decirme que te dejara ir, pero solo me hacía aferrarme más. Y la cosa es que solo cuando el juego terminó pude sacar mi estúpida, egocéntrica cabeza de adentro del culo y pensar en qué habrías dicho si supieras, por un segundo, lo que estaba haciendo. Siento tanto no haber pensado en eso antes. Solo espero que puedas perdonarme, aunque no lo merezco.

Advirtió que había aparecido alguien más para ocuparse de una tumba unos metros más allá. Bajó su voz hasta que fue un susurro.

—Te escribí una carta una vez, muy poco después de que estuvimos juntos, pero tenía demasiado miedo de dártela, porque pensé que ibas a salir corriendo. Empezó como un poema, así que no tenías la culpa. Estaba lleno de un romanticismo desesperado del que te hubieras reído con toda razón, pero creo que un pedazo sigue siendo verdadero. Escribí que había sabido, en el mismo momento en que nos tuvimos en brazos, que algo había cambiado en mí para siempre. Hasta entonces no me había dado cuenta de que la vida, apenas a veces, puede ser maravillosa, hermosamente simple. Solo desearía haberlo recordado después de que te fuiste.

Tuvo que detenerse para secar sus ojos con la manga y pasar la mano por la piedra de nuevo. Se quedó allí, en silencio, sintiendo que lo bañaba un dolor puro y extrañamente gozoso, y sabiendo que, sin importar cuánto dolía, tenía que aceptarlo, el invierno antes de la primavera, que ese frío congelara y quebrara su corazón antes de que pudiera sanar.

El siguiente tren a Swansea entró en la estación cuando Andrew llegaba, pero no quería partir tan pronto. Decidió, en cambio, ir a un pub cercano. Cuando se acercaba a la puerta, se reavivaron sus viejas costumbres y vaciló. Pero pensó que Diane lo miraba, sin duda mascullándole maldiciones, y perseveró. Y aunque los clientes regulares lo miraron con cierta curiosidad, y el barman le sirvió una pinta y le arrojó un paquete de sal y vinagre sobre la barra sin mucho entusiasmo, la reacción general fue más benigna que hostil.

Se sentó en un rincón con su cerveza y su libro, y se sintió satisfecho por primera vez en mucho tiempo.

– CAPÍTULO 37 –

Andrew volteó del revés el par de medias y dejó caer el fajo de billetes sobre la cama.

—¡Esa! —dijo Peggy—. ¿Piensas que es suficiente para cubrir el funeral?

—Debería —respondió Andrew, hojeando el dinero.

—Bueno, es algo. Pobre...

—Josephine.

—Josephine. Mi Dios, soy de lo peor. Es un nombre encantador, encima. Suena como el tipo de mujer que llevaría montones de comida al festival de la cosecha.

—Quizás lo hacía. ¿Hablaba de la iglesia en su diario?

—Solo cuando basurea a *Songs of Praise*.*

---

* NdT: *Songs of Praise* es un programa de televisión dedicado a la religión.

Josephine Murray había escrito montones de entradas en su diario. Como ella misma había indicado, "en un viejo anotador, con una tabla de cortar en mi regazo como escritorio, parecido a como imagino que hizo Samuel Pepys".*

El contenido del diario era, en su mayoría, prosaico: cortas y quisquillosas críticas de programas de televisión, o comentarios sobre los vecinos. A menudo combinaba ambas cosas: "Miré un aviso de cuarenta y cinco minutos de los Panqueques Findus Crispy, interrumpido esporádicamente por un documental sobre acueductos. Apenas pude oírlo por el ruido de la pelea de Puerta-A-La-Izquierda. Desearía realmente que lo hicieran en voz baja".

En ocasiones, sin embargo, escribía alguna reflexión: "Me puse un poco nerviosa esta noche. Dejé un poco de comida para los pájaros y me sentí mareada. Debería llamar al matasanos, pero no quiero molestar a nadie. Tonto, lo sé, pero me siento avergonzada de ocupar el tiempo de otra persona cuando sé que probablemente estoy bien. Puerta-A-La-Derecha está afuera, haciendo una barbacoa. Huele delicioso. Tuve el más fuerte impulso —por primera vez en Dios sabe cuánto— de llevar una botella de vino allí, algo seco y frío, y ponerme un poco alegre. Eché un vistazo al refrigerador, pero no había nada. Al final, decidí que mareos y embriaguez no serían una buena combinación de todos modos. No fueron nervios, por cierto, los que me vinieron cuando trataba de dormir y de pronto recordé que

---

* NdT: Samuel Pepys (1633–1703) fue un parlamentario inglés y famoso autor de un diario personal.

era mi cumpleaños. Y por eso escribo esto ahora, con la esperanza de que me ayude a recordarlo el año próximo, si no he estirado la pata para entonces, claro".

Peggy puso el diario en su bolso. —Lo revisaré como es debido en la oficina.

—De acuerdo —dijo Andrew. Miró su reloj—. ¿Sándwich?

—Sándwich.

Se detuvieron en un café cerca de la oficina. —¿Qué tal aquí? —dijo Andrew—. Debo haber pasado delante de este sitio mil veces y jamás entré.

Estaba suficientemente templado como para sentarse afuera. Comieron sus sándwiches mientras un grupo de escolares en delantales fluorescentes pasaban conducidos por una joven maestra. Se las arreglaba para tener a todos a la vista mientras decía a Daisy que Lucas no apreciaba que lo pellizcara así.

—Dale diez años —dijo Peggy—. Apuesto a que Lucas morirá por ser pellizcado así.

—¿Esa era tu técnica de seducción en esa época?

—Algo como eso. Algún pellizco, unos tragos de vodka... no puede fallar.

—Clásico.

Un hombre que llevaba un traje azul eléctrico pasó junto a ellos gritando en una incomprensible jerga de negocios por el teléfono, como un pavo real que hubiera aprendido inglés leyendo la autobiografía de Richard Branson. Bajó a la calle y apenas si retrocedió cuando un mensajero en bicicleta le paso a unos centímetros y le gritó que era un imbécil.

Andrew sintió que algo vibraba contra su pie.

—Creo que está sonando tu teléfono —dijo, y pasó el bolso a Peggy.

Ella sacó su teléfono, miró la pantalla por un segundo y volvió a tirarlo en el bolso, donde siguió vibrando.

—Supongo que es Steve otra vez —dijo Andrew.

—Ajá. Al menos se ha reducido a dos llamados por día. Espero que capte el mensaje de una vez.

—¿Qué tal lo llevan las niñas?

—Oh, ya sabes, tan bien como puede esperarse. Falta mucho. Pero es para mejor, totalmente. Por cierto, Suze preguntó por ti el otro día.

—¿De veras? ¿Qué dijo?

—Me preguntó si veríamos a "ese hombre divertido, Andrew", de nuevo.

—Ah. Me pregunto en qué Andrew estaría pensando —dijo Andrew, fingiendo desilusión, pero incapaz de ocultar del todo, a juzgar por la sonrisa en la cara de Peggy, qué orgulloso se sentía.

Peggy buscó en su bolso y extrajo el diario de Josephine, y pasó las páginas.

—Parece una mujer tan animada, esta.

—Sí —dijo Andrew—. ¿Alguna mención de una familia?

—No que haya visto. Hay mucho sobre los vecinos, aunque jamás por nombre, así que no estoy segura de qué tan amigos eran. Supongo que con los que estaban siempre peleándose no habrá tenido ganas de hablar. Los otros, en cambio, hacían muchas barbacoas. Podría volver más tarde y tener una charla con ellos, si no encuentro nada aquí. En parte, estoy intrigada por saber si alguna vez se decidió a ir a tomar un trago o algo con ellos.

Andrew se protegió la cara del sol para poder mirar a Peggy a los ojos.

—Lo sé, lo sé —dijo ella, alzando las manos como defensa—. No me estoy involucrando demasiado, de verdad. Solo que... Es otra persona más que pasó sus últimos días completamente sola, pese a que era claramente normal y agradable. Y te apuesto a que, si encontramos a un familiar, va a ser otro clásico caso de "Oh, Dios, qué vergüenza, no habíamos hablado en largo tiempo, perdimos contacto, bla, bla, bla". Me parece un escándalo que ocurra. Quiero decir, ¿realmente nos contentamos con decirles, "Perdón, mala suerte, no vamos siquiera a molestarnos en tratar de ayudarlos, infelices solitarios", sin al menos ofrecerles la oportunidad de tener alguna conversación ocasional y una taza de té con alguien, ¿o algo?

Andrew pensó qué hubiera hecho él si, en algún punto, alguien le hubiera ofrecido su compañía. Todo lo que podía ver —que no ayudaba— era a un Testigo de Jehová parado ante su puerta. Pero tenía sentido porque, en verdad, hubiera rechazado cualquier ayuda de inmediato. Se lo explicó a Peggy.

—Pero no tiene que ser así —replicó ella—. Quería hablarte de esto, en verdad. Quiero decir, no lo tengo completamente pensado, pero...

Comenzó a rebuscar en su bolso, sacando botellas de agua vacías, un viejo corazón de manzana, una bolsa de dulces medio vacía y puñados de recibos. Andrew miraba, fascinado mientras ella maldecía y continuaba sacando cosas como una maga enojada. Al final encontró lo que había estado buscando.

—Es un esquema en borrador —dijo, alisando una hoja de papel—. Muy en borrador, en verdad, pero es un resumen de cómo debería ser una campaña para ayudar a la gente. En esencia: la gente puede solicitar la opción de recibir llamados telefónicos o visitas de voluntarios. Y la cosa es que no importa si eres una ancianita o un exitoso de treinta y pico. Simplemente te da la opción de tener alguien con quien conectarte.

Andrew estudió el papel. Estaba consciente de que Peggy lo miraba, ansiosa.

—¿Qué? —le preguntó—. ¿Es algo loco?

—No, en absoluto. Me encanta. Solo desearía que me lo hubieras contado antes.

Peggy entrecerró los ojos.

—¿Qué? —preguntó Andrew.

—Oh, nada —dijo Peggy—. Me estaba acordando de una vez en Sainsbury's, hace como una semana, cuando casi te rompo tu estúpida cara.

—OK —dijo Andrew, y decidió que mejor no indagaba más.

—Hay algo más que quiero mostrarte —dijo Peggy, buscando en su bolso de nuevo y sacando su teléfono—. Obviamente es un poco tarde para ayudar a la pobre Josephine a encontrar compañía, que Dios la guarde, pero ¿qué te parece esto? —Le pasó el teléfono. Andrew se limpió los dedos con una servilleta de papel antes de tomarlo.

Era el borrador de una entrada que Peggy había escrito en Facebook.

—¿Sabes qué? —dijo Andrew cuando terminó de leerlo.

—¿Qué?

—Eres realmente genial.

Andrew no hubiera creído que Peggy fuera capaz de sonrojarse, pero sus mejillas se tiñeron ciertamente de rosa.

—¿Lo publico, entonces?

—¡Por supuesto! —dijo Andrew. Le regresó el teléfono y miró cómo ella subía la entrada justo cuando su propio teléfono empezaba a sonar.

—Sí... no, entiendo, gracias, pero, como dije, me temo que está fuera de mi presupuesto. OK, gracias, adiós.

—"Me temo que está fuera de mi presupuesto" —repitió Peggy—. ¿Estás comprando un yate?

—Es lo siguiente en la lista, obvio. Por ahora, estoy tratando de mudarme.

—Guau. ¿De veras?

—Creo que es lo mejor. Tiempo de cambiar.

—Así que estás experimentando la alegría de tener todas esas encantadoras charlas con los agentes inmobiliarios.

—Sí. Jamás me ha mentido tanta gente en tan poco tiempo.

—Tienes mucho por aprender, amigo mío.

Andrew se frotó los ojos y bostezó. —Todo lo que quiero es vivir en una estación de tren reacondicionada, arriba de una montaña con vistas al mar, con wifi y fácil acceso al centro de Londres. ¿Es demasiado pedir?

—Ten otra galleta —dijo Peggy, palmeándole la cabeza.

Casi estaban de regreso en la oficina —a pesar de haber estado muy cerca de tomar la decisión ejecutiva de dedicar toda la tarde a jugar al Scrabble en un pub.

Andrew había estado juntando valor, una vez más, para preguntar a Peggy si lo había escuchado en la cocina de Rupert, y este parecía el momento más oportuno de los últimos días.

—Entonces, la otra noche...

Pero no tuvo tiempo de terminar, porque Peggy lo tomó súbitamente del brazo. —Mira —murmuró.

Cameron había llegado a la oficina antes que ellos y estaba subiendo a saltos las escaleras. Se detuvo a buscar su pase y lo encontró justo cuando Andrew y Peggy lo alcanzaron.

—Hola, Cameron —dijo Peggy—. No te esperábamos hasta la semana próxima.

Cameron se ocupó en el teléfono mientras les hablaba.

—Tuve que volver antes —dijo—. El último día del curso fue cancelado. Salmonella, aparentemente. Fui el único que logró no pescársela.

Caminaron por el corredor en silencio. Cuando llegaron a la oficina, Cameron mantuvo la puerta abierta para que Peggy pasara y luego se volvió a Andrew y le dijo: —¿Podemos hablar un momento en mi oficina cuando tengas tiempo?

—Claro —dijo Andrew—. ¿Puedo preguntar qué...?

—Te veo en un minuto, entonces —dijo Cameron, y se

alejó antes de que Andrew pudiera agregar nada. No sabía qué se venía, pero podía suponer que no lo iban a nombrar caballero de la Reina.

Unas pocas semanas antes, hubiera sido presa del pánico. Ya no. Estaba listo para esto. Tiró sus cosas en el escritorio y marchó directamente a la oficina de Cameron.

—¡Andrew! —le chistó Peggy desde el otro lado del cuarto, con los ojos grandes por la preocupación.

Él le sonrió.

—No te preocupes —le dijo—. Todo va a estar bien.

– CAPÍTULO 38 –

Otro día, otro funeral.

Hoy era el día en que Josephine Murray decía adiós al mundo y Andrew era el único que le devolvía el saludo. Cambió de posición en la crujiente banca e intercambió una sonrisa con el vicario. Antes, cuando lo saludó, le había tomado un momento darse cuenta de que era el mismo joven de pelo lacio cuyo primer servicio había presenciado. Aunque había ocurrido ese mismo año, parecía haber envejecido considerablemente desde entonces. No solo tenía más prolijo el cabello, partido al medio más conservadoramente, sino que se conducía de forma más segura. Andrew se sintió extrañamente paternal al comprobar cuánto parecía haber madurado. Habían hablado brevemente por teléfono antes del funeral y, después de discutirlo con Peggy, Andrew había decidido contarle partes del diario de Josephine para que pudiera añadir un poco más de color al servicio y lo hiciera más personal.

Se volvió para mirar el fondo de la iglesia. ¿Dónde estaba Peggy?

El vicario se aproximó. —Le daré otro minuto, pero me temo que después tengo que empezar —le dijo.

—Por supuesto, entiendo —respondió Andrew.

—¿A cuántos esperas?

Ese era el problema. Andrew no tenía idea. Dependía de cómo le había ido a Peggy.

—No te preocupes —dijo—. No quiero causar una demora.

Pero entonces la puerta de la iglesia se abrió y allí estaba Peggy. Lucía nerviosa, pero, cuando vio que el servicio todavía no había comenzado, el alivio le transformó el rostro. Sostuvo la puerta para que pasara alguien que estaba detrás —había al menos otra persona, entonces— y avanzó por la nave. Andrew miró cómo una, después otra, y hasta tres personas entraban detrás de ella. Hubo una corta pausa y luego, para su completa sorpresa, entró un torrente de gente en fila. Perdió la cuenta al pasar de treinta.

Peggy se sentó junto a él. —Siento mucho que llegáramos tarde —susurró—. Hubo una respuesta relativamente buena a la página de Facebook, pero luego logramos juntar a algunos del Bob's Cafe del otro lado de la calle a último minuto. —Señaló con la cabeza a un hombre que vestía un delantal a cuadros azul y blanco—. ¡Incluido Bob!

El vicario esperó hasta que todos estuvieron sentados

antes de dirigirse al atril. Después de las formalidades iniciales, decidió —espontáneamente, le pareció a Andrew— abandonar el atril y sus notas para estar más cerca de la congregación.

—Según resulta, tengo algo en común con Josephine —dijo—. Mi abuela era su tocaya, fue siempre abuela Jo para mí, y las dos escribían diarios. El de mi abuela, que solo pudimos leer cuando ya había fallecido, era, claro, una gran intriga para nosotros. Fue solo cuando logramos leerlo que nos dimos cuenta de que había escrito la mayor parte después de un par de *gin tonics* cargados, así que por momentos era bastante difícil de entender. —Hubo una cálida ola de risas, y Andrew sintió que Peggy le cogía la mano.

—De lo que he sabido por la buena gente que se ha ocupado de los asuntos de Josephine, sus diarios muestran que era ingeniosa, brillante y llena de vida. Y aunque no se quedaba corta con sus opiniones, especialmente en lo que se refiere a los programadores de televisión o a los meteorólogos, su calidad y su fuerza de carácter son lo que sobresale en esas páginas.

Peggy apretó la mano de Andrew y él le devolvió el apretón.

—Josephine no tuvo familia o amigos a su alrededor cuando murió —prosiguió el vicario—, y hoy bien podría haber parecido un evento solitario. Qué maravilloso, entonces, ver a tantos de ustedes, que han sacrificado su tiempo para estar aquí. Ninguno de nosotros puede estar seguro, al principio de nuestras vidas, acerca de cómo terminarán, o cómo será la travesía, pero si supiéramos con seguridad que nuestros momentos finales ocurrirían en compañía de buenas almas como las de ustedes, sin duda nos sentiríamos reconfortados. Así que gracias. Los invito a levantarse y compartir un momento de reflexión.

———————

Cuando terminó el servicio, el vicario esperó en la puerta de la iglesia y se tomó un momento para agradecer a cada uno de los que habían venido. Andrew incluso lo escuchó decirle a Bob que por supuesto le encantaría caerle después para "una taza de té", aunque probablemente sin *muffins*. —¡Pero son enormes! —protestó Bob—. No va a conseguir unos más grandes en kilómetros a la redonda. De verdad.

—Creo que ha conseguido veinte clientes nuevos hoy —dijo Peggy—. Qué bien, el caradura.

Caminaron hacia un banco y Andrew quitó las hojas caídas para que pudieran sentarse.

—Entonces, ¿vas a decirme cómo fueron las cosas con Cameron? —preguntó Peggy.

Andrew se tiró hacia atrás y contempló el cielo, donde un avión dejaba un muy débil rastro de vapor. Qué bien se sentía estirar el cuello así. Tenía que hacerlo más.

—¿Andrew?

¿Qué podía decir?

La conversación había divagado y no había llegado a ninguna parte. Cameron se esforzó por enfatizar cuánto estaba del lado de Andrew y cómo, si de él dependiera, pasaría por alto las revelaciones de la cena. Pero entonces empezó a condimentar eso con frases como "atado por el deber" y "seguir el protocolo".

—¿Tú entiendes que tengo que decir algo? —concluyó—. Porque, cualesquiera que fueran las razones para hacer lo que tú... hiciste, es más bien problemático.

—Lo sé —dijo Andrew—. Créeme.

—Quiero decir, demonios, Andrew, si estuvieras en mi posición, ¿qué harías?

Andrew se levantó. —Escucha, Cameron, creo que debes hacer lo que tu instinto te diga, y si eso significa informar sobre mí más arriba o si esto te da una clara solución por si surge de nuevo el tema de los recortes, lo entiendo. No te lo voy a reprochar.

—Pero...

—De verdad. Sacar todo afuera, ser capaz de mirar para adelante, es más importante para mí que conservar este trabajo. Si te ayuda con una decisión difícil, de verdad que para mí está bien.

Dios, qué alivio había sido ser capaz de hablar con tanta libertad. Abrirse a nuevas posibilidades. Pensó en la campaña de Peggy. Cuanto más lo discutían, más energía le daba.

—Además —le dijo a Cameron—, es tiempo de que finalmente piense qué quiero hacer con mi vida.

———————

Peggy lo devolvió al presente cogiéndole la mano. —Está bien, no tenemos que hablar de esto ahora.

Andrew sacudió la cabeza. —No, podemos. Pues... parece que me van a despedir.

—Oh, Dios —dijo Peggy, llevándose las manos a la boca y sus ojos se abrieron bien grandes.

—*Pero* —dijo Andrew—, Cameron ha prometido tratar de encontrarme un puesto en otro departamento.

—¿Y vas a aceptar?

—Sí —dijo Andrew.

—OK, bueno, eso es... bueno —dijo Peggy, con un dejo de desilusión en la voz.

—Aunque solo temporariamente —dijo Andrew.

—¿De verdad? —dijo Peggy rápido, buscando los ojos de Andrew con los suyos. Él asintió.

—He estado investigando un poco. Acerca de financiamiento para un proyecto caritativo. Tengo el dinero que Sally me dejó y no he tenido ninguna mejor idea de cómo gastarlo, y sé que te hará feliz que lo use para algo como esto.

Peggy lo miraba con tal mezcla de confusión y excitación que Andrew tuvo que evitar reírse.

—Hablo sobre tu idea de la campaña, por si no me seguías —dijo—. Y pensaba que quizás podrías, no sé, ayudarme. Ver si podemos hacer que funcione.

—Esto es... Andrew, yo no...

—No digo que sea totalmente posible —aclaró él—. Podríamos caernos ante el primer obstáculo. Pero podemos hacer el intento.

Peggy asentía muy firme. —Podemos, claro que podemos —dijo—. Hablemos durante la cena, esta noche... si la oferta sigue en pie.

—Por supuesto que sí —dijo Andrew.

Había encontrado un nuevo apartamento esa mañana —por casualidad, en una de las cuatro desconcertantes aplicaciones que había descargado— y aunque implicaba que tendría que mudarse en una semana, había tomado la decisión en el acto. Parte de él sentía tristeza por el cambio, pero al menos con la visita de Peggy esa noche podría despedirse con estilo.

—Una pregunta rápido —dijo—. Te gustan las tostadas con frijoles, ¿no?

—Mi plato favorito, por supuesto —dijo Peggy, mirándolo con suspicacia, sin saber si bromeaba o no—. Aunque en este momento, no sé tú, pero yo mataría por un *muffin* enorme.

—¿Por qué no? —dijo Andrew.

Se sostuvieron la mirada por un momento. La recordó con las niñas corriendo hacia él por el andén de King's Cross y su corazón palpitó una vez más con esa sensación de posibilidad. Había renunciado a abordar el tema de si Peggy lo había escuchado hablar de lo que sentía por ella en la cocina de Rupert. Lo único que importaba era que ella estaba allí, ahora, a su lado, y que sabía todo lo que había que saber sobre él. Eso, comprendió, era más que suficiente.

AGRADECIMIENTOS

A mi maravillosa agente, Laura Williams. Las palabras no pueden expresar lo agradecido que estoy por todo lo que has hecho por mí.

A Clare Hey en Orion y a Tara Singh Carlson en Putnam. Soy muy afortunado de trabajar con tan brillantes editoras. Gracias por todo.

Gracias a todos en Orion, especialmente a Harriet Bourton, Virginia Woolstencroft, Katie Moss, Olivia Barber, Katie Espiner, Sarah Benton, Lynsey Sutherland, Anna Bowen, Tom Noble y Fran Pathak. Y a todos en Putnam, especialmente Helen Richard, Alexis Welby y Sandra Chiu.

A la impresionante Alexandra Cliff —recordaré durante mucho tiempo *esa* llamada telefónica—. También a las brillantes Marilia Savvides, Rebecca Wearmouth, Laura Otal, Jonathan Sissons y a todos en PFD.

Gracias especiales a Ben Willis, por leer esto en una etapa temprana y darme consejos invaluables en un Camberwell Wetherspoons, y por apoyarme desde el principio. Lo mismo para Holly Harris. Gracias por todo, especialmente por impedir que me volviera loco en Wahaca cuando supe que me iban a publicar. Soy muy afortunado de poder llamarlos amigos.

A Emily "media pinta" Griffn y a Lucy Dauman. Son de lo mejor.

Gracias a Sarah Emsley y a Jonathan Taylon. No podría desear a dos personas más consideradas, sabias y bondadosas como mentores y amigos.

Al resto de la pandilla de Healine por ser gente maravillosa con la que trabajar y cuyos mensajes de felicitación cuando salió la noticia me dieron mucha alegría. Especial agradecimiento a Imogen Taylor, Sherise Hobbs, Auriol Bishop y Frances Doyle.

A los que siguen, por su aliento, apoyo, consejo y amistad: Elizabeth Másteres, Beau Merchant, Emily Kitchin, Sophie Wilson, Ella Bowman, Frankie Gray Chrissy Heleine, Maddy Price, Richard Glynn, Charlotte Mendelson, Gill Hornby y Robert Harris.

A Katy y Libby, hermanas maravillosas que me apoyan. Las quiero.

Finalmente, a mi mamá, Alison y a mi papá, Jeremy, a quien va dedicado este libro. Todo esto es gracias a ustedes.